目次

サミング・アップ

1

本書は自伝ではないし、また回想録というのでもない。私の人生で起こったことは全て、これまで書いた書物の中で様々な形で利用してきた。私自身が経験したことがテーマとして役立ち、テーマに見合う物語を語るために一続きの出来事を創作したこともある。あるいはまた、ほんの顔見知りや、よく知っている人を念頭に置いて、私の作品の登場人物のモデルにしたことも、よくあった。事実と虚構が作品の中で混じり合っているため、今振り返ってみると、両者を区別するのはもうほとんど無理になっている。たとえ過去の事実を思い出すことが可能だとしても、既に創作で充分に活用したのであるから、ここに記録してみても無意味である。どっちみち、生《なま》の事実を書いたところで、つまらないものと思われるであろう。私の生涯は、いろいろ変化もあり、興味深いこともあったけれど、波乱に富むものではなかった。おまけに私は記憶力に乏しい。面白い話を聞いても二度聞かないと覚えられないし、他の人に話す機会が来る前に忘れてしまうのだ。自分が飛ばしたジョークさえ忘れてしまうので、いつも新しいジョークを考え出さなくてはならない有様だ。うまいジョークが飛ばせれば、同席する人にもっと良い印象を与えられただろうが、実際はあまり楽しくない相手だと思われていたようだ。

これまで日記をつけたことは一度もない。今思い出してみると、私が劇作家として初めて成功を収めてからの一年ばかりの間だけでも、日記をつけていればよかったと思う。何しろ多数の著名人に出会っていたから、日記をつけていれば面白い記録になったかもしれない。当時、貴族階級や大地主階級に対する人々の信頼は、南アフリカでの事態収拾の失敗によってひどく崩れていたのだが、彼らはそれに気付かず、かつての自信を保持したままだった。私がよく出入りしていた政治家の邸《やしき》では、大英帝国の統治がまるで自分たちだけの内輪の業務ででもあるかのような口の利き方をいまだにしていた。まもなく総選挙が行なわれるというときに、トムに内務省を担当させるべきだろうかとか、ディックがアイルランド担当で満足するだろうかといった議論を聞くと、何だか奇妙な気がしたものだ。現在ではハンフリー・ウォード夫人の小説を読む人はいないだろうが、彼女の小説には当時の支配階級の生活を的確に描いたものがあったように思う。小説家はまだそういう階級の生活に大いに関心をいだいていて、貴族など一人も接したことのない作家まで、主に上流階級のことを書くべきだと心得ていた。当時の芝居のポスターを今見る人がいれば、登場人物の多くが貴族の称号を持っているのにさぞかし驚くことだろう。劇場支配人はそれで観客を引きつけられると思ったし、役者も貴族の役を演じたがっていた。しかし貴族が政治面で重要性を失ってゆくにつれて、大衆は貴族に以前ほど興味を示さなくなった。演劇好きの人々は、自分たちと同じ階級の人々で、裕福な商人とか、医師や弁護士とか、そのころ国を動かしている人間の行動を舞台上で見ようという気持を持ち始めたのであった。さらに、爵位を持つ人間を登場させるのは、作品の主題にとってどうしても必要でない限り作者は避けるべきだという暗黙の了解が行き渡るようになった。けれども、下層階級にまで一般大衆が関心を寄せるようにするのは、まだ無理だった。下層階級を扱った小説や芝居は下品だと思う人が、当時は非常に多かったのだ。こういう階層の人間が政治的な実力を持つようになった現在、長いあいだ貴族に関心を寄せ、また裕福な中産階級にも一時期関心を寄せていた一般大衆が、果たして同じような関心を下層階級に向けるようになるかどうかは、興味のあるところだ。

この時期に私は、階級や知名度や地位からいって、自分はいずれ歴史上の人物になるに決まっていると考えても無理からぬ人たちと出会った。この連中は、私が勝手に想像していたほど優秀ではなかった。イギリス人は政治好きな国民であるから、政治が最大の関心事であるようなパーティーに私もしばしば招待された。そこで出会った著名な政治家に際だった才能を見出すことは出来なかった。国の政治を担当するには並はずれた知性など必要ないのかもしれないと、私はいささか性急な判断を下したものだ。その後、私は様々な国で高い地位についた政治家の何人もと知り合ったが、その度に彼らの知性が凡庸であるように思え、不思議でならなかった。日常のありふれた事柄を知らないし、鋭敏な知力とか旺盛な想像力とかを彼らに見出すのは稀《まれ》であった。ああいう輝かしい地位につけたのは弁舌の才のせいかな、と考えたこともあった。というのは、民主国家においては一般大衆の耳を捕らえなければ高位に昇るのは不可能だからである。そして弁舌の才というものが思考力を伴わないというのは、誰もが知るところである。しかし、私には利口とは思えない政治家がまあまあ成功裡《せいこうり》に国政を執り行なっているのを見たので、自分の考えが誤りだと思わざるを得なかった。つまり、国家を治めるには独特の才能が必要であるが、この才能は一般的な能力の有無とは関係なく存在しうるものであるに違いないのだ。同じように、巨万の富を築き、巨大企業を繁栄へと導いた実業家が、自分の仕事と無関係の事柄については一般常識さえ持たぬかに見える例も多数見てきた。

そのころ耳にした会話も期待したほど気の利いたものとは言えなかった。頭に残るようなものはめったになかった。たまには例外もあったが、総じてのんびりしたお喋《しゃべ》りで、陽気で、愛想のよい、表面的なものだった。真面目《まじめ》な話題は取り上げられなかった。大勢の人のいるところで真面目な話題を論じるのは野暮だという感情があったのだ。また、専門の話ばかりしていると非難されるのを恐れて、誰もが本当に関心のある話題を避けたのである。私の見るところ、会話はお上品なからかい合いが大部分を占めていたようだ。からかいと言っても、記憶に留めておきたいような気の利いた警句など、めったに聞けなかった。教養の唯一の効用は、くだらぬ話を見事に語ることなのだと、つい思ってしまうほどだった。その中で、最も興味深い話を常に面白く語れたのはエドマンド・ゴスだったと見てよいと思う。ゴスは読書に関して、綿密にではないようだが、とにかく非常にたくさん読んでいて、話は非常に知的なものだった。驚嘆すべき記憶力の持主であり、鋭いユーモア感覚を持ち合わせ、意地悪でもあった。スウィンバーンの親友だったので、彼について語れば人は夢中になって耳を傾けたが、交友があったはずのないシェリーについても親友だったような話をするのだった。ゴスは著名な人々と長年にわたって付き合いがあった。自惚《うぬぼ》れの強い男だったので、著名人の愚行を観察しては喜んでいたのだと思う。そして、彼らについての話を実際以上に面白可笑《おか》しく語ったのは間違いない。

2

多数の人々が有名人にぜひ会いたいと切望しているのを、私は常々不思議に思っている。自分の友人たちに有名人を知っていると言えることで得られる名声など、とりもなおさず自分自身は無名だということの証明に他ならないではないか。著名人は知り合いになろうと寄ってくる人々を扱うコツを身につけている。世間に向けて仮面をつけているのだ。大抵は感銘を与えるような仮面をつけていて、本当の姿を隠すように努める。世間に期待されているような役を演じ、練習して巧みに演じられるようになるのだ。けれども、こういう世間向けの演技を彼らの本当の姿だと受け取るのは愚かなことだ。

これまで私は少数の人に対して深い愛着を覚えたことはあるが、一般の人々への関心は、個人的な関心というより作品を書くためのものであった。言うなれば、かのカントが命じるように、個人をそれ自身一つの目的であるようには見たことがなかった。つまり、作家としての私に役立つ素材として見たのである。その場合、有名人よりも無名の人のほうに興味を引かれた。彼らはありのままの姿を示しているからである。無名の人は世間から身を守り、世間に感銘を与えるために格好をつける必要がない。限られた行動範囲の中でではあるが、彼らは個性を何にも妨げられずに発揮することが出来るし、世間から注目されたことがないので、何であれ隠す必要など感じたことがないのだ。奇妙な癖があったとしても奇妙だと気付かないので、平気でそれを見せる。それに、考えてみると、作家が扱うべきなのは無名の一般人である。王侯貴族とか独裁者や大資本家などというものは、作家から見ると物足りない。それでもお偉方について書こうという誘惑に負けた作家は少なくない。しかし作品が失敗に終わっていることからも、お偉方というのは芸術作品の創作のための素材としてはあまりに例外的なのだということが納得できる。作品の中で生きてこないのだ。一般人のほうが作家にはより肥沃《ひよく》な畑である。その意外性、特異性、無限の多様性は、限りない材料を提供してくれる。偉人は首尾一貫していることが非常に多い。凡人は相互に矛盾する要素の塊《かたまり》である。尽きることがない。これでもか、これでもか、というように驚かせてくれる。無人島で一カ月過ごすことになったら、総理大臣よりも獣医と一緒のほうがずっといいと私は思う。

3

本書において、これまでの生涯で私が興味をいだいてきた事柄を中心に、自分の意見をまとめてみようと思っている。けれども、私がこれまでに達した見解は、荒れた海上に浮かぶ難破船の残骸のごとく私の頭の周囲にぷかぷか浮かんでいるのである。こういうものを多少とも整理してみれば、自分の考えがどういうものかはっきりしてくるし、そうすれば、自分の考え方に一貫性が生まれるかもしれない、と期待したのである。今回以前にもそのように考えたことがあり、数カ月の長旅に出るとき実行しようと決意したのは一度にとどまらない。しかし、旅先で多くの印象を受け、多くの珍しい物を見、想像を刺激するような多くの面白い人物に会い、結果として、思索のための時間が持てなくなってしまった。その一瞬の経験があまりにも鮮明で、心を思索に調整することが不可能だったのだ。

今日まで自分の考え方を述べるのを躊躇《ためら》っていたのは、見解を自分自身のものとして述べるのが面倒に思えたからでもあった。というのは、これまでいろいろな意見を自分自身のものとして述べてきたのではあるが、それは小説家として述べたのであり、それ故、ある意味では自分を作中人物の一人とみなすことが可能だったのである。長年の習慣で、私にとっては作中人物を通して語るほうが気楽なのだ。私個人がどう考えるかを決めるより、作中人物がどう考えるかを決めるほうが容易なのである。後者は楽しみであったが、前者は出来れば先に延期したいような億劫《おっくう》な仕事だった。しかし、いつまでも先送りにしておくことは許されないのだ。青年時代には、年月が自分の前方にずっと続いているような気がして、終わりなどありそうに思えない。中年になってからでも、最近は寿命が延びているので、やる気はあってもあまりやりたくないことは、何か口実を探して先延ばしにしようとする。だが、自分が死ぬことを考慮に入れなくてはならない時期が遂《つい》にやってくる。現に、あちこちで私と同年配の者が死んでゆく。「人は全て死ぬものであり、ソクラテスは人である、故にソクラテスは死ぬ」と三段論法で説かれる通りであるのは分かっていても、普通であれば自分の死ももはやそう遠くではないと認めざるを得なくなるまでは、まだ論理学上の一前提に過ぎない。『タイムズ』の死亡欄に時どき目を走らせると、どうやら六十代が非常に危ないように思える。このような本を書き終える前に死ぬようなことがあれば、さぞかし口惜《くや》しいだろうと、かねがね思っていた。そこで急いで執筆を始めようと思った次第である。これを書いてしまえば、生涯の仕事を仕上げたことになるから、晴れ晴れとした気分で未来に立ち向かえるというものだ。自分にはまだ書く準備が出来ていないと考えようとしても、それは無理だった。私が重要だと思う事柄に関して、まだ結論が出ていないとしても、今後結論が得られる見込みはほとんどないからだ。私の意識の様々な面ではっきりしないままにずっと漂っていた考えを、遂に本書で全てまとめることが出来て嬉《うれ》しく思う。全て書いてしまえば、そういう考えとはおさらばし、自由に別の事柄に関心を持てるというものだ。というのも、私は本書を最後の著作にするつもりはないのだ。遺書を書いたら直ちに死ぬわけではない。遺書は用心のために書くものである。身辺整理というのは、将来についての不安なしに余生を送るための、この上ない準備である。本書を書き上げてしまえば、自分を客観的に眺められるであろう。そうすれば、残された年月を自分の好きなように後顧《こうこ》の憂《うれ》えなく使えるのである。

4

予めお断りしておくが、本書において、これまで私が述べてきた多くのことを繰り返すのは避けられない。私が本書を『サミング・アップ』と名付けたのもそのためである。

裁判では、判事が事件を要約する《サム・アップ》とき、陪審員の前に提示された事実を総括し、原告被告双方の主張にコメントを加える。それだけであり、新事実を出すことはない。私も生涯の事実を作品の中に投入したのであるから、私の語りたいことの多くは当然作品の中に現われている。私が興味をいだく範囲内の話題で、私が既に軽く、あるいは真面目に論じなかったものはほとんどない。本書で私が試みたいと思うのは、自分の感情と思考をまとまった形で述べることに過ぎない。それに加えて、小説や劇という場なので、それとなく触れるに留めるしかないと判断した考えを、この機会にもっと詳しく論じることもあろう。

この本は自分勝手なものになるに違いない。私にとって重要だと思われるいくつかの事柄について書くつもりであるが、それが自分にどのように影響したかという立場から論じるしかないのだから、結局、自分自身について書くことになる。といっても私がしてきたことを書くというのではない。自分の胸のうちを全て公開する気はない。読者に私の心のどこまで入って来てもらうか、限度を設けさせて頂く。自分の胸中に留めおくことで足りている事柄もあるのだ。誰でも自分についての全てを語ることは出来ない。自分の裸の姿を世間に見せようとした者が全ての真実を語らずに終わるのは、虚栄心のせいだけではない。書き手の関心の持ち方のせいでもある。自分への失望、自分がとても異常と思えることをやりかねないという驚き、そういう感情のために、書き手が考えるよりも世間によくあるような出来事を、ばかに大袈裟《おおげさ》に書いてしまうのだ。例えばルソーはその『告白録』の中で、世間をあっと言わせたいくつかの出来事を書いた。出来事をあまりに赤裸々《せきらら》に書いたので、ルソーは自分の価値観を歪《ゆが》めてしまい、彼の生涯でそういう出来事が実際に与えた影響を過大に描いてしまったのである。彼の生涯にはそういう出来事の他にも非常に多くの出来事があり、中には善行もあれば善とも悪とも決められぬものもあったのだが、当たり前のことは書き記す価値がないというので、全て省いたのであった。世の中には、自分の善行には注目しないで悪行に苛《さいな》まれているような人間がいる。自分のことを語る人には、こういうタイプの人が非常に多い。悪い面を補うような善良な性質を省いてしまうものだから、単に弱気で無節操で不道徳な人間のように見えてしまうのである。

5

本書を書く目的の一つは、長いあいだ心に取り憑《つ》いていて落ち着けなくなっていたたいくつかの思いから、自分を解放することである。ひとを説得しようなどとは思わない。ひとを教育しようなどという本能は私には欠けているので、何かを知っているとき、それをひとに教えてやりたいという願望を覚えたことはない。ひとが自分の見解に同意するかどうか、それもたいして気にならない。むろん、自分としては自分が正しく、ひとは間違っていると思う。正しいと思わなければ、そう思わないに決まっている。ただ、ひとが間違っていても私は腹を立てない。また、自分の判断が大多数の人と違っていても、それほど気にならない。自分なりに自信があるのだ。

私が意見を述べるとき、あたかも自分が重要人物ででもあるかのような印象を与えるに違いない。確かに自分にとって自分は重要人物である。自分にとっては、私はこの世で最も重要な人物なのである。もっとも、「絶対者」と比較するような大袈裟なことはしなくても、常識の基準から判断しても、自分が自分以外の人には取るに足らぬ人物であるのは、心得ているつもりである。私のような者がこの世に存在しようとしまいと、世間には何の変わりもなかったであろう。また私の作品のどれかに関して、重要作だと述べていると思えることがあるかもしれないが、それは単にこういうことである。つまり、何かを論じていて、たまたま作品に言及することがあり、その目的のために重要に思えるというに過ぎない。

真面目な作家(といっても真面目な事柄を書く作家という意味では必ずしもないのだが)なら、死後の自分の作品の運命にまったく無関心ではいられないと思う。永久に読み継がれるなどとは考えなくとも(永久といっても、文学作品の場合はせいぜい数百年のことであり、それも大抵は学校の教室だけでの話であるが)、数世代の間は関心を持たれ、さらに自国の文学史にほんの僅《わず》かであれ一隅を占めるだろう、と思うのは、いい気分である。しかし、私自身に関しては、こういう控え目な未来に対してさえ懐疑的である。私の短い一生においてすら、文壇において私などよりずっと輝かしい地位を占めていた作家が忘れ去られるのを見てきたのだ。私の若い頃は、ジョージ・メレディスとトマス・ハーディは確実に後世に残ると思われていた。だが、彼らは現代の若者には大きな意味を持たなくなっている。何か書く対象を求める批評家が彼らについて論文を書くことは時にはあり、それにつられて読者が書庫から二人の本を持って来ることはあるだろう。だが、二人とも、『ガリヴァー旅行記』や『トリストラム・シャンディ』や『トム・ジョウンズ』が読まれているように読まれる作品は一つも書かなかったのは、明らかだと思う。

これから先の章で、私が独断的な言い方をすると感じられるとしても、それはただ、「私はこう思う」とか「そう感じる」とか、いちいち断るのが面倒だからに過ぎない。私が述べることは全て私個人の見解である。賛成でも反対でも、それは読者の自由だ。もし辛抱強くこれから先の文章を読んで頂ければ、私が確信しているのはただ一つのことだけであり、それは、私が確信していることなどほとんどない、という事情がお分かりになるだろう。

6

私がものを書き出したときは、書くということほど世の中で自然なことはないという気持でスタートした。アヒルが水辺に赴《おもむ》くのと同じ気持で書き始めたのである。とはいえ、自分が作家であるという事実に対する驚きの気持を私は常に持っている。抗し切れない願望があったという以外に作家になった理由は何もなく、そういう願望が一体どうして私の心にわき上がったのか、理解できない。というのも、私の家系は百年以上にわたって法律と関係があった。『英国伝記辞典』によると、祖父は英国法律協会の二人の創設者のうちの一人であり、大英国立図書館のカタログには祖父の法律関係の業績がずらりと並んでいる。祖父は法律関係以外の書物も一冊だけ書いている。当時の真面目な雑誌に寄稿したエッセイを集めたものであるが、雑誌に寄稿するときは、自己の良識に従って匿名にしていた。子牛革で製本した美本のこのエッセイ集を、私は一度手にしたことがあるのだが、読んだことはなく、それ以来手に入れられないでいる。入手できればよかったのにと思う。祖父の人となりが分かっただろうから。祖父は自分が創設した協会の事務総長になったので、長年チャンセリ・レインに住んでいた。引退して、公園を見渡すケンジントン・ゴアの家に移ったとき、記念に贈られた金属盆、紅茶やコーヒーの道具一式、銀の飾り皿は、どれもばかに大きくて華美なので、子孫にとっては宝の持ち腐れとなった。ある老弁護士を子供のころ知っていたが、この人は司法研修生だったときに祖父の家に夕食に招待されたことがあると話してくれた。祖父はビーフを切り分け、そこに召使が皮付きのベイクト・ポテトを一皿運んできた。皮付きポテトにたくさんのバターとコショウと塩をつけたものは実にうまい。けれども祖父はそう思わなかったらしい。テーブルの上席で椅子《いす》からすくっと立ち上がり、皿からポテトを一つまた一つと取り、壁の絵に向かって一つずつ投げつけた。それから一言も発せずに椅子に坐り、食事を続けた。そのような振舞いが一座の人たちにどういう効果をもたらしたかを私は尋ねた。誰も注意を払わなかったそうだ。老弁護士はまた、祖父みたいな醜《みにく》い小男は見たことがない、と言った。私はチャンセリ・レインの法律協会の建物に行き、本当にそんなに醜い男だったのかどうか確かめたことがある。この建物に祖父の肖像が飾ってあるのだ。もし本当に老弁護士の言ったほど醜かったとすれば、肖像画家は実際よりもはるかによく描いたことになる。絵の祖父は黒い眉毛の下にとても美しい黒目があり、目には僅かながら皮肉なひらめきがあった。意志の強そうな顎《あご》、真っ直ぐな鼻、突き出た赤い唇をしている。黒い髪はアニタ・ルースばりに格好よく乱れている。羽根ペンを握っていて、傍らには自分の著作と思われる本が積み重ねて置いてある。黒コートを身につけているのだが、どうも威厳があるようには見えず、僅かながら悪戯《いたずら》っぽく見える。ずいぶん前、祖父の息子の一人、つまり私の叔父にあたる人が亡くなって、残した書類を処分しているとき、祖父がつけていた日記を偶然見つけた。十九世紀初頭に、「小旅行」と当時呼ばれていた、フランス、ドイツ、スイス旅行をしたときにつけた日記だった。シャフハウゼンにおけるライン川のあまり印象的とは言えぬ滝を見物した際、祖父は全能の神に感謝を捧げたが、その理由は「このような見事な滝を創造された神の驚嘆すべき御業《みわざ》と較べて、人間がいかに卑小であるかを粗末な人間どもに気付く機会を与えられた故に」と記してあった。

7

両親は、私がまだ幼いときに亡くなったので、人づてに聞いたこと以外、私は二人のことはよく知らない。母は私が八歳、父は十歳のときに亡くなった。父はパリに行って英国大使館の弁護士になった。理由は分からない。もしかすると、息子の私と同じで、何か未知なるものへの憧れのようなものに突き動かされたのかもしれない。事務所はフォブール・サン・トノレ街の大使館の真ん前に構えていたが、私宅は円形広場に通じる、道の両側に栗の木がある、昔はダンタン通りと呼んでいた幅の広い並木道に面した所にあった。父は当時としては大の旅行家だった。トルコ、ギリシャ、小アジアを訪ね、さらに、当時は人がまず訪ねることのなかったモロッコのフェズまで出かけていたのだ。旅行記をかなりたくさん集めていたし、さらにダンタン通りの家には旅行先で入手した品々が所狭しと並べられていた。古代ギリシャのタナグラ小彫像、ロードス島の陶器、豪華な装飾を施した鞘《さや》に入ったトルコの短剣といった品々だった。母と結婚したときは既に四十歳になっていて、母のほうは二十歳以上も年下だった。母は大変な美女だったが、父は相当な醜男《ぶおとこ》だった。聞いた話では、当時のパリで二人は美女と野獣と呼ばれていたという。母の父親は軍人で、インドで死んだ。その未亡人、つまり私の祖母は、かなりあった遺産を浪費し、その後フランスに居を定めて年金生活を始めた。祖母はひとかどの人物だったようであり、もしかすると才能も多少あったのかもしれない。フランス語で若い女性向きの小説を書いたり、客間で歌う民謡に曲をつけたりしていたからだ。祖母の小説は読者に好まれ、作曲した民謡もオクターヴ・フイエ（十九世紀フランスの小説家、劇作家）の高貴な女主人公たちに歌われたと思いたい。祖母の小さな写真が一枚ある。幅広のフープスカートをつけた中年女性で、きれいな目をしていて和やかそうだが、一本筋が通っているという感じだ。母はとても小柄な人で、茶色の大きな目、濃い赤みがかった豊かな金髪、繊細な目鼻立ち、きれいな肌だ。慕う男性が大勢いたらしい。母の大の仲良しにアングリジー夫人という名のアメリカ人がいて、彼女は比較的最近高齢で亡くなったが、次のようなことを母に言ったと教えてくれた。「あなたはとっても美人だし、あなたを慕っている殿方も大勢いるじゃないの。それなのにどうして、あんな醜男の夫なんかに操をつくすの？」そのときの母の答えは、「だって、あの人、わたしの気持を傷つけることなど絶対にしないもの」だったそうである。

私が実際に見た母の書いた唯一の手紙は、叔父が亡くなった後に、叔父の残した書類を整理していたとき、たまたま出くわしたものである。叔父は牧師をしていたので、母は息子の一人の名付け親になるように依頼したのである。貴方《あなた》は聖職についているので、名付け親になって下されば、新しく誕生した子供によい感化を与えて、子供は神を恐れる善良な人に成長してくれましょうという願いを、敬虔《けいけん》かつ非常に素朴な文体で述べていた。母は小説の愛読者で、ダンタン通りの家のビリヤード室に置かれた二つの大きな本箱は、タウフニッツの廉価版《れんかばん》の本で一杯だった。母は肺結核を病んでいて、当時はロバの乳がよく効くと信じられていたため、家の戸口には繋《つな》がれたロバが並んでいたのを覚えている。夏にはドオヴィルで家を借りて過ごしたものだった。当時ここは洒落《しゃれ》たトルヴィルに圧倒され、有名な保養地でもなく小さな漁村に過ぎなかった。母が死ぬ直前の冬はポーで過ごした。母が喀血《かっけつ》したか何かで寝ていて、もはや余命いくばくもないと悟ったとき、一度こんな考えが頭に浮かんだ。自分の死後、息子たちが大きくなっても、母親の自分がどんな人だったか思い出せないだろう、と思ったのだ。そこで、メイドを呼び、白サテンの夜会服を着せてもらい、写真館に行った。結局、母は息子を六人産み、出産で亡くなった。当時の医者は、結核に罹《かか》っている女性には出産が役立つという妄説をいだいていたのだ。まだ三十八歳だった。

母の死後、メイドが乳母になった。それ以前の乳母はフランス人だったし、私はフランスの幼稚園に行っていた。だから英語はほとんど知らず、あるとき汽車の窓から馬を見て、「見てよ、ママ、馬がいるよ」とフランス語で言ったと聞いているくらいだ。

父はロマンティックな気質だったのだと思う。あるとき、夏に暮らす家を建てようと思いついた。その目的でパリ西方のシュレーヌという町にある山の頂上に土地を買った。そこからは広々とした平野が見渡せたし、はるか彼方《かなた》にはパリが見えた。そこから川に降りる道があり、川沿いには村があった。その家はボスポラス海峡沿いの別荘に似たものになるはずで、最上階はイタリア風の柱廊で取り囲まれていた。工事の進捗《しんちょく》状況を見るため、毎週日曜日に父と一緒にセーヌ川をバトー・ムーシュで下ったものだった。屋根がついた頃には、父はアンティークの火掻き棒などを買ってきて飾り始めた。大量にガラスを注文し、それにモロッコで父が見つけてきた魔よけの印《しるし》を彫りつけた。その印は本書の表紙にもあるので、読者の目にも触れよう。この別荘は白い家で、鎧戸《よろいど》の色は赤だった。庭園の配置も整った。室内の飾り付けも仕上がった。しかし父は死んでしまった。

8

これ以前から、私はフランスの学校を退校していて、勉強のためには大使館付属の教会に住むイギリス人の牧師の家に毎日通っていた。この先生が英語を教える方法は、子供の私に『スタンダード』に出た警察裁判所のニュースを音読させるというもので、怖かったので今でも覚えているが、パリ＝カレー間の列車内での殺人事件のぞっとするような詳細な記事があった。せいぜい八歳か九歳の頃だろう。英語の発音に関しては長いあいだ自信が持てずにいた。イギリスに移って、パブリックスクール入学前の小学校にいた頃、「水のようにアンステイブル（不安定）」という句を発音するとき、「アンスタブル」とフランス語風に発音したものだから、みんなが爆笑して恥ずかしかったことは今でも忘れられない。

英語のレッスンは生涯で二度しか受けたことがない。学校で作文の時間はあったけれど、文章の書き方、つなぎ方などは一度も習わなかったと思う。その二度のレッスンとも教わったのがずっと後のことであり、それによって自分の文章が改善されたとは思えない。最初のレッスンはつい数年前のことである。ロンドンに数週間いたとき、臨時の秘書として若い女性を雇った。内気で、まあ美人のほうで、既婚の男性との恋に夢中になっていた。ちょうど『お菓子とビール』という作品を書き上げたときで、ある土曜の午前中にタイプ原稿が届いた。そこで彼女に、家に持って帰って週末に直してほしいと頼んだ。私のつもりでは、タイピストのミスによって生じた誤字を直すとか、私の筆跡が読みづらいために起こってしまった間違いを見つけてもらうだけでよかった。ところが、彼女は良心的な人で、私の依頼を意図した以上の意味に取った。月曜の朝、彼女からタイプ原稿を返されると、大判の用紙四枚分の訂正箇所まで添えてあった。これを見て最初は少し腹が立ったことを白状する。しかし、せっかく彼女が苦労して直してきたのだから、もし役立つものなら利用しないのも愚かだと思い直し、一体どう訂正したのか腰を落ち着けて検討し始めた。どうやら彼女は秘書養成学校で文章講座を受講したらしい。先生に自分の作文を直してもらった、まさにそのままの几帳面《きちょうめん》さで、私の小説に手を入れたのであった。大判の用紙四枚にびっしり書いてあるコメントは厳しく痛烈なものだった。秘書養成学校の作文担当の教師というのが、あまりに黒白をはっきりさせるのには驚嘆した。一定の方針を採り、それに絶対の自信を持っていて、何かについて別の見方もありうるなどと、まったく考えないようなのだ。この教師のお利口さんの教え子は、文章の最後に前置詞が来るのを容認しない。彼女が感嘆符を付けた箇所は、口語表現には反対だという意味であった。同一の語を一ページに二度使ってはならぬという考えで、私が二度使った箇所には決まって別の同義語が書かれていた。もし私がのんびりと十行の長さの文を書いていたとすると、「もっと明確に。二、三の文に分けたほうがよい」と書いてあった。セミコロンを用いて、文の間で一息入れようとすれば、「ピリオドに」とあるし、あえてコロンを使おうものなら、たちまち「古臭い」とやられた。彼女のコメントの中で一番厳しかったのは、私が中々いい冗談だと思って書いた箇所への批判だった。「事実だと分かっていますか」とあった。このようなことなどから想像してみるのだが、秘書養成学校の教師殿は私にはよい点数を呉《く》れなかっただろうと結論せざるを得ない。

二度目のレッスンは、ある大学教員から受けた。この人は知性も魅力もある人で、私が別の本の校正をしているときに私の家に滞在していたのである。親切にも、見ましょうかと申し出てくれた。私は躊躇《ためら》った。私が到達できないような高い基準で判断するのは分かっていたし、彼がエリザベス朝の文学に造詣《ぞうけい》が深いのは知っていたが、彼の現代文学についての鑑賞眼は信用していなかったのだ。彼は『エスター・ウォーターズ』（ラゾの影響下にジョージ・ムアが書いたイギリス自然主義の小説）を法外に褒めていたが、およそ十九世紀のフランス小説に詳しい者なら誰であれ、この作品をそんなに高くは評価しないと思う。それでも私は校正中の自分の小説を少しでもよくしたいと思い、彼の批評を活用したいと望んだ。実際、好意的な批評をしてくれた。こんな風に彼は自分の学生の論文を見てやっているのだろうと推察できたので、特に興味深く感じられた。彼は、職業柄磨いてきた言語感覚を生まれながらに持っていたようであり、文章の審美眼は確かだと思えた。個々の単語の持つ力を強調するのには感心した。言葉の音調よりも強さを好むようだった。例えば、私が、ある場所に「像が据えられるだろう」(statue will be placed) と書いたのを、「像が建つだろう」(statue will stand) と書き直したほうがよい、と提案した。私がそれを避けたのは、statue と stand の頭韻の重なりによる音調を嫌ったためだった。もう一点気付いたのは、彼が言葉というものは、文の均衡をとるようにするだけでなく、概念の均衡をとるようにも用いられるべきだと考えていたことだ。これはまっとうな考えである。というのは、概念は唐突に述べられると効果が出ないかもしれないからだ。しかしこれは微妙な問題で、下手をすると冗長になってしまう。それ故、この場合には芝居のセリフについての知識が役立つであろう。俳優が芝居の作者に「このセリフ、少し言葉を足して頂けませんか。今のままだとセリフが生きませんから」と頼むことが時々ある。私は友人の見解を聞きながら、もしこの適切で、偏見のない、親切な忠告を若い頃に聞いて活用できていたなら、今の私はもっとよい文章が書けているだろうに、と思わざるを得なかった。

9

そんな事情で、私は文章に関しては独学で学ぶしかなかった。作家として修業を始める以前の私に、どのような天賦《てんぷ》の才、独自の作家的資質があったかを知ろうとして、非常に若いときに書いた短篇を読み直してみた。作品には傲慢《ごうまん》さがあるが、これはおそらく若さのせいだとして許されよう。また短気さもあるが、これは性格上の欠陥であろう。だが文章の書き方についてのみ述べると、どうやら私には生まれつき明瞭に書く能力があったようだし、平易な会話を書くコツも心得ていたらしい。

当時はよく知られた劇作家であったヘンリー・アーサー・ジョーンズは私の処女作『ランベスのライザ』を読み、これを書いた男はいずれ劇作家として名をなすだろう、と友人に語ったという。きっと、劇作家としてのセンスのよさを暗示するような情景の直截で効果的な描き方を認めてくれたのだろう。私の使える言葉は平凡だし、語彙《ごい》は限られているし、文法知識はいい加減だった。それでも、私にとって書くことは呼吸するのと同じくらい自然な本能であり、上手に書くか下手に書くかということは考えなかった。書くことが精緻《せいち》なわざであり、よほど努力せずには身に付かないと気付いたのは数年経ってからのことだった。自分の意図することを書こうとしても中々うまくゆかないという経験をして、否応なしに気付いたのであった。会話の箇所はすらすらと書けるのに、描写となると、にっちもさっちも行かなくなってしまった。一、二行の文を数時間かけて何とか意味の通るものにしようと必死の努力をしたが、不可能だった。文の書き方を独学で学ぶしかない、と思った。残念ながら誰も教えてくれる人はいなかったのだ。何度も誤った。あの頃に前章で述べた親切な教師のような人がいたなら、ずいぶん無駄な時間を省けただろう。賢い助言者がいたなら、私の僅かばかりの才能が、ある面に適していると分かれば、その面でさらに伸ばそうとするのが最善だと諭《さと》してくれたであろう。私に適性がない面でいくら頑張っても無駄だと教えてくれたろう。しかし、あの頃は華麗な散文が称賛の的だった。宝石で飾った語句や異国風の修飾語をちりばめた凝った文章によって豊饒《ほうじょう》な質感が求められた。黄金をふんだんに用いて飾り立てて分厚くなり、ひとりで立っているような金襴《きんらん》織りの肌理《きめ》が、文体としての理想だった。知的な若者は夢中でウォルター・ペイターを読んだ。ペイターの文体は貧血症だと、私は直感した。あの凝った優雅な美文の背後にあるのは痩《や》せ衰えた人間だと、私の常識は教えた。私は若く、活力に満ちていた。新鮮な空気、行動、激しさを欲した。あの死んだような、澱《よど》んだ空気を吸い、囁《ささや》き声以外に声を高めてはいけないような静まり返った部屋に坐るのは耐えがたかった。しかし私は自分の常識に従わなかった。これこそが最高の文化であると自分に言い聞かせ、男どもが大声で叫んだり、汚い言葉を使ったり、馬鹿な真似《まね》をしたり、女遊びをしたり、酔っぱらったりしている世間を軽蔑し、それに背を向けた。ペイターの他に、オスカー・ワイルドも読んだ。その『意向集《インテンションズ》』と『ドリアン・グレイの肖像』を読んだ。『サロメ』のどのページにもふんだんにちりばめられている幻想的な言葉の珍しさと色彩に酔った。顧みて自分の貧弱な語彙にショックを受けたので、鉛筆と紙を持って大英博物館に出かけ、珍しい宝石の名前とか、古代のエナメルのビザンチン風の色合いとか、織物の官能的な感じなどを書き留めた。そしてノートに書き記した言葉を使って精巧な文を練り上げてみた。幸いなことに、それは実際に使う機会がなく、古いノートに眠っているから、たわごとでも書こうというときにはいつでも利用できる。当時、ジェイムズ一世の欽定訳聖書は英語が生んだ最高の散文だと一般には信じられていた。私も熱心に読んだもので、とりわけ「ソロモンの歌」を読みながら、感銘を受けた表現をいずれ使ってみようと思って書き留め、珍しい語、美しい語のリストを作ったりもした。ジェレミー・テイラーの『聖なる死』を熟読した。テイラーの文体を真似ようと、いくつかの文を写し、記憶から再現しようとしたこともあった。

こういう努力の最初の成果が、『聖母の国』というアンダルシアについての薄い本だった。先日この本の一部を読む機会があった。あの本を書いたときと較べると、私はアンダルシアのことはずっとよく知っているし、あの本で書いた多くの事柄について今では違った考えを持っている。実は、この本はアメリカで僅かばかりだが読者が絶えないので、ひとつ改訂してみようと思い立ったのであった。だが、直ぐにそれは無理だと分かった。この本は、私が完全に忘れてしまった誰かによって書かれたのであった。読んで死ぬほど退屈した。だが、私が問題にしたいのは文章のことだ。もともとあれを書いたのも文章修業のためだったのだ。哀愁を帯び、隠喩の多い、手の込んだ文体である。ゆとりもないし、のびのびしたところもない。温室育ちの植物のにおいがする。ベイズウォーターの大邸宅の食堂に通じる温室の空気にも似た、あの不味《まず》くて堅苦しい日曜日の昼食みたいなにおいだ。音調のよい修飾語がふんだんに用いられている。語彙は感傷的である。豪華な金模様のイタリアの錦織を思わせるのでなく、バーン・ジョーンズがデザインし、モリスが制作したカーテン素材を思わせる。

10

まもなく私は十八世紀の古典主義文学の作家に注目するようになった。それが、上記のような文章は自分の好みでないという潜在意識のせいなのか、それとも、生来几帳面な性格のせいなのか、理由は分からない。とにかくスウィフトの散文に心を奪われるようになった。これこそ見習うべき最高の文章だと思い定め、ジェレミー・テイラーのときと同じようにスウィフトの模倣を始めた。『桶物語』を選んだ。スウィフトが晩年になって、この本を読んだとき、「あの頃は私も何という天分を持っていたことか！」と歓声を上げたという。だが私には、彼の天分は他の作品に現われていると思われる。これは退屈な寓話だし、諷刺《ふうし》は皮相的だ。だが文体は見事である。これほど巧みに書かれた英語の散文は考えられないくらいだ。ここには華麗な文とか、突飛《とっぴ》な語句とか、大仰なイメージなどはない。洗練された文体であり、表現は自然で控え目で、しかも適切である。余分な語彙で読者を驚かそうというような意図はまったくない。スウィフトは最初に頭に浮かんだ単語で間に合わせたようであるが、鋭い論理的な頭脳の持主であったから、それが常に適切な単語であったのだ。彼の文章の強さと均整は、申し分ない趣味のお陰である。前にテイラーでやったように、私はいくつかの文を写し、記憶を頼りに再現してみた。原文の語句や語順を変えてみたが、結局、スウィフトが用いた語句と語順が唯一可能なものだと分かった。

しかし完璧には一つの重大な欠点がある。退屈になりがちなのだ。スウィフトの散文は、優雅な起伏のある田園地帯で、両岸のポプラ並木の間を悠々と流れるフランスの運河に似ている。穏やかな魅力で人は満足感を覚えるけれど、想像を刺激するとか、感情を高めるとか、そういうことはない。安心してどんどん読み進めることが出来るのだが、やがて少し退屈する。それで、スウィフトの素晴らしい明晰さ、簡潔さ、飾りのなさ、気取りのなさなどに、大いに感心しつつも、論じられている内容に特に興味が湧《わ》かない場合には、しばらくすると飽きてくる。私がもう一度やり直せるものなら、ドライデンの散文を、スウィフトの散文を相手にしたときのように、徹底的に勉強したいところだ。ドライデンの散文に出遇ったときには、私は苦労して文章を学ぶという意欲を失っていた。彼の文章はとても楽しいものだ。スウィフトのような完璧さはないし、アディソンのようなゆったりした上品さもないが、春を思わせる陽気さ、会話のような気楽さ、自発的な明朗さなどがあり、これらは魅力的だった。ドライデンは非常にすぐれた詩人であったが、抒情性に欠けるというのが大方の見解である。ところが不思議なことに、彼の穏やかに輝きを放っている散文において、まさにその抒情性が発揮されているのだ。このような散文がイギリスで書かれたことはドライデン以前にはなかったし、彼以降もめったにない。ドライデンは幸運な時代に活躍したのである。彼の散文にはもともと響きのよい美文調とジェイムズ朝の言語特有のバロック様式の重厚さがあったのだが、さらにフランス語の散文から学んだ上品で軽快な表現法の影響を受けて、神聖な主題だけでなく、ちょっとした思いつきのような軽い考えをも表現するのに適した散文を生み出したのである。彼はロココ様式の作家の最初の人である。スウィフトがフランスの運河を思わせるとすれば、ドライデンはイギリスの川を思わせる。丘の周囲を軽快にくねくねと蛇行し、ほどほどにせわしない町を抜け、風景の中にとけ込んでいるような村のそばを流れ、雄大な入江で憩うかと思うと、森林地帯では勢いよく流れたりするイギリスの川である。生き生きとして、多様性があり、風に吹かれていて、イギリスらしい心地よい空気の香りがする。

ドライデンの文体を学んだのは、作家としての私には非常によい経験だった。以前よりましに書くことができるようになった。もともと私は文章が下手だった。しかつめらしい、自意識過剰な文を書いていた。自分の書くものに独自の型を与えようとしたのだが、そんなものは一向に見当たらなかった。語順についてかなり苦心したが、十八世紀の初めに自然だった語順でも今世紀の初めには非常に不自然であるという反省をしなかった。スウィフトらしく書こうという試みの結果、却《かえ》って、スウィフトで私が最も尊重している、最も適切な語を最も適切なところで用いるという効果を生み出すことが出来なかった。その後、私は劇作を始めていくつかの芝居を書くことになり、もっぱらセリフのことだけに関心が移った。劇作が五年ほど続き、それから再びある小説を書き出したのだが、そのときまでには文章に凝るという望みを棄てていた。美文を書こうなどとは少しも考えなくなっていたのだ。文章を飾るのがいやになり、可能な限り気取らずに素朴に書きたいと願うようになっていた。頭の中に書きたいことがいくらでもあるので、無駄な言葉を使う余裕などなかった。事実を書くことしか念頭になかった。形容詞はいっさい使わないという、あり得ぬような目標をもって書き出した。ちょうどピッタリの語が見付かれば、それを形容する語はなくても済むと考えた。私が心に描いたのは、極めて長い電報のような体裁の小説だった。それは、料金の節約のために、意味を明確にするのに不要な全ての語を省いた電報と同じだ。この小説は、校正刷に手を入れてからずっと読んでいないので、果たして私の思ったように書けているかどうかは分からない。私の感じでは、それ以前に書いたどの作品と較べても、少なくともより自然に書かれているのではないかと思う。ただし、ずさんに書いたところも少なくないだろうし、きっと文法の誤りも数多くあるに違いない。

それ以後、私は他の作品もたくさん書いてきて、昔の巨匠の文章を系統的に学ぶのは断念したけれど(というのも、心はやれど肉体は弱しというわけで)、自分の文章を向上させようという努力を以前より熱心に行なってきた。自分の限界がはっきりと認識できたので、その範囲内で到達できる程度の理想に向かって邁進《まいしん》するのが理にかなっていると判断した。自分には抒情性が欠如していると分かった。語彙が少なく、何とか増やそうとしても効果なしと分かった。隠喩を使う才能はないし、独創的で魅力的な直喩などめったに頭に浮かばなかった。詩的な飛躍とか想像の翼を大きく羽ばたかせるとかは、とうてい私に出来ることではなかった。そういうものが他の作家にあるのに感心することは出来た。他人が持って回った修辞や、珍しいけれど暗示的な言葉を用いて、いろいろな思考にいわば衣を着せているのに感心することは出来た。ところが、私自身にはそのような飾りは何一つ思いつかない。自分の頭では容易に出来ないことを努力してやろうとするのにうんざりした。その一方、私には鋭い観察眼があり、他の作家が見落としている多数のものを見ることが出来た。観察したものを明瞭な言葉で表現することも出来た。また私には論理的に考えるセンスがあり、言葉の豊富さとか珍しさに対する感覚は鈍いけれど、とにかく言葉の音、響きには敏感に反応できた。自分が望むほどうまい文章を書けるようにはならないのは分かったが、苦労すれば生来の欠点の許す範囲でうまい文章が書けるようになると思った。じっくり考えて、私が狙《ねら》うべきは、明快、簡潔、音調のよさだと決めた。この三つは私が大切だと考える順に挙げた。

11

およそものを書く人間で、読者が努力をしなければ書いてあることが理解できないような文章を書く人間には、私は昔から我慢がならなかった。偉大な哲学者の書いたものを読めば直ぐ分かるように、非常に複雑な思想でも明快に表現することは可能である。ヒュームの思想を理解するのは難しいかもしれないし、哲学の素養がなければ、彼の思想の細かい含蓄まではもちろん把握できないであろう。しかし、およそ教育のある者なら、ヒュームの個々の文がどういう意味であるのかは、きちんと理解できるはずである。バークリにしても、言葉の点だけなら、彼ほど洗練された英語を書いた人はまずいない。ものを書く人間に見出される曖昧《あいまい》さには二種類ある。一つは怠慢によるもので、もう一つは我儘《わがまま》による。明瞭に書くことを身につけるのを怠ったが故に、曖昧な文章を書く著者は多い。この種の曖昧さは、現代の哲学者や科学者などに見られる。実は文芸批評家にさえ見られるのだが、これはまったく不可解なことである。大文学者の研究で生涯を送ってきた人なら、言葉の美に敏感であり、華麗な文章は書けなくても、せめて明瞭に書けると思うではないか。それなのに、批評家の書くものには、意味を理解するために二度読まなくてはならないような文がいくつもいくつも見出せるのだ。こういう意味であろうかと推測するしかないような場合も多い。何しろ書き手が意図したことを表現できていないのだから。

曖昧さのもう一つの原因は、書き手自身が何を言いたいのか、はっきり分かっていないことである。自分が言いたい内容について漠然とは見当がついているのだが、知力が足りないか怠惰なために、頭の中できちんと論理的に整理できていないのだ。整理されていない考えでは正確な表現を見出せないのは当然である。このような事態が生じるのは、多くの筆者が書き出す前でなく書きながら頭を使うからである。ペンが思想を生み出すのだ。このことで不都合なのは、実際にものを書く者ならその危険に常に身構えているべきなのだが、書かれた言葉が一種の魔力を持ってしまうことだ。つまり観念はいったん言葉で書かれると立派な実体を得たようになり、そうなると、もっと明瞭に表現しようとする試みの邪魔になるのだ。この種の曖昧さは直ぐに故意による曖昧さに同化してゆく。明確に考えることをしない筆者の中には、自分の思想が一見したよりも立派な意味合いを持っていると考える傾向のある者もいる。自分の思想があまりにも深遠なため凡人に理解できるようには表現できないのだ、と信じるのは気分がいい。当然この手の筆者は、自分に精密な思考力が欠けているのが問題だなどとは思い至らない。この場合にも書かれた言葉の魔力が作用する。筆者自身がよく理解していない語句が、自分が気付いている以上に立派な意義を持つのだと思い込むのは容易なことである。こうなると、あと一歩で、自分の考えをもともとの曖昧なままに書き記すという習慣に陥る。愚かな読者は必ずいるもので、筆者のそういう曖昧な表現に隠れた意味を見出してくれるものだ。故意による曖昧さのもう一つの形は、貴族を装い庶民を除外しようとする偉ぶった態度を取るものである。筆者が、教養のない者どもが加われないように、自分の意味するところをわざと神秘の衣に包むのである。自分の魂はいわば秘密の園であって、選ばれた者のみ、いくつかの危険な障害を乗り越えてようやく入ることを許される、というわけである。しかし、この種の曖昧さは高慢ちきというだけでは済まない。見通しが甘い。時が経つと奇妙な事態になってしまうのだ。意味するものがもしも貧弱だと、時の経過で単なる無意味な饒舌《じょうぜつ》と化し、誰も読まなくなる。フランスの作家でギョーム・アポリネールに惹かれて模倣を試みた連中の苦心の作は、そのような憂き目を見たのである。それにしても、一般論として、かつては深遠だと思われていたものが、時とともに鋭く冷たい光を当てられ、言葉の極端な操作が実は平凡きわまる思考のカムフラージュだったことが露見することもある。例えば、難解とされていたマラルメの詩も、今ではそのほとんどが意味を解明されている。さて解明されてみると、この詩人の思想が驚くほど独創性に欠けているのに気付かざるを得ない。彼の詩句には確かに美しい句もあるが、その詩の内容は、当時の詩壇において言い古されたことばかりだった。

12

簡潔さというのは、明瞭さのように直ぐ分かる長所ではない。私がそれを目標にしたのは、自分には絢爛豪華《けんらんごうか》なものを書く才能がなかったからである。他の作家の持つ華麗な表現に対してある程度は敬意を払うが、量が豊富なものは消化できない。ラスキンを一ページ読むのは楽しいけれど、二十ページとなるとうんざりする。流れるような名調子、堂々たる修飾語、詩的連想に富む名詞、文に重みと豪華さを与える従属節、公海で大波が次々に押し寄せてくるような壮観さなど――このような特徴を持つ文章に人の心を高揚させる何かがあるのは疑いない。このように言葉が結び合わされると、耳には音楽を聴くような感覚を与える。知的というより感覚的な刺激であり、人は音の美しさに酔って意味など考える必要はないと、うっかり思い込む。だが言葉というものは暴君であり、意味のために存在しているのだ。だから、人が意味に注意を払おうとしなければ、言葉はそのような人を寄せつけない。華麗な文章にはそれにふさわしい題材が必要とされる。美文調でくだらぬことを書くのは確かに不釣り合いである。サー・トマス・ブラウンくらい飾り立てた文体で大成功を収めた作家はいないが、その彼ですら、この不釣り合いの陥穽《かんせい》から常に逃れていたわけではなかった。『壺《こ》葬論《そうろん》』の最後の章では、「人間の運命」という題材が言葉のバロック的な華麗さとピッタリ合致しているので、その結果として、ブラウンは英文学史上誰をも凌駕《りょうが》するすぐれた散文を生み出した。ところが、同じような絢爛たる文体で、自分がいかにして骨壺を発見したかという経緯を述べるときには、効果は、少なくとも私にはどうも適切とは思えない。いわんや、現代作家が、尻の軽い小娘が平凡な青年のベッドに入るか否《いな》かというような話を典雅な文章で描写したとしたら、読者がうんざりするのは当然である。

だが、華麗な文章を書くのに特殊な才能が必要である一方で、簡潔な文章も決して生まれつき誰でも書けるわけではない。厳しい修業が必要である。私の知る限りでは、「華麗な文体」と名付けられている散文が存在するのは英語だけである。英語に特徴的なものでなければ、こんな呼び方は必要ないだろう。英語の散文は簡潔というより込み入っているが、ずっと昔からそうだったわけではない。シェイクスピアの散文は、キビキビし、非常に率直で生き生きとしている。だが、彼の散文は芝居の中で喋られるセリフであるのを考慮しなくてはならない。彼が、コルネイユと同じく、自分の芝居に序文を書いていたとしたら、どんな英語を書いたか分からない。もしかすると、エリザベス女王の書簡のような美辞麗句に満ちたものだったかもしれない。だが、もっと早い時代の散文、例えばサー・トマス・モアの散文は重厚でも華美でも修辞的でもない。イギリスの土壌のにおいがする。ジェイムズ一世の欽定訳聖書が英語の散文にひとかたならぬ有害な影響を及ぼしてきたというのが、私の意見である。私も馬鹿ではないので、その非常な美しさは否定したりしない。あれは堂々たる名文である。だが、聖書は元来東方の書だ。あの異国風の表現は本来の英語とは異質のものだ。あの誇張的な表現、きらびやかな比喩はイギリス人の本性には所詮異物である。ヘンリー八世によるローマ教会からの離脱がイギリスの精神生活に与えた不運の最たるものは、欽定訳聖書がイギリス人にとって、長い期間にわたり日々の読み物——多くの民衆にとっては唯一の——読み物となったことだ、と考えざるを得ない。聖書の韻律、力強い語彙、華麗な文体がイギリス人の感性の重要不可欠な要素となったのである。素朴で実直な言葉が装飾に圧倒されてしまった。口の重いイギリス人が舌を捻《ひね》ってヘブライの預言者のように語ろうと努めた。イギリス気質には生来こういうものを好むような傾向があったのであろう。美しい言葉をそれ自体として素朴に楽しむとか、生まれつき精密な思考力に欠けるとか、生来の奇矯さとか、装飾愛好とか、そのような傾向があったのかもしれない。正確なことは分からないが、とにかく欽定訳聖書の普及以来、英語の散文が美文調になろうとする傾向と対抗しなくてはならなくなったというのが真相である。英語本来の精神が、ドライデンやアン女王の時代の作家たちの場合のように、自己主張をしたことも時にはあったのだが、まもなくギボンやジョンソン博士の華麗体によって再び抑えられてしまった。その後、十九世紀になって英語の散文がハズリットと、書簡におけるシェリー、チャールズ・ラムによって簡潔さを取り戻したかと思うと、やがてド・クインシー、カーライル、メレディス、ウォルター・ペイターの出現でまたもや失われてしまう。華麗体のほうが平明な文体よりも人に感銘を与えるというのは自明である。実際、人の注目を浴びないような文体は文体ではない、と考える人は多い。そういう人はウォルター・ペイターの文体を称賛するのだが、マシュー・アーノルドのエッセイを読むときには、アーノルドがいかに上品に、明確に、実直に見解を述べているかに、少しの注意も払わないのである。

文は人なり、という金言はよく知られている。あまりに大まか過ぎて、どういう意味か判然としない金言の一つである。例えば、ゲーテの文というが、小鳥のような抒情詩もあるし、不器用な散文もある。一体どちらが彼の「人」だというのか。またハズリットの場合はどうか。そうは言うものの、混乱した知性を持つ人は混乱した文を書くであろうし、気まぐれな人は、思いつきのような文を書くであろうことは想像できる。もし作家が回転の速い、すばしこい頭の持主で、目の前の物を見て百の事を想起するようであれば、よほど注意して抑制しないと、その文章は隠喩と直喩で溢《あふ》れてしまうだろう。ジェイムズ一世時代の作家の荘重体は、欽定訳聖書が英語にもたらした新しい富に酔いしれた結果であった。これに対して、ギボンやジョンソン博士の華麗体は、誤った文体理論の犠牲であったのだから、両者はかなり異なる。私はジョンソン博士が書いたものならどの文でも楽しんで読める。博士には良識、魅力、機知があったからだ。もし彼が故意に華麗体で書こうと取りかからなければ、誰よりもよい英語を書くことが出来たであろう。彼はよい英語を見れば、それがよい英語だと分かった。ドライデンの散文を博士ほど適切に称賛した人はいない。ドライデンは、懸命に考えた内容を明瞭に表現する以外の技術は持っていなかったようだ、と博士は述べている。さらに、博士はその詩人伝のある巻の最後にこんな言葉を記している。「イギリス流の文体、つまり親しみやすいけれど下品ではなく、優雅であるけれど華麗でない文体を身につけたいと願う者は、すべからくアディソンのエッセイを日夜読み耽るに限る」と。それなのに、彼自身が文を書くときには、まったく異なる目標を目指しているのだ。大仰を威厳と取り違えたのである。簡潔で自然なのがすぐれた文章の最も大事な印《しるし》なのだ、と理解できるほどには育ちがよくなかったのだ。

というのも、立派な散文を書けるかどうかというのは、礼儀作法と関係があるのだ。散文は、韻文と違って、礼儀正しい芸術である。詩はバロック芸術である。バロック芸術は悲劇的だったり、重厚だったり、神秘的であったりする。根源的である。深味と洞察を必要とする。バロック時代の散文作家たち、つまり欽定訳聖書の作者とか、サー・トマス・ブラウン、グランヴィルなどは、本来詩人であったのに道を誤ったと考えざるを得ない。散文はロココ芸術である。力よりも趣味を、霊感よりも礼節を、威厳よりも元気を必要とする。表現形式は詩人にとっては馬具に喩《たと》えれば轡《くつわ》と馬銜《はみ》であり、それなしでは、曲芸師でもない限り馬を進められない。しかし、表現形式は散文作家にとっては自動車に喩えれば車台《シャシー》であり、それなくしては自動車がそもそも存在し得ない。上品さと節度を備えて誕生したロココ芸術が最盛期に達した時期に、最上の散文が書かれたのは偶然ではない。というのも、ロココ芸術は、バロック芸術が誇張的になり過ぎ、世間の人々が度はずれなものに飽きて抑制を求めたときに発展したのであり、洗練された生活を尊重する人間の当たり前の表現である。ユーモアと寛容と世俗的な常識のある者には、十七世紀前半に大きな関心を集めた悲劇的な諸問題は今や過度に思えた。世の中は以前より快適な生活が出来るところになったのであり、数世紀ぶりに初めて、教養ある階層の人々は落ち着いて余暇を楽しめるようになった。上質な散文は育ちのよい人の会話に似るべきだと言われてきた。人の心が差し迫った不安から解放されたとき初めて会話が可能になる。生活がほどほどに安定し、精神の問題について真剣に悩まなくて済むようでなくてはならない。洗練された文明を大事にしなくてはならない。礼節を重んじ、身の回りにも注意を払うべきである(上質の散文は身なりのよい人の適切で度を過ごさぬ服に似るべきだとも聞いていないだろうか)。さらに、他人を退屈させないかと恐れなければならないし、軽はずみでもいけないし、生真面目《きまじめ》でもいけなくて、常に適切でなくてはならない。熱狂には批判の目を向けなくてはならない。以上述べた条件こそ散文にふさわしい土壌である。近代世界における最善の散文作家ヴォルテールが出現すべき適切な機会がこの土壌で与えられたのは驚くに当たらない。イギリス作家たちの中には、ひょっとすると英語の詩的性格のせいかもしれないが、ヴォルテールが苦もなく身につけた卓越した散文能力にまで到達した者はほとんどいない。彼らがどこまでヴォルテールらの気楽さ、穏健さ、正確さに近づき得たか、それによって高い評価が与えられるのだ。

13

私が文章で大事だとした三つのうちの最後のものである音調のよさに重きを置くか否かは、耳がよいかどうかによる。非常に多くの読者や多くの立派な作家がこの能力に欠けている。知ってのように詩人は頭韻をよく使ってきた。音の繰り返しが美の効果をもたらすと信じ込んでいるのだ。散文においてもそうだとは私は思わない。散文においては、頭韻は特別な理由のために使われるべきであると思われる。偶然使われると、耳障りに感じられる。しかし、頭韻が偶然使用されるのはあまりにも普通のことなので、頭韻は誰にとっても不愉快というのではないと想像するしかない。多くの作家が韻を踏む二語を合わせて用いたり、ぞっとするほど長い形容詞をぞっとするほど長い名詞にくっつけたり、あるいは、ある語の終わりと別の語の初めとの間に、発音するのに顎がはずれそうな子音を含む接続詞を挟んだりする。これらは平凡で明らかな実例である。こういう例を出したのは、慎重な作家がこのようなことをするのは、ただ彼らの聴力が欠けているからだということを証明するためである。単語には重さ、音、外見がある。これらを検討して初めて、見た目によく、聞いて心地よい文が書けるのである。

私は英語散文の参考書をいくつも読んでみたが、あまり役立ったとは言えない。大部分のものは曖昧であり、不必要に理論的であり、しばしば読者を叱るような調子である。その点、ファウラーの『英語慣用辞典』は違う。これは価値の高い書物だ。どれほど自分の文章に自信がある人でも、きっとこの本から学ぶことがあるに違いない。読んで楽しい本でもある。ファウラーは簡潔さと率直さと常識を好んだ。気取りは容赦しなかった。慣用句が言語の骨格だというまともな考えを持っていて、生きのよい語句を好んだ。彼は盲目的に論理を尊重する人ではなくて、文法の厳密な規則にも拘《かか》わらず慣用を優先させるのを厭《いと》わなかった。英文法はとても難しいので、作家の中で文法上の誤りを犯さない者はまずいない。例えば、ヘンリー・ジェイムズのようなとても慎重な作家でも、時にはひどく文法無視の書き方をした。小学校の児童の作文にそんな誤りを見つけたら、教師は当然怒るところである。文法を知ることは必要であり、文法的に正確に書くほうが、そうしないよりもいい。しかし、文法というのは、もともと多数の人が使っている言葉の用法を系統立てたものであることは覚えておいたほうがよい。慣用が唯一の基準である。私は平易で気取らぬ語句のほうが、文法的に正確な語句より好きだ。英語とフランス語の違いの一つは、フランス語では文法的に正確に書いてもごく自然な感じであるのに、英語だと必ずしもそうではないことだ。英語を書くときに困るのは、生《なま》の声の響きのほうが印刷した文字より優位に立つことである。私は文体の問題についてはこれまでずいぶん考えてきたし、それなりの努力もしてきた。それでも、改善の余地なしと誇れるようなページはほとんどない。いくら書き直してもうまく書けないので、不満ながらそのままにして置いたページとなると数えきれない。ジョンソン博士はポープについて、「誤りを知らん顔で改めなかったことはなく、絶望のあまり放置したこともない」と述べたが、私は自分についてこんなことは言えない。私は書きたいように書いているのではない。自分の能力でやっと書けるように書いているのである。

ファウラーは耳に問題があった。簡潔さが音調のよさに譲歩しても差し支えないのが分からなかった。私の意見では、たとえまわりくどい語でも、古風な語でも、あるいは気取った語でも、そっけない意味明瞭な語よりも音調がよいのなら、あるいは、文によい均衡を与えるのなら、使ってよいと思う。しかし、急いで付け加えるが、このように響きのよい語に、心配せずに譲歩してもよい場合もあるのだが、もし意味を曖昧にするような場合には譲歩は禁物である。明瞭に書かないことほど悪いことはない。明瞭さには何の問題もない。簡潔さには無味乾燥になる危険があるかもしれぬというのが唯一の問題であろうが、その危険は冒す価値がある（縮れたカツラをつけるより禿頭《はげあたま》のほうがずっとましだと考えれば、それは納得できよう）。だが、音調のよさには無視できぬ危険がある。単調になりがちなのである。ジョージ・ムアが駆け出しの頃、その文体は貧弱だった。何だか、包み紙に芯《しん》の先が丸くなった鉛筆で書いているような感じだった。ところが、やがてとても音調のよい英語の文体を編み出した。次々に彼の文を読んでいると、耳はうっとりとけだるくなる。これに満足したムアはこの調子でとどまることなく書き続けた。単調さを避けられなかった。小石の多い海岸にひたひたと打ち寄せる波の音のようで、あまりに心地よくてやがて音にも気付かなくなる。あまりにも滑らかなので、その絹のような調和を破るために、耳障りな音とか不意の不協和音とかが欲しくなる。こういう危険に作家はどう備えたらよいか分からない。単調さにうんざりする鋭敏さを持ち、読者が退屈する前に自分がうんざりすれば、防げるのかもしれない。作家は常にマンネリズムに陥らぬよう警戒するのが大事で、ある調子、抑揚があまりにも楽々と頭に浮かぶようになったら、機械的に書いていないかどうか反省したほうがよい。自分の言いたいことを表現するために身につけた文体がいつ風味を失ったか、それを発見するのは難しい。ジョンソン博士が言う通りで、「ある文体を苦心して身につけた者は、それ以後、気楽に書くことが稀になる」のだ。マシュー・アーノルドの文体は彼の目的によく適合していると思うし、感心はするが、あのマンネリズムには閉口することが多い。彼の文体は一度だけ身につけた道具であって、いろいろなことの出来る人間の手とは違うのだ。

明快で、簡潔で、音調よく、さらに元気よく書くことが出来れば、完璧である。あのヴォルテール並みに書けるというものだ。だが、元気よさの追求がどれほど危ないかは周知のことだ。メレディスのような退屈な曲芸という結果に終わるかもしれない。マコーレイもカーライルもそれぞれ違った文体によって読む者の注意を引く。しかし、わざとらしい感じは免れず、華麗な印象のために集中して読めない。筆者の説くところに素直について行けないのだ。例えば、ここに畑を耕している男がいるとして、もし彼が輪を持っていて、二歩前進するごとに一回輪をくぐり抜ける芸当をしたとしたら、真面目に仕事をしているとは誰も思わない。それと同じだ。すぐれた文体とは、苦心の跡を留めないものであるべきだ。書かれた文章が幸運な偶然で生まれたように見えるのがよい。フランスの現代作家の中ではコレットの文体が最もよいと思うが、何しろああいう自然な文体なので、文章をよくしようと彼女が特に努力しているとはどうしても思えない。

よく聞くことだが、ピアニストの中には、一般のピアニストが不断の訓練のお陰でようやく到達できたような技巧を駆使して演奏できる才能を、生来持っている人もいる。私はコレットをこういう幸運な作家と考えていた。そこで本人に確かめてみた。すると驚いたことに、どんな文章でも何度も繰り返し読み直して手を入れるというのだ。たった一ページのために午前中いっぱいを使うこともよくあると話した。だが、どうやって苦心せずに書いたという印象を与えるかは、あまり問題ではない。ただ私自身の場合は、たとえ無造作に書いたように読者には見えても、散々苦労した結果なのだ。不自然でもなければ陳腐でもなく、まさにピッタリの単語や語句が自然に念頭に浮かんでくるような幸運に私はめったに恵まれない。

14

アナトール・フランスは自分が大いに尊敬している十七世紀の作家の文章の構文と語彙だけを使用しようと努めた、という話を読んだことがある。これが本当かどうかは分からない。本当だとすれば、彼の美しくて簡潔なフランス語に生き生きしたところが少し欠けている理由がそこにあるのかもしれない。ある決まった言い方でしか言えないというので、言うべきことを言わないのなら、簡潔も偽りである。自分の生きている時代の流儀で書くべきである。言葉というものは生きていて始終変化しているのだから、遠い過去の作家のように書こうとすれば当然不自然さが生じる。私なら文章に活気と真実味を添えるのであれば、普通の慣用句を今だけの流行だと承知していても躊躇《ためら》わずに使うし、また俗語も、十年後には意味不明になるだろうと知っていても平気で使う。文体が標準的な形を有しているのであれば、一地方あるいは一時期だけでしか通用しない言い回しを慎重に使用しても、損なわれることはない。私は、作家は変に気取るくらいなら俗悪であるほうがましだと思う。人生は俗悪であり、作家が探究するのはその人生なのだから。

我々イギリスの作家はアメリカの同業者から学ぶべきことが多いと思う。というのも、彼らはジェイムズ一世の欽定訳聖書による悪影響を免れているし、また我々の場合には、過去の大作家の文章が教養として身についているけれど、アメリカの作家にはそういうことが少ないからである。彼らは、無意識にかもしれないが、自分の周囲で聞く生きた言葉から直接に文体を編み出したのであり、それが最上の出来ばえの場合には、率直さ、活力、勢いの点で、イギリスの作家のお上品な流儀など衰弱して見える。アメリカの作家はその多くが新聞記者の経験があり、アメリカのジャーナリズムはイギリスのものより鋭利で力強く鮮明な英語を用いているので、彼らには好都合である。現代人は昔の人が聖書を読んだように新聞を読むからである。これがまた我々作家にも役立つのだ。というのは、新聞は、特に大衆相手のものだと、作家たちが見逃せぬような種類の経験を報道してくれるからだ。いわば畜殺場からじかに持ってきた生《なま》の材料であり、血と汗のにおいがするからと鼻を背けたりしたら、愚かである。いくらそうしたくても、今日の我々はこの実際的な散文の影響を免れない。しかし、ある時代のジャーナリズム英語はほとんど同じ文体であって、同一人物が書いたとしてもおかしくないような印象を与える。非個性的である。この影響を弱めるためには、自分の時代からあまり遠くない時代の文章に始終接触している以外に方法はない。それによって、自分の文体をテストする基準が得られるし、また自分の今様のやり方で目指すべきゴールも見えてくる。私がこの目的のために学ぶのに最も有用だと思った二人の作家はハズリットとニューマン枢機《すうき》卿《きょう》である。ただし彼らの模倣をしようとは思わない。ハズリットは不必要に凝り過ぎることがあり、彼の装飾文は時にはヴィクトリア朝のゴチック建築のようにごてごてしている。ニューマンは少し美文調になりがちである。それでもこの二人は見事である。文体が時の経過で古臭くなったりしていない。現代文と言っても通用するほどだ。ハズリットは生き生きとして、さわやかで、精力的だ。力強さと活気がある。文章でこういう人だという感じが伝わってくる。といっても、それは世間の人に映った心の狭い、愚痴《ぐち》っぽい、不愉快な人物ではなく、彼の心の中にある理想の人物である(ついでながら、我々の内面の人物は、外部から見えるお粗末な弱気の人物と同様に真実であるのだ)。ニューマンには見事な品格と音楽性があったし、時にふざけ、時に真面目であり、森林を思わせる美しい字句、威厳、円熟味があった。二人とも極めて明快な文章を書いた。それでも、とても分かりやすいかというと、非常に素朴な趣味の人が願うほどでは必ずしもなかった(その点ではマシュー・アーノルドのほうが二人より上だった)。二人とも語句の間に均衡を取るのが巧みであり、目に心地よい文章を書くコツを心得ていた。また極めてよい耳を持っていた。

二人の文章の美点を現代文を書くときに活用できる者がいれば、今日望み得る最高の文が書けること間違いなしである。

15

もし自分の全人生を文学に捧げたならば、もっとましな作家になれただろうかと自分の胸に問いかけることが時々ある。ずいぶん以前に、といっても何歳のことだったかは覚えていないが、一度しかない人生だから、そこから出来るだけ多くのものを得ようと決心したことがある。単に書くというだけでは足りないように思えた。自分の人生を一つの模様のように織り上げ、そこでは書くことも非常に大事な一要素であるが、他にも人間にふさわしいありとあらゆる活動を含み、それらを全てやり終えた後で死によってその模様を完成するという考えだった。私には不利なところがいくつもあった。背が低いし、忍耐心はあるが体力はない。どもりであり、恥ずかしがりだ。健康にも恵まれない。競技というのはイギリス人の普通の生活で大きな位置を占めるのだが、その才能がなかった。これらの理由のせいか、それとも生まれつきの性格のせいか、よく分からないが、周囲の人間から思わず一歩引いてしまう癖があり、そのために誰とも親密な関係になれない。個人としては好きな人はいるけれど、群衆としての人間は好きになれない。初対面でもお互いに好意をいだくようになる温かい親しみやすさが、自分にはまったく欠けているようだ。歳月を経て私も未知の人と否応なしに接触することになった場合には嬉しそうな顔を浮かべる術《すべ》は身につけたけれど、初対面で好きになった人は誰もいない。列車の中で他人にこちらから声を掛けるとか、船の中でも同船の客と喋るとか、向こうから話しかけられたのでない限り、これまで一度もしたことはないと思う。体が弱いので、アルコールを飲み交わすことで生まれる人と人との交流も味わった経験はない。ある程度酔うと、私より丈夫な多くの人たちは周囲の人を自分の兄弟だと思えるらしいのだが、そこまで達する前に胃が私を裏切り、ひどく気分が悪くなる。こういう事情は作家としても社会人としても不利に働くが、自分ではどうしようもなく、我慢するしかなかった。私は自分の計画した人生模様を一所懸命織り上げてきたつもりである。完璧な模様だなどと言い張る気はないが、与えられた条件と生まれつき持ち合わせた僅かな能力を考えれば、自分としてはベストのものだったと思う。

人間特有の機能を探して、アリストテレスは、成長は植物にも出来るし、知覚は動物にも可能であり、人間のみの機能となると知性の働きだから、人間の行なうべきは精神の活動であるという結論に達した。このように考えれば、普通の人なら、人間に可能な成長・知覚・知性の三つの機能を育成したらよいと考えるであろう。ところがアリストテレスは、最後の機能のみを追求すべきだと定めたのである。彼に限らず、世の哲学者や道徳家は肉体に疑いの目を向けてきた。肉体の喜びは束の間だと彼らは指摘する。しかし、快感は長続きしなくても、やはり快感であることに変わりはない。暑い日に冷たい水に飛び込むのは、たとえ一分後には皮膚が冷たさを感じなくなるとしても、いい気持である。白は一年長続きしようが一日だけで消えようが、白であるのに変わりはない。私は感覚の喜び全てを経験するのが、自分の描いた設計図の一部だと考えた。私は過度になることを恐れなかった。過度は時に快適である。過度は中庸が喜びのない習慣に堕するのを防いでくれる。過度は体の元気を回復させ、神経を癒《いや》すこともある。肉体が喜びで満たされているときにこそ、精神が最も自由であることが多い。実際、夜空の星は、時に山の上からよりも貧民街から見るほうがより美しくきらきらと輝く。肉体が感じうる最高の快感は性交の快感である。この快感に全生涯を捧げた男を何人か知っている。今は老人だが、みんな自分の一生が無駄に過ごされたとは思っていないのを知っても、私は驚きはしなかった。残念なことに、私自身は生来の潔癖性のせいか、期待したほどこの快楽に耽ることがなかった。気難しいため、中庸を守ったに過ぎない。これまでに時々、世に知られるプレイボーイが欲望を満足させた相手の女性たちと会ったことがあるのだが、そういう折には、彼の成功を羨《うらや》むよりも、その激しい情欲に呆れるほうが多かった。男たるもの、羊の細切れ料理と蕪《かぶ》の葉っぱの食事でも構わなければ、いつも腹を空かしている必要がないのは明白である。

大抵の人は、運命の風の吹くままに行き当たりばったりの生活をしている。大多数の人々は、生まれた環境のためと生活費を稼ぐ必要とから、真っ直ぐな狭い一本の決まった道のりを歩むしかなく、右にも左にも曲がるのは不可能であろう。こういう人たちは人生設計を決められてしまっていて自由がない。人生自体が設計を押しつけるのだ。こういう設計が、誰かが自分で描こうとした設計図と同じように完全でないという理由はないとは思う。だが芸術家は特権的な立場に立つのだ。芸術家という語を使ったが、芸術家の作り出すものに何か価値があると思うからではなく、芸術に関係する人を指すだけのことである。もっといい言葉があればよいのにと思う。創造者という語を用いるのは大仰だし、それに、作品がめったにない独創性を持っていると主張しているように聞こえる。職人という語では足りない。大工は職人であり、狭い意味では芸術家であるが、通常大工は、どんな無能な文士でも、どんな貧しい絵描きでも持っている行動の自由を持たないからである。その点、芸術家は、自分の人生をある程度までは好きなように送れる。他の職業では、例えば医学とか法律に関わる職業では、その職につくか否かは自由だが、いったん選べばもはや自由はない。職業の規則に従うしかない。行動の基準が押しつけられるのだ。人生設計は予め定められている。自分で自分の人生を設計できるのは芸術家か犯罪者くらいのものであろう。

まだ若い頃に私が自分の人生設計をする気になったのは、生来の几帳面さのせいであったかもしれない。もしかすると、自分の中に発見したあることのためかもしれないが、これについては後で述べるつもりである。設計図を作ることの欠点は、何であれ自然のままに行動しなくなることだ。実人生における人物と小説などの作中人物の大きな違いは、前者が衝動で行動することである。よく言われることだが、形而上学というのは普通人が本能で信じていることに下手な理由付けをするものだそうである。同じように、我々は何か行動をするとき、やりたいことをやっているのを正当化するために、熟慮の上でと弁解するのかもしれない。衝動に負けることは設計図に入れるべきである。設計図に従って生きることの大きな欠点は、あまりにも未来指向になりがちなことである。私はずっと以前、これが自分の欠陥だと気付いて是正しようと試みたが、直らなかった。私はよほど意志の力で努力でもしない限り、いま目の前で過ぎてゆく瞬間をたっぷり味わうべく、その瞬間がもっと続いてくれるようにと願ったことは決してない。たとえ、熱心に願っていたことが実現した場合でさえ、現在の楽しみの最中においてさえも、未来の漠然とした喜びに心を奪われるのである。私は、ピカデリー通りの南側を歩いていれば、北側で何が起こっているかが気になってそわそわする。これは愚かである。現在の瞬間しか確実なものはない。そこから最大限のものを引き出すのが誰もが知る常識だ。未来はやがて現在になり、そうなれば私には、それは現在と同じくらい無価値だと思えるに決まっている。この常識は私には役立たない。現在が無価値とは思わない。当然視してしまうだけだ。現在は設計図に織り込み済みであり、私の関心はこれからの未来に向かってしまうのだ。

私はこれまでたくさん誤りを犯してきた。時には、特に作家の陥りがちな罠《わな》にはまったこともあった。自分の創作した作中人物にさせた行為を自分の実生活で実行しようと試みたのである。自分本来の性質に無縁なことを試み、虚栄心で失敗したと認めたくないので、いつまでも固執していたこともある。他人の意見に過度に注意を払い過ぎたこともある。無価値な相手に対して、苦痛を与える勇気がないものだから、犠牲を払ったこともある。愚かしいことをした。私は良心が過敏なせいか、過去にやったことでいまだに完全には忘れられないことがいくつかある。もしカトリック教徒に生まれていれば、懺悔《ざんげ》して心を軽くし、その後命じられた償いの苦行を行なって赦罪を得、永遠に忘れることが出来ように。これが出来ない私は常識的に対応するしかなかった。その一方、自分のこういう誤りのお陰で、他者への寛大さを覚えたのであるから、誤りを後悔してはいない。寛大になるのには時間がかかった。若い頃はひどく不寛容だった。誰かが、偽善は悪徳が美徳に呈する賛辞だ、と言うのを聞いて――この見解を私は知らなかったが、その人が初めて述べたのではない――ひどく腹が立ったのを覚えている。悪徳を行なうなら、堂々と自信を持ってやるべきだ、と思ったのだ。私は誠実、高潔、正直についての理想を持っていた。人間の弱さに対してではなく、臆病に対して我慢が出来なかった。だから、言い訳で誤魔化す連中には容赦しなかった。寛大さを他の誰よりも必要としているのは、この私だということに気付かなかったのだ。

16

自分の落ち度が他人の落ち度よりもずっと許しやすいように思えるというのは、ちょっと見ると奇妙である。その理由を考えてみると、自分がまずいことをした場合は、そのときの事情など全てを知っているものだから、他人に許せぬことでも、どうにか大目に見られるということであろう。それで、自分の欠点からは目を逸《そ》らし、何か都合の悪い出来事のために欠点に注目しなくてはならないときでも、苦もなく赦《ゆる》してしまうのである。

おそらくそうするのは適切なことであろう。というのも、欠点といえどもそれは自分の一部であり、人は自分の中にある良い面も悪い面も合わせて受け入れるべきだからだ。けれども人は他人を判断する段になると、判断の基準となるのは本当の自分の姿ではなく、自分について描いた理想像である。理想像を描くとき、人は虚栄心を傷つけるものとか、世間に知られたら信用を落とすものとか、そういうものは全て除外しているのである。些細《ささい》な例を挙げよう。誰かが嘘《うそ》をついているのを見つけようものなら、人はさも軽蔑したような態度を取る。しかし一度も嘘をついたことがないなどと言いうる人がどこにいようか。いや、百度の嘘をついたことがないと言いうる人だって一体どこにいようか。また、お偉方が弱虫でケチだとか、不正直だとか、自己中心的で、性の面で不道徳だとか、虚栄心が強いとか、大酒飲みだとか判明すると、人はショックを受ける。一般大衆が英雄視している人の欠点を大衆の前に暴くのは恥ずべきことだと考える人は多い。しかし、個々の人間と人間との間に大きな差異はないのだ。誰もかれも、偉大さと卑小さ、美徳と悪徳、高貴さと下劣さのごたまぜである。中には性格の強い者だとか機会に恵まれた者もいて、何らかの分野で自分の天分を思う存分発揮した者もいるだろうが、潜在的には人はみな同じなのだ。私自身について言えば、大多数の人より良くも悪くもない人間だと心得ているのだが、もし生涯でなした全ての行為と、心に浮かんだ全ての想念とを書き記したとするならば、世間は私を邪悪な怪物だと思うことだろう。

自分が心の中で考えていることを反省するならば、誰でも他人を非難する図々しさを持ちうるはずがないと私は思う。我々の人生の大部分は夢想で占められており、想像力が豊かな人ならば、夢想は多彩で生々《なまなま》しいものになるだろう。自分が夢想している内容が自動的に記録され、目の前に示されたとしたら、それに耐えうる人はいったい何人いるだろうか。きっと恥ずかしくて堪《たま》らなくなるだろう。これほどまでに下劣で、邪悪で、ケチで、身勝手で、好色で、スノッブで、虚栄心が強くて、感傷的であるなんて——そんなのは嘘だ、と叫んでしまうことだろう。けれども夢想は行動と同じように我々の一部であるから、もし我々の心の奥をご存じの方が存在しているとすれば、我々は行動についてと同じく、夢想についても責任を取らされても仕方がないだろう。人間は自分の頭に浮かぶ忌まわしい考えを忘れ、他人の中にそういうものを発見すると腹を立てるのである。ゲーテは『詩と真実』の中で、自分の父がフランクフルトの中産階級の弁護士であるのを考えると、いやでいやで堪らなかったと述べている。自分の血筋には高貴の血が流れているべきだと思ったのだ。そこで彼は、どこかの国の王子がフランクフルトを旅していてゲーテの母と出会い、恋に落ちて、その結果自分が生まれたのだと考えようとした。私が読んだ版の編者はこの点に関して腹立たしそうな注をつけていた。貴族の私生児だという出生を誇らんがために貞淑な母に不倫の罪を着せるなど、大詩人にあるまじきことだと、この編者は考えたのである。むろん恥ずべきことだけれど、そう不自然ではないし、あえて言えば、そう珍しいことでもないと私は思う。ロマンティックで反抗心も想像力も強い少年なら、自分はあの退屈な、世間体ばかり気にする男の息子であるはずがないという空想を、一度や二度もてあそんだことがあるに違いない。少年が自らに認める優秀な資質は、少年の個性によって変わるわけだが、あるいは世に知られざる天才詩人、あるいは大政治家、あるいは現役の君主などの血を受け継いでいるためだと空想する。晩年のゲーテのオリンポスの神々のような超然とした態度は私に尊敬心を起こさせるが、『詩と真実』にある告白はもっと温かい感情を引き起こす。偉大な作品が書けるからといって、やはり人間であることには変わりがないのだ。

聖人が善行を積み、悔い改めることによって過去の罪を償った後も、なお心を悩ませることがあったのは、おそらく、こういう淫《みだ》らな、汚《けが》れた、卑しい、身勝手な考えが、自分の意志に反して心に巣食っていたからであろう。よく知られているように、聖イグナチウス・ロヨラはモンセラ修道院に行き、全てを懺悔して罪の赦免を与えられた。ところが、その後も罪の意識に悩まされ続けて自殺寸前まで追い込まれたのであった。回心前の彼は当時の良家の青年としてはごく普通の生活を送った。自分の容貌を少し鼻にかけていたし、女遊びも博打《ばくち》もやった。しかし少なくとも一回だけ、稀にみる寛大さを示したことがあったし、常に高潔で、誠実で、気前よく、勇敢であった。もし心の平安が懺悔の後も与えられなかったとすれば、頭に浮かぶ妄想を自らに許し得なかったからであろう。聖人でさえこのように悩まされるのだと知ると、慰めになる。世のお偉方がさも威厳ありげな様子で威厳を正して坐っている姿などを見ると、こうした瞬間にああいった連中は自分が一人でいるときにどんな妄想をいだくのかを思い出すのだろうかとか、潜在意識下に巣食う秘密を思い出して不安にならないのだろうかとか、私はよく想像してみた。こういう妄想が全ての人に共通なのだという認識は、他人に対しても自分に対しても寛大な気持を起こさせるはずだと思う。そう認識することで、仲間の人間を、どれほど正直な人や威厳のある人でも、ユーモアの気持で眺められるようになり、さらに、自分自身のこともあまり生真面目一方に考えないようになれるのなら、大いに結構なことだと私は思う。判事席の裁判官がいかにも熱をこめたように訓戒を垂れているのを聞いたとき、彼らの言葉から窺《うかが》われるほど完全に自分の人間らしさを忘れてしまうのが可能なのだろうかと考えてみたことがある。中央刑事裁判所の判事閣下《かっか》が判事席の花束の傍らに、一束のトイレット・ペーパーを置いておけばよいのに、と思ったものだ。そうすれば、自分も世間の人と同じ人間なのだということを思い出すだろう。

17

私は皮肉屋だと言われてきた。人間を実際よりも悪者に描いていると非難されてきた。そんなことをしたつもりはない。私のしてきたのは、ただ多くの作家が目を閉ざしているような人間の性質のいくつかを、際立たせただけのことである。人間を観察して私が最も感銘を受けたのは、首尾一貫性の欠如していることである。首尾一貫している人など私は一度も見たことがない。同じ人間の中にとうてい相容れないような諸性質が共存していて、それにも拘わらず、それらがもっともらしい調和を生み出している事実に、私はいつも驚いてきた。同一人物の中に両立できぬように思える諸性質がどうして共存しうるのか、何度も思案してみた。自己犠牲を厭わぬ悪漢とか、温和な気だてのコソ泥とか、もらった金に相当する報いを客に与えるのを名誉をかけた信条にしている娼婦とか、そういう例を私は知っている。私の思いつく唯一の説明はこうだ。人間は誰しも自分はこの世の中でたぐいのない存在であり、特権があるのだという確信を本能的に有している。このため、自分のすることは、他人がすればどれほど誤ったことだとしても、自分にとっては、当たり前で正しいとは言わぬまでも少なくとも許されるべきだと感じるのだ。人間の中に見つけた矛盾は私に興味を起こさせたけれど、それを不当に強調したとは思っていない。これまで私の受けてきた非難は、もしかすると、私が自分の描いた人物にある悪い点をはっきりと非難せず、良い点を褒めたためかもしれない。他人の罪に対して、それが私個人に影響が及ばぬ限りはあまりショックを受けることはないし、影響が及ぶ場合でも、それを大抵は許せるようになった。これは私の短所であるに違いない。だが他人には多くを期待しないほうがよいのだ。他人が自分を親切に遇してくれたら感謝し、逆に冷遇されても平然としている——それがよい。プラトンが言ったように、「人間は誰でも自分の欲望の赴《おもむ》くところと生来の魂のあり方とによって、大体人柄が決められるものなのだから」。物事を自分自身の立場以外からは見られぬというのは想像力が不足しているためだが、他人がこの能力を欠いているというので腹を立ててみても始まらない。

仮に私が人間の短所のみを見て長所に対して盲目であるとしたならば、非難されても甘んじて受けよう。しかし、私はそんな非難に該当するとは思えない。善より美しいものはなく、普通の基準によれば容赦なく糾弾されるような人間の中にいかに多くの善があるかを示すのは、私には大きな喜びであった。この目でそれを確認したからこそ、それを示したのだ。善は、そういう人たちにあっては暗い罪に取り囲まれているので、いっそう光り輝くように思えた。私は善人の善は当然視し、彼らの短所なり悪徳なりを発見すると面白がるのだ。逆に、悪人の善を発見したときは感動し、その邪悪に対しては寛大な気分で肩をすくめるだけにしてやろうと思う。私は仲間の人間の番人ではない。仲間の人間を裁くような気持にはなれない。彼らを観察するだけで満足だ。私の観察では、概して、善人と悪人の間には世の道徳家が我々に信じ込ませたがっているほどの差異は存在しないという結論になる。

私は概して人間を額面通りに受け取ったことはない。人を見る目のこういう冷淡さが、先祖から受け継いだ遺伝なのかどうかは分からない。私の先祖は成功した法律家だったが、見掛けに騙されぬだけの抜け目のなさがなかったら、とうてい成功しなかっただろう。もしかすると遺伝のせいではなく、人と会ったとき嬉しくて夢中になるような性質が私に欠けているせいかもしれない。世の中には嬉しさのあまり直ぐに、俗に言う「ガチョウを白鳥だと見誤る」人がいるが、私は違う。とにかく私の冷静さが医学生だったことで助長されたのは確かだ。特に医者になりたかった、というのではなかった。作家以外のものにはなりたくなかったけれど、そう言い出すには私は内気すぎたし、いずれにせよ、あの頃はまともな家庭の十八歳の少年が文学を職業として選ぶなどというのは、極めて珍しい話だった。あまりに途方もない考えだったので、誰かに打ち明けようなどとは夢にも思わなかったのだ。ずっと以前から法律家になるものと思い込んでいたけれど、考えてみれば、私と年の離れた三人の兄たちが全て法律家だったのだから、私までが割り込む余地などあろうとは思えなかった。

18

私は早くに学校を出た。父の死後後見人となった叔父が、ウィットステイブルの町で牧師をしていたので、そこからたった六マイルだという理由でカンタベリーの付属小学校に入れられたが、ここでの学校生活は不幸なものだった。そこはキングズ・スクールという古くからある名門中学校の付属であり、十三歳になるとこの中学校に進学した。ここでは、低学年の間は先生たちが弱い者いじめをして怖くていやだったけれど、上級生になると結構楽しくなった。だから、病気になり南フランスで一学期を過ごさねばならなくなったときはつらかった。母と母の一人きりの妹が肺病で死んでいるので、私の肺が侵されていると分かったとき、叔父も叔母もとても心配したのだった。私はイエールという土地で個人指導の先生の元に預けられた。カンタベリーに戻ったときは、あまり嬉しくなかった。親しかった友だちが新しい友だちと仲良しになっていたので、寂しかった。一年上のクラスに入れられていたが、三カ月休んでいたから、ついていけなかった。担任の先生も意地悪だった。そこで私は、学校に留まっているよりも、次の冬はリヴィエラで過ごしたほうが肺にいいし、その後はドイツに行ってドイツ語を学べばためになる、という話を叔父にして、承諾してもらおうとした。ケンブリッジの入学に必要な課目もドイツで学べると説いた。叔父は気弱な人であり、また私の提案を筋が通っていると思ったらしい。叔父は私のことをあまり可愛がっていなかった。私は人好きのする子ではなかったから、無理もなかっただろう。教育に使われるのはどのみち私自身の金であったから、叔父は好きなようにやらせようと思ったらしい。叔母は大賛成だった。叔母は元来ドイツ人だったし、貧しいけれど名門の生まれだった。叔母の実家の紋章は、左右に一対の動物を配し、楯形がいくつにも分割された立派なもので、叔母はそれを誇り、つんと澄ましていた。叔母は貧しい牧師の娘なのに、近所の家を夏用に借りた金持の銀行家の奥方を、商売人の妻だからというので訪ねようとしなかったという話を、私はどこかで書いたことがある。ミュンヘンに叔母の親類がいて、そこからハイデルベルクの一家のことを聞いて、私がそこで下宿するように取り決めてくれた。

しかしドイツから戻ると、もう十八歳になっていた私は、自分の将来について非常に明確な考えをいだいていた。ドイツではそれまで味わったこともない幸福を経験した。生まれて初めて自由の味を覚えたので、もうケンブリッジに入って束縛されるのは御免だった。自分はもう大人だと思い、直ぐに実人生に乗り出して行きたいと切に願った。無駄にする時間など一瞬もないと思った。叔父は前から私が聖職者になるように希望していたが、私はどもりなのだから、これほど不適当な職業はないのだ。私が断ると、例によってどうでもよいという態度で、ケンブリッジに行かぬという私の決意に同意した。今でも覚えているが、それから、私がどういう職に就くべきかという問題で馬鹿馬鹿しい議論がなされた。役人になってはどうかという話が出て、叔父はオックスフォード時代の旧友で、今は内務省で高い地位にある人に手紙を書いて助言を求めた。試験制度が導入されて、その結果役人になる人間の種類を考えてみると、役人というのはもはや紳士の職業ではない、というのがその人の見解だった。それで答えが出た。あれこれ議論したあげく、医者になることに決まった。

医者という職業には興味が持てなかった。それでもお陰でロンドンで暮らす機会が得られ、渇望していた人生経験が味わえた。一八九二年秋に聖トマス病院に入った。最初の二年間の勉強はとても退屈だったので、試験に落ちなければいいという程度の勉強しかしなかった。学生としては不真面目だったが、憧れていた自由が得られた。自分ひとりでいられる部屋を持てて嬉しかった。部屋をきれいに、快適にしつらえて得意になった。暇な時間と、本来なら医学の勉強に費やすべき時間も、全て読書と執筆に用いた。ずいぶんたくさんの本を読んだ。ノートに物語や劇のための着想とか、会話の断片とか、それから、読書や様々な経験から学んだことについての感想——とても無邪気な感想だった——などをどんどん書き記した。他のことで忙しく、病院での生活にはほとんど参加せず、ほとんど誰とも友人にならないでいた。しかし、二年経って外来部の助手になると、急に興味が湧いてきた。そしてしばらくして病室で働くようになると、ますます興味が深まり、あるとき腐敗が極度に進んだ遺体の解剖に加わって腐敗性扁桃腺炎《へんとうせんえん》に罹り、床《とこ》に就いたときなど、仕事に戻りたくて治るのを待つのがもどかしいほどだった。免許を取るため、所定の回数分娩《ぶんべん》に立ち会わなければならなかった。それでランベス地区の貧民街、それも警官でも躊躇《ちゅうちょ》するような危険な路地まで入って行くことになったけれど、手にした黒カバンが身を充分に守ってくれた。この仕事は興味が尽きなかった。短期間だったが、急患担当となり夜昼を問わず緊急患者に応急手当をしたこともある。くたくたになったが、心は高揚していた。

19

というのは、ここで私は自分に最も不足していたもの、つまり生《なま》の人生との接触が出来たからである。あの三年間に、人間がいだきうる、ほとんどあらゆる感情を目撃できたと信じている。それが劇作家としての私の興味をそそったし、小説家としての私を興奮させた。あれからもう四十年は経っているが、いまだに何人かの患者のことははっきりと記憶しているので、描いてみろと言われれば、絵が描けるくらいだ。当時耳にした言葉の端《はし》ばしが今でも耳の奥に残っている。人の死に様を見た。人がいかに苦痛に耐えるかを見た。希望、恐怖、安堵《あんど》がどういうものかを見た。絶望のあまり顔に暗い皺《しわ》が刻まれるのを見た。勇気と確信も見た。私には幻想としか思えぬものを信じきって、目を輝かせるのを見た。心に浮かぶ恐怖を周囲の者に見せたくないという自負心から、死の宣告を聞いても顔色一つ変えず、皮肉な冗談を飛ばして雄々《おお》しく耐える姿も見た。

その当時(大部分の人にとっては、平和は確実、繁栄も保証付きという充分に安楽な時期)、苦悩の道徳的な価値をくどくど説く作家の一派が存在し、苦悩は有益だと主張した。苦悩は同情心を増し、感受性を高めると主張した。心に新たな美の通路を開き、神の神秘的な王国と接触せしめると主張した。苦悩は性格を強め、人間的な粗雑さを純化し、それを避けるのでなく希求する者に更なる幸福をもたらすと主張した。このような主張に沿った何冊かの書物が大成功を収め、その著者は快適な家に住み、日に三度の食事をとり、健康そのものであり、苦悩とは無関係であったのだが、大層な評判を得た。私自身は実際にこの目で見たことをノートに書きつけていた。それも一度や二度でなく十度くらい書いた。私は苦悩が人を気高くなどしないことをはっきり知った。苦悩は人を我儘にし、卑劣にし、ケチにし、疑い深くする。些細なことに拘《こだわ》るようにさせる。苦悩は人を本来の性質より良くはしない。悪くさせるのだ。私は、人が諦《あきら》めを知るのは、自分自身の苦悩によってではなく、他人の苦悩によってである、と確信をもって書いた。

病院で経験した全ては価値ある経験であった。作家にとって、数年間、医学関係の仕事をするほど、すぐれた訓練があるとは思えない。弁護士の事務所で働いても、人間性について多くを学べるかもしれないが、そこで接するのは、全体として見ると、自分をうまく抑制できる人である。もしかすると弁護士事務所を訪ねる依頼人も、患者が医者に対するのと同じように嘘をつくのかもしれない。だが嘘のつき方がもっと首尾一貫しているし、弁護士にとって真実を知ることはそれほど必要ではない。それに、弁護士が扱うのは実務的な問題が大部分である。弁護士は人間性を特別な観点から見る。だが、医者、とりわけ病院の医者は生《なま》の人間性を見る。寡黙な患者も直ぐに語り出す。最初から赤裸《せきら》々に語るのが普通だ。大多数の場合、恐怖のために控え目にはしていられないし、虚栄心も棄てざるを得ない。誰しも、自分のことをぜひとも語りたいという強い欲望を持っているもので、他人が喜んで耳を傾けないので、仕方なく抑えるのだ。寡黙は、何度も拒絶された結果無理やり身につけた性質である。だが医者は拒絶しない。聞くのが医者の務めであり、どんな秘密の打ち明け話も聞いてくれるのだ。

しかしながら、たとえ人間性が目の前に提示されたとしても、見る目のない者には何も見えないのは当然である。見る者が偏見で凝り固まっていたり、感傷的な資質だったりすれば、病院で病室を次々と見て回っても、見る前と同じくらい人間については無知なままである。こういう経験から何かを学びたいと望むなら、柔軟な考え方が出来、人間に興味を持たねばならない。私の場合、人間が好きであったことはあまりないけれど、人間というものは興味が尽きぬと思い、人間相手で退屈することはまずあり得ないのを、非常に幸せだと感じる。私は自分から喋るのは特に好きではなく、ひとの話に耳を傾けるほうがずっといい。ひとが私に興味を見せるかどうかは気にならない。自分の持つ知識をひとに伝えたいという願いは私にはないし、ひとが間違ってもそれを訂正する必要を感じない。退屈な人と接するときでも、自分さえ冷静さを保てれば、大いに楽しめるのだ。あるとき、外国で親切なご婦人が、あちこち案内してあげましょうというので、ドライブに連れて行ってもらったのを覚えている。この婦人の会話は全部分かり切ったことばかりで、それに陳腐な語句ばかり使うので、聞いたことを覚えるのは諦めた。しかし、彼女が言ったある語句が、どんな名言にも劣らず、私の頭に残っている。我々が海辺のそばの並んだ家並みを通過したとき、彼女は言った——「あれはね、こう言ってお分かりかどうか分からないけど、週末用の別荘ですわ。つまり、人が土曜日にいらして、月曜日に帰って行かれる別荘です」。これを聞き損なったら、さぞ残念に思ったことだろう。

退屈な人とはあまり長い時間を過ごしたくはないけれど、そうかといって、面白い話をする人ともあまり長い時間を過ごしたくはない。私にとって社交は疲れるものである。会話によって、大抵の人は心が浮き浮きしたり、あるいは、休まったりするらしい。だが私にとって会話は常に骨折りだった。どもっていた若い頃、長く喋っているとひどくくたびれたものだが、どもりがかなり治った今でさえ、ストレスになる。会話の場を離れて読書が出来ると、ほっとする。

20

聖トマス病院で過ごした数年間で私が人間性についての全知識を得たなどと言うつもりは毛頭ない。そんなことは、どんな人にも出来っこない。私は人間性をもう四十年間、意識的にも無意識的にもずっと研究してきたが、いまだに人間というものはよく分からない。私のごく親しい友人が、とうてい出来そうにないと思っていたような行為をして私をびっくりさせたり、あるいは、何らかの癖を暴露して私がまったく予想もしていなかったような面があったのを示したりすることがありうるのだ。医師としての修業が私の人間観を歪めさせたというのは、ありうる。何しろ聖トマス病院で接触した人々は、大部分病気で貧しく無学だったからだ。この点に充分注意はしたつもりである。私はまた、自分の先入観に影響されぬように用心してきたつもりである。私は生来ひとを信用しない。他人は私に好意的なことよりも悪意のあることをすると思う傾向がある。これはユーモアの感覚を持つ者が支払わねばならぬ代償である。ユーモアの感覚を持つ者は人間性の矛盾を発見するのを好み、他人がきれい事を言っても、信用せず、その裏に不純な動機があるだろうと探すのだ。外見と中身の違いを面白がり、違いが見付からないときには、でっち上げようとする傾向さえある。ユーモア感覚を発揮する余地がないというので、真・美・善に目を閉ざしがちである。ユーモア感覚のある者はインチキを見つける鋭敏な目を持ち、聖人などの存在は容易には認めない。だが、人間を偏った目で見るのが、ユーモア感覚を持つために支払わねばならぬ高い代償であるとしても、価値ある埋め合わせもあるのだ。他人を笑っていれば、腹を立てないで済む。ユーモアは寛容を教えるから、ユーモア感覚があれば、ひとを非難するよりも、ニヤリとしたり、時に溜息《ためいき》をついたりしながら、肩をすくめるのを好む。説教するのは嫌いで、理解するだけで充分だと思う。理解するのは、憐《あわ》れみ、赦すことであるのは確かだ。

振り返ってみると、聖トマス病院の外来部や病室で、私は無意識的に——意識的であるには私はまだ若すぎたからだが——患者を観察しているうちに、人間についての見方が出来上がっていった。このため私の人間観は一方的かもしれないということを常に警戒してきた。しかしその後も何十年間ずっと人間の観察を続けてきたわけだが、あの頃の見方の正しさを裏付けるばかりだった。一般の人々を観察し、あのころ接した患者と同じであると知り、見たままに人間を描いてきた。それは真実の姿ではないかもしれない。不愉快な姿だと思う人が結構いるのは知っている。偏った見方で描かれた姿であるのは疑いない。私自身の個性によって見ているのだから、当然そうなる。私より快活で、楽天的で、健康で、感傷的な人なら、同じ人を見てもまったく違った見方をしたことだろう。私としては、人物を描くのに一貫性をもって描いたと主張できるだけである。多くの作家はまったく観察しないで、自分の想像力に浮かぶ映像の中からあり合わせの人物を選んで作中人物に仕立て上げるようである。彼らは、古代絵画の記憶から人物を描き、生きたモデルから描こうとしない画家に似ている。こういう作家は、せいぜい自分の想像力に生きた形を与えるだけである。もし心の気高い作家なら、気高い作中人物を描くことは可能であろうし、そういう人物に無限に複雑な生身の人間らしさが欠けていても、ひょっとすると構わないのかもしれない。

私自身は常に生きたモデルを出発点としてきた。今でも覚えているのだが、医学生時代に解剖教室で教師の指導で「割り当て部位」の解剖をやっていた。教師がある神経について質問をした。私が答えられなかったので、教師が教えてくれた。「でも場所が違います」と私は抗議した。けれども、教師はそれが私が探しても見付からなかった神経だと言った。私が異常なので分からなかったと言うと、教師はニヤリとしながら「解剖学では異常が正常だ」と言った。そう聞いて、そのときは頭が混乱するばかりだったが、とにかく頭に染み込んでいった。それ以後、これは解剖学だけでなく人間についても真実であると痛感することがよくあった。正常というのはめったにない。正常というのは一つの理想に過ぎないのだ。複数の人間の平均的な特徴の数々を総合して作り上げた一つの絵姿に過ぎない。その特徴すべてを現実の一人の人間に見出すなどということはまず期待できない。私が先に語った作家たちが手本にするのは、この偽りの絵姿であり、例外的な人間を描くので、生きた人間らしい感じを出すことがめったに出来ないのである。身勝手と思いやり、理想主義と好色、虚栄心、羞恥心《しゅうちしん》、公平、勇気、怠惰、神経質、頑固、内気など、これら全てが一個の人間に存在し、もっともらしい調和を生み出していることもありうる。これが人間の真実なのだと読者に納得してもらうには長い年月を要した。

過去幾世紀の人間が現代人と多少とも違うなどとは思わない。だが同時代の人の目には、人間は首尾一貫したものに見えていたに相違ない。さもなければ、当時の作家が首尾一貫したものとして描くことはなかったであろう。全ての人をそれぞれ固有の資質通りに描くのが合理的だと思えていた。けちん坊なら、ただただけちん坊に、気取り屋は、ただただ気取り屋に、食いしん坊はすごい食いしん坊に描いたものだ。けちん坊がもしかすると気取り屋で食いしん坊かもしれないという考えは誰にも思い浮かばなかった。けれども、実際はそういう人を始終見掛けるのだ。さらに、そのけちん坊が公共奉仕への私心のない熱意を持ち、かつ芸術への真実の情熱を燃やす誠実な人かもしれないとは、過去の人は絶対に思わなかった。小説家が自分自身および他人に見つけた多様な姿を作品中で暴露し始めると、人々は人間を誤り伝えるとして非難した。私の知る限り、こういうことを最初に意図的に試みた小説家は『赤と黒』におけるスタンダールだった。当時の批評家は激怒した。サント＝ブーヴでさえ、自分の心を覗《のぞ》いて見さえすれば相互に矛盾する性質が共存して一種の調和をなしているのが分かるはずなのに、スタンダールを批判した。ジュリアン・ソレルはおよそ小説家が創造した作中人物の中でも最も興味ある作中人物の一人である。スタンダールがジュリアン・ソレルを完全に納得できる人物にしているとは思わないが、その原因はいずれ本書の後の章で論じる事情によるのだと思う。この小説の初めの四分の三の間は彼は完全に首尾一貫した性格である。時には読者をぞっとさせるし、時には好感をいだかせる。しかし内的な一貫性があるので、読者はぞっとしつつも彼に納得する。

しかしスタンダールの手本が実を結ぶまでには歳月を要した。バルザックは天才ではあったが、古い型に従って人物を描いた。彼は彼自身の溢れんばかりの活力を作中人物に与えたから、生きた人物として受け入れられる。だが、実際は様々な気質の型に過ぎず、その点では昔の喜劇の登場人物と選ぶところがない。彼の描く人物たちはいつまでも記憶に残るのは確かだが、彼らを支配する何かある強い情熱が周囲の人々にどう影響するかという観点からのみ描かれている。あたかも人間が首尾一貫したものであるかのように受け取るのは、人類にとって自然な先入観なのかもしれない。確かに、ある人について考えるとき、白か黒かを決め、あいつは飛び切りいい奴だとか、あるいは、とんでもなく悪い奴だとか断言して、疑問を払いのければ気楽である。国を救った英雄がけちん坊かもしれないとか、我々の意識に新しい広がりを与えた偉大な詩人が俗物かもしれないとか、そんなことを発見するのは不快である。我々は生来自己中心的であるから、ひとを判断するとき、自分との関係で見がちである。ひとが自分にとってある性質の人物であることを望み、実際、自分にとってはその性質がその人物の全てなのである。それ以外の性質は用がないので無視するのだ。

おそらくこのような理由で、人間を矛盾する様々の性質のままに描こうとする作家の試みに世間は激しく抵抗するのだろう。同じ理由で、正直な伝記作家が著名人について真実を暴露すると反発するのであろう。『ニュルンベルクのマイスタージンガー』の五重唱曲の作曲者が、金銭については汚く、世話になった人を裏切ったと考えるのは確かに不快ではある。しかし、もしヴァーグナーがそういう欠点を合わせ持たなかったならば、大作曲家としての美点を持ち合わせていなかったかもしれないのだ。著名人の欠点は無視すべきだと言う人がいるが、私は反対だ。欠点も知っていたほうがよい。そうすれば、我々が著名人と同じような恥ずかしい欠点を持っていると気づいていても、彼らと同じような偉業を達成できないこともないのだと自信を持てるではないか。

21

医学校での教育は、人間性の勉強にも大いに役立ったが、それに加えて、自然科学と科学的方法についての基礎的な知識を身につけるのにも有益だった。そのときまで、私は芸術と文学にのみ関心を持っていたのだ。当時は必修単位数は少なかったから、科学のごく限られた部分しか学ばなかったのだが、それでも私がまったく無知だった領域に通じる道案内をしてもらえた。科学の原理をいくつか理解できた。こうして垣間《かいま》見た科学の世界は完全に唯物的であり、考え方が私の先入主と一致するものだから、直ぐに自分のものとした。ポープが言ったように、「人は、きれい事を口にするけれど、他人の考えが自分の考えと一致しない限り、容易に同意などしないものだ」というわけである。人間(それ自体が自然界の諸原因から生じたものだが)の精神は、肉体の他の部分と同じく因果律に支配されている脳の一機能に過ぎず、しかもこの因果律は星や原子の運動を支配する因果律と同じである、と教わって私は嬉しかった。宇宙というのは巨大な機械であり、そこではあらゆる出来事はその前に起きた出来事によって決められていて、現状を変えるのは不可能だと考えて、小躍りした。このような考えは私の劇的なものを好む性質を刺激しただけでなく、宗教の桎梏《しっこく》に縛られていた私を非常に快適な解放感で一杯にした。解放された若い私には「適者生存」の仮説は大歓迎であった。地球とは、次第に冷却しつつある第二級の恒星の周りをぐるぐる回転している土塊《つちくれ》だと学んで大いに満足した。また、人間を誕生させた進化のせいで、人間は寒くなる環境に適応させられて、次第に増す寒気と戦うのに必要な能力以外は、それまでに身につけた全ての能力を奪われてゆき、地球自体も遂に冷たい燃え殻となり、生命の痕跡すら保持できなくなる、と学んでやはり満足だった。どうせ人間など無慈悲な運命の女神に弄《もてあそ》ばれる惨《みじ》めな人形であり、逃れがたい自然の掟《おきて》に縛られ、最後は敗北と決められているのに、永遠に生存競争に駆り出されて行くのだ、と私は信じた。人間は野蛮なエゴイズムに動かされており、恋愛は自然が自らの種の保存のために人間にやらせる下品な悪戯《いたずら》に過ぎない、と知った。人間が何か高尚な目標を自分に課したとしても、どうせ自分自身の快楽以外の目標を立てるのは不可能なのだから、自分で自分を騙しているに過ぎない、と私は判断した。一度こんなことがあった。ある友人に親切なことをしたときに(人間の行為は全て自己中心的であるのだから、どういう理由で親切をしたのかは考えなかった)、友人が感謝の気持(私の一見親切そうな行為も運命で予め厳密に定められていたのだから、感謝などする必要はなかったのだ)を示したいから、お礼に何が欲しいか言ってくれと言うので、私は即座にハーバート・スペンサーの『第一原理』と答えた。この本は自己満足を覚えながら読んだ。だが、著者の進歩なんぞを信じるセンチメンタルなところがいやだった。私の信じるところでは、世界は退歩しているのであった。遠い未来の子孫が芸術や科学や手工芸などをすっかり忘れて、寒気と永遠の暗黒の接近を目にして洞窟の中で毛皮に身を包んで怯《おび》えている姿を想像して、大喜びしていた。とにかく何事にも猛烈に悲観的だった。それにも拘わらず、当時は元気いっぱいであったから、人生を大いに楽しんでいた。作家として有名になろうと野心に燃えていた。自分の欲するよい経験をもたらしてくれそうな、人生のあらゆる有為転変に進んで身をさらした。本も手当たり次第読みあさった。

22

このころ私は芸術家志望の若者たちとグループを作って暮らしていた。生まれつきの才能が私よりずっと上だと思える連中ばかりだった。彼らが易々と文を書き、絵を描き、作曲するので、羨ましくて堪らなかった。彼らは私にはいくら背伸びしても敵《かな》わないような芸術の鑑賞力と批評の才能を発揮していた。今となってみれば、ある者は成功するという私の期待を裏切ったまま死に、大部分の者は生きてはいるが遂に頭角を現わすことは一度もなかった。今思うに、当時連中が持っていたのは若さ故の創造力に過ぎなかったのであろう。散文や詩を書き、ピアノで小曲を作曲して弾《ひ》く、絵を描くなど、生まれつき難なくやってのける若者は結構多いのだ。これは若さのエネルギーが溢れているというだけの、一種の遊戯であり、子供が砂上で城を造るのと同じく大したことではない。私があれほど友人の才能に感心したのは、まだ無邪気だったせいであろう。もう少し事情通であれば、私に独創的だと思えた見解が実は受け売りであったとか、彼らの詩や音楽が活発な想像力というよりもどこかで読んだり聞いたりした作品を記憶保持する能力によるのだとかが分かったであろう。私が言いたいのは、ああいう易々と事をやってのける能力というのは、万人にあるとは言わぬまでも、かなり普遍的な現象なのであり、考えてみれば、単に若さから生じたものなのだ、という結論が得られるのだ。芸術関係で起きる悲劇の一つは、この一時的に豊かに見える才能を誤解したため、非常に多くの若者が芸術の道に一生を捧げようと決意することである。ところが歳月を重ねるうちに創造力は枯渇してゆき、それから先の長い将来にどう対処するか迷うことになる。そのときまでにはもはや平凡な職種には不適当になっていて、やむを得ず草臥《くたび》れた脳に鞭《むち》打って何とかしてお粗末であっても成果を生み出そうと無理をすることになる。もしジャーナリズムとか教職とか、芸術に多少とも繋がりのある職に就ければ幸せだと思うが、本人にしてみれば、挫折だと悔しがるのかもしれない。

もちろん、こういう生まれつき器用さを持つ人の中から芸術家が誕生するのは確かである。それがなければ作家となる素質がないのであるが、あくまでもそれは素質の一部に過ぎない。我々は誰しも、一人の例外もなく、最初は自分の心の孤独の中で生きることから始め、それから与えられた材料と他者との交流を活用して、自分の必要に似合った外界を作る。

我々は皆一つの進化の過程の結果として誕生したのであり、かつ我々の環境は大体似通っているため、我々の作るものは大まかに言えば似かよっている。便宜上、あるいは事を簡単にするために、我々はそれを同じだと考え、「共通の世界」という言い方をよくする。しかし芸術家の場合は特殊であり、ある点で普通の人と異なり、そのため彼が作る世界は「共通の世界」ではないのだ。芸術家の強みの大部分はこの特異性にある。

彼が描く独特の世界の姿が、その珍しさなり、本質的な興味深さなり、あるいは、本を読み絵を見る側の先入主との一致なりによって、一部の人の心に訴えかければ、彼の才能は認められたことになろう(一部の人というのは、我々は誰一人として隣人とすっかり同じというのでなく、ただ大体同じというだけであり、大部分の人が受け入れる「共通の世界」を拒む少数の人も存在するからである)。作家の場合なら、自分の読者が本来必要としているものを与えることが出来る。そうなれば、こういう読者は、境遇のために不承不承送っている生活とは異なる精神生活を作家と共に送るようになり、多大の満足を得る。しかし、作家の個性が訴えかけない人も多い。作家の個性によって作られた世界に苛立《いらだ》ちを覚える。実際に嫌悪感を覚えることもあろう。その場合、作家はこういう読者には無用であり、彼の才能は否定されるであろう。

天才というものが、才能とはぜんぜん別物だという考えには同意できない。天才とそうでない芸術家の間に生来の天分に非常に大きな差異があるということさえ、確実だとは思わない。例えば、私はセルバンテスの文章の才が例外的にすぐれていたとは思わない。しかし彼の天才を否定する人は稀だ。イギリス文学では、ヘリックほど詩人としての天分に恵まれた人はいないのだが、彼が魅力的な才能の持主だったと主張する人はいない。私の考えでは、天才というのは、生来の抜群の創造力に加えて独自の目で世界を最大限しっかりと見る能力を合わせ持たねばならない。その見方には普遍性があって特定のタイプの人だけでなく万人に受け入れられるものでなければならない。天才の独自の世界は一般人と同じでありながら、より大きく、力強いものである。彼が人々に伝えるものは万人に向けられたものであり、人々はそれが何か正確には理解できないけれど、重要なものであると感じることは出来る。天才は極めて正常である。幸せな生まれつきによって、無限の多様性のある人生を極めて元気潑剌《はつらつ》に、やる気満々に捉え、しかも一般大衆と同じ健全な目線で見ることが出来るのだ。マシュー・アーノルドの句を用いれば、着実に人生を見、しかも全体的に見るのである。ところで天才というものは、一世紀に一人か二人しか現われないものだ。解剖学の教訓がここでも当てはまる。正常なものはめったに現われないのだ。だから、誰かが半ダースばかりの気の利いた芝居を書いたり、二十枚ほどのうまい絵を描いたりしたというので、その人を天才呼ばわりするのは――そんなことをする人は結構たくさんいるが――愚劣である。才能を持つのはたいしたことだ。持っている人などほとんどいない。でも才能だけでは二流までしか到達できない。二流と聞いてがっかりする必要はない。めったにない価値のある業績を上げた多数の人がこの中に入るのだから。『赤と黒』のような小説だの、ハウスマンの『シュロプシャーの若者』のような詩だの、ワトーのいくつかの絵画だのが二流の芸術家の手になると知れば、二流を恥じる必要がないのが分かろう。才能だけでは一番高い頂上までは達し得ないけれど、そこまでの途中で、予想外の楽しい景色とか、人の通わぬ谷間とか、泡立つ小川とか、ロマンティックな洞窟とかを見せてくれる。人間性というのはひねくれているので、人間性の全体を可能な限り眺めるように言われると、時にはたじろぐことがある。トルストイの『戦争と平和』があまりに見事なために尻込みし、ヴォルテールの『カンディード』を手にしてほっとする。システィーナ礼拝堂のミケランジエロの天井画をいつも見ながら日常生活を送るのは大変だろうが、コンスタブルがソールズベリー大聖堂を描いた絵の一枚を見ながら暮らすのなら誰にだって可能というわけだ。

私の共感の対象は狭い。私は私自身でしかあり得ず、一つには生来の性格のせいと、一つには環境のせいで、偏った人間なのだ。社交が苦手である。酔っぱらうことは出来ないし、仲間に大きな愛情をいだけない。飲み食いの集まりなどには少し退屈する。人々がビヤホールや、川下りの船などで歌い出すと、私ひとり口を閉ざしたままだ。賛美歌さえ歌ったことはない。体に触れられるのは嫌いであり、誰かが腕を絡《から》ませてきたときなど、振りほどきたい気持を抑えるのに苦労するくらいだ。我を忘れるということがどうしても出来ない。世間の人が無我夢中になっていると、私は反感を覚える。爆笑したり、悲嘆にくれたりしている群衆のただ中にいるときほど、孤独を覚えることはない。これまで何度も恋に落ちたことはあるが、報いられた恋の至福を味わったことは一度もない。この至福は人生で一番楽しいもので、ほとんど全ての人は、たとえほんの束の間のことかもしれないが、経験したことがあるのだと思う。多くの場合、私はほとんど、あるいは、まったく私を愛してくれない相手を愛したのであり、たまに相手が私を愛してくれると狼狽《ろうばい》したものだ。それは、どのように対処したらいいのか、さっぱり分からぬ困った事態だった。相手の気持を傷つけぬように、感じてもいない情熱を感じているかのようによく振る舞った。相手の愛に縛られる拘束から逃れようと、時にはやさしく、時にはいらいらして、いろいろ努力した。自分の独立を死守しようと常に思っていた。相手にすっかり溺《おぼ》れることなど、私には出来ない。このように私は普通の人の基本的な情感の一部を一度も感じたことがないのであるから、最も偉大な作家のみが与えうるような、親しみやすさとか、温かい人間味とか、屈託のなさとかを、私の作品が持つのは不可能である。

23

一般の人を舞台裏まで案内するのは危険である。彼らは直ぐに幻滅し、案内した者に腹を立てるのだ。彼らが愛していたのは幻影であり、作家に興味があるのは、どのようにしてその幻影が生み出せたのかという、その過程だということを、彼らは理解しない。アントニー・トロロプは、自分は一日の決まった時間に執筆し、さらに書いた作品を出来るだけ高く売ろうと腐心した、と告白したがために、三十年間読まれなくなったくらいだ。

しかし私はもう一生をほぼ終えた人間であるから、今さら真実を隠すのはふさわしくない。私は誰にも実際以上によく思ってもらいたいなどとは思わない。私を好む人にはあるがままの私を受け入れて頂きたいが、そうでない人に相手にされなくても何ら痛痒《つうよう》を感じない。私は頭脳よりは性格の作家であり、特殊な天分よりは頭脳の作家である。実は、こういう趣旨のことを、数年前にある魅力的な一流の批評家に言ったことがある。私は人前で自己を語るのは好まないので、どうしてそんな話をすることになったのかは分からない。大戦勃発《ぼっぱつ》の数年後で、場所はモンディディエで、ペロンヌへ行く途中そこで昼食をとったのである。我々は何日間もかなりこき使われていた後なので、久し振りにゆっくり食事が出来て喜んだ。食事は我々の健康な食欲には稀にみる御馳走《ごちそう》に思えたし、ワインでいい気分になっていた。さらに、市《いち》の立つ広場に像があったことから、フランスにジャガイモを初めて輸入したパルマンティエがここで誕生したのを発見して興奮していたようだ。とにかく食後のコーヒーとリキュールでゆったり喋っていたとき、自分の才能について鋭く、正直に分析してみようという気になった。ところが、その数年後に、ある主要新聞のコラムで、この分析がほぼ私の言った通りの言葉で出ていたので、面食らった。少し怒った。自分についての真実を自分が語るのと、誰か他人に言われるのでは、ぜんぜん違うからだ。その批評家は、全て私自身の言ったことだと断るのが私への礼儀というものだと私は思った。しかし私は自分をたしなめた。その批評家にしてみれば、自分にそういう洞察力があるのを誇りたいというのも当然だし、何よりも、本当のことだったのだ。ただ私にとってやや不運なことに、この批評家は実力があり当然影響力も強かったので、彼がその記事で言ったことがその後一般に流布したのであった。もう一度こんなことがあった。読者に向かって正直に、自分は非常に「有能」であると打ち明けたのである。そうでもしなければ、批評家たちには発見できなかったと思われる。それなのに、それ以来、この形容詞がしばしば、それも批判的に、私について使われるようになった。直接であれ間接的であれ芸術に関係している非常に多数の人々が、「有能」であるのを過小評価するのが私には理解できない。

歌手には天成の歌手と後天的な歌手がいるのだと聞いた。後天的な歌手も、もちろんある程度いい声を持たねばならぬが、成功の大部分は訓練の賜物《たまもの》である。センスの良さと音楽的能力で比較的貧弱な声を補うので、その歌唱は大きな快楽を聴く者に、とりわけ音楽の専門家に与える。けれども後天的な歌手は、天成の歌手が純粋な鳥の歌うごとき調べによって聴く者をうっとりさせるようには人を感動させることが決してない。天成の歌手というものは、訓練は不充分だし、機転は利かず、知識もなく、芸術の約束事を全て踏みにじるかもしれない。ところが、その魔法のような声のお陰で聴く者は魅了されてしまう。一度その絶妙な歌唱に心を奪われると、その身勝手な歌い方も、俗悪さも、露骨な感情への訴えも、みな許してしまう。私について言えば、後天的な歌手と同じで、努力のお陰で作家になれたのである。といって、自分がある目標を設定し、それに基づいて努力してきたからこそよい成果を上げられたと思ったならば、それは虚栄心というものであろう。ごく単純な動機でいろいろな道を歩んだのであって、いま振り返ってみて初めて、それとはっきり意識せずにある一定の目標に向かっていたのだと知るのである。その目標とは、自分の性格を成長させ、そうして生来の才能の不足を補うことであった。

私の頭脳は明晰で論理的ではあるが、非常に緻密《ちみつ》というわけでもないし、非常に頑丈というわけでもない。もっとよい頭脳ならばよいものを、と長いこと願っていた。自分の頭脳がしたいことの半分もしてくれないので苛々したものだ。私は、足し算と引き算しか出来ないのに、あらゆる種類の複雑な計算をやりたい、でも自分には絶対に無理だと心得ている数学者に似ていた。自分の所持しているものだけで何とかやって行くしかないと悟るまでには結構時間がかかった。思うに、そう悪い頭脳ではなく、どんな職種を選んだとしても一応の成功は収められたであろう。私は専門バカ、つまり専門以外は何も出来ないというタイプの人間ではない。法律、医学、政治の分野でも、明晰な頭脳と洞察力があれば役に立つのだ。

私には長所が一つあった。一度も書く題材に困ったことがないのだ。とても書く時間がないほどたくさんの話がいつでも頭にあった。作家の中には、書きたいのだけど書くことがないとこぼす者がいる。ある著名な作家が、書く材料を探して、これまで用いられたあらゆる筋書きを要約してある何かの書物に目を通していると私に話したのを、覚えている。私はそのように窮した経験は一度もない。スウィフトは、よく知られているように、どんなことについてでも書けると誇っていて、それなら箒《ほうき》の柄《え》について論文を書いてみろと言われ、見事にやってのけたのである。私も、誰かと一時間も一緒にいれば、その人について少なくとも読むに足る物語を書く材料が得られる、と断言してもいいような気がする。頭の中にいろいろ書きたい話があると、自分がどんな気分のときでも、いずれかの話について一時間か二時間、あるいは一週間くらい想像をめぐらせ、夢想することが出来て楽しいものである。夢想というのは創作のための想像の基礎である。夢想は、一般の人の場合は現実からの逃避であるのだが、芸術家の場合は特権であり、現実に近づくための手段なのだ。芸術家の夢想には目的がある。それは芸術家に、感覚の喜びなど色褪《いろあ》せてしまうような強い楽しみを与え、かつ自分が自由だという保証を与える。作家がその楽しみを放棄して、苦労して夢想を作品へと変容させ、夢想を失うのを時に好まぬのも不思議ではない。

私は多種多様な作品を生み出してきた。人間が多種多様なものであるが故に、驚くには当たらない。だが私の想像力は乏しかった。生身の人間を捉えてきて、それぞれの性格から暗示を受けて、彼らをあるいは悲劇的、あるいは喜劇的な状況の中に放り込んだのである。だから、こういう人物が物語を生み出したと言えるほどである。偉大な作家は堂々たる想像の翼をのばして、どんどん天高く昇って行くだろうが、そういう真似は私には出来ない。私の想像力は元来弱いのに加えて、ありそうもないことを書くのを嫌う性分に邪魔されて飛翔できないのだ。私は壁画でなく、イーゼルにのせられる絵ばかり描いてきた。

24

もし若い頃に、よい趣味の人に読書について指導を受けていたら、どんなによかっただろうと、心底から思う。結局自分にはあまり役にも立たなかった本に多くの時間を浪費したことを思うと、溜息が出る。僅かばかりではあるが、ハイデルベルクで同じ家に下宿していた青年から教わることはあった。ブラウンという名前にしておく。彼は二十六歳だった。ケンブリッジを卒業してから弁護士の資格を得たのだが、小金があり、生活費の安い昔は充分に食べていけたので、性に合わない法律の道には行かず、文学に身を捧げようと決意した。ドイツ語を学びにハイデルベルクに来た。私は結局それから四十年間、彼が死ぬまでずっと付き合うことになった。彼は前半の二十年間はいざ執筆を始めたら何を書くかを考えて楽しみ、後半の二十年間はもし運命の女神がもっと親切であったなら、自分がどういう作品を書き得たかを想像して楽しんだのである。詩をたくさん書いていた。しかし、想像力もなければ情熱もなかった。文章の響きにも鈍感だった。何度も繰り返し訳されてきたプラトンの対話篇を何年もかけて訳していた。だが、どの対話篇も最後まで訳し終えたかどうか疑わしい。彼は意志の力を完全に欠いていた。感傷的で虚栄心が強かった。背は低いが、鋭角的な顔立ちの美男子で、縮れ髪だった。薄青色の目で、もの思いに沈んだ表情をしていた。世間の人が詩人というのはこういう感じだろうと想像する通りの姿をしていた。まったく怠惰な生涯を送り、次第に禿げて体も弱ってきたが、老人になってからの彼には禁欲的な様子があったから、長年金にもならぬ研究を真面目に熱をこめてやってきた学者だと人は思ったかもしれない。気高い表情を浮かべているので、あたかも哲学者が宇宙の秘密を探究し続けたあげく、空虚しか発見できず、疲れ切って懐疑的になっているような感じだった。僅かばかりの金を徐々に使い切ってしまって、それでも働かず、他人の世話になるのを好み、収支償わせるのが困難なこともしばしばだった。それでも自己満足の気分は持ち続けた。お陰で貧乏にも挫折にも平気で耐えられたのだ。自分が途方もないペテン師だと、うすうす感じたことなど一度もなかったと思う。彼の一生は偽りだったのだが、死に際に、もし自分が死にそうなのを知っていたら――幸いなことに知らなかったのだが――自分の一生は有意義なものだったと考えたのは間違いない。魅力はあるし、妬《ねた》み心はなかった。自己中心的なので人に親切にすることは出来なかったが、人に素っ気ない態度など取れなかった。文学に惚れ込んでいた。ハイデルベルクの丘をよく一緒に長い時間散歩した折に書物のことを話してくれた。また、イタリアとギリシャについてもよく話したが、実はこの両国を彼はよく知らなかった。それでも若い私の想像力を掻きたて、私はイタリア語を学びだした。私は彼が話すことは何でも、新参者ならではの熱烈さで受け入れた。彼が私に熱心に読むようにと勧めた書物が、時とともにその評価を落としたからというので、彼を責める気にはならない。彼が下宿に着いた当時、私はフィールディングの『トム・ジョウンズ』を読んでいたが、彼はそれを見て、「それを読むのもむろん結構だけど、出来たらメレディスの『十字路に立つダイアナ』にしたほうがいいな」と言った。その当時でさえ彼はプラトン主義者で、プラトンの『饗宴』をシェリーが翻訳したものを呉れた。またルナン、ニューマン枢機卿、マシュー・アーノルドについて語った。しかし彼の意見では、マシュー・アーノルドは俗物を非難したけれど、彼自身すこし俗物だったそうである。オマル・ハイヤームとか、スウィンバーンの『詩と歌謡』とかも論じた。四行連で書かれた多数の詩を暗記していて、散歩のときに暗誦《あんしょう》してみせた。私は、こういうロマンティックな快楽趣味への憧れを喚起される一方、ブラウンの暗誦を聞くと当惑せざるを得なかった。彼の詩の暗誦の仕方は、高教会派の副牧師が薄暗い教会地下室で連禱《れんとう》を詠唱するのにそっくりだったのだ。彼はまた、私が将来教養人となり、イギリス特有の俗物になりたくないと希望するのなら、ぜひとも二人の作家を愛読せねばならぬと強く説いた。それがウォルター・ペイターとジョージ・メレディスだった。この望ましい目標を達成するのに必要だと教えられれば、私は進んで従う気だった。それで、信じてもらえないだろうが、メレディスの『シャグパットの毛剃り』という空想小説をゲラゲラ笑いながら読んだ。ひどく滑稽に思えたのだ。続いてメレディスの小説を片っ端から読んでいった。素晴らしいと思った。というか、素晴らしいと思う振りをしていたのだが、実際はそれほど素晴らしくはなかった。称賛は嘘だった。教養ある青年の義務としてのみ称賛したのだ。自分自身の熱狂で自分を酔わせた。心の奥で非難している小声に耳を傾けようとはしなかった。今の私は、こういう小説に多くの誇張的表現があるのに気付いている。それでも、不思議なことに、再読してみると最初に読んだ頃のことが蘇《よみがえ》ってくるのだ。よく晴れた朝、新しい知識の吸収、青年らしい甘美な夢などが懐かしい。そのため、彼の小説の一つ、例えば『イーヴァン・ハリントン』を読み終えて、不誠実なところに腹を立て、俗物性を嫌悪し、冗長さにうんざりし、もう彼の小説を読むものかと思いながらも私の心は和み、結構見事な作品だと思ってしまう。

もう一人のウォルター・ペイターも同じころ愛読し、類似の興奮を覚えたのだが、メレディスの場合のような感情は湧いてこない。懐かしい思い出のために、実際以上にペイターを高く買う気分にはまったくならない。アルマ・タデマの絵並みに退屈だと思う。あのような散文に一度でも感心し得たということが不思議である。あの散文には流動感がない。空気が通わない。どこかの駅の食堂の壁の装飾のために、大した技術を持たぬ男が作った丹念なモザイクのようなものだ。周囲の人生へのペイターの姿勢、つまり、引きこもり、やや高慢で、紳士然とし、要するに大学教授風というのが実に不快である。芸術は情熱と激しさをもって鑑賞されるべきものであり、ペイターのように同僚の教員からケチをつけられぬかと恐れているような、熱のない、弱腰の上品ぶった態度で味わうものではない。だがペイターは弱気の男だった。強く非難するのは不要である。私が彼を嫌うのは、彼個人が嫌いというより、彼がよく見掛ける不快な文学者の典型的な例、つまり、教養をひけらかすタイプの人間だからである。

教養の価値というのは、人格への影響である。性格を高め強めることがないのなら、何にもならない。教養は人生に役立つべきものである。その目的は美でなく善である。誰もが知るように、教養はしばしば自惚れを生じさせる。学者が他人の誤った引用を訂正するときの、薄笑いを見たことのない者はいないだろうし、コレクターが自分の嫌いな絵を誰かが褒めるときの、苦痛の表情を見ない者はいないだろう。私が思うには、千冊の書物を読んだのと、千の畑を耕したのと、どちらが高級かというと、差などない。絵について正確な解説が出来るのと、動かない車の故障箇所を発見できるのと、どちらが高級かという差はない。いずれの場合も、特別な知識が使われる。証券マンもそれなりの知識を持ち、職人もそれなりの知識を持つ。知識人が自分の知識だけが高級だと考えるのは愚かな偏見である。真・善・美は、月謝の高い学校で学び、図書館で調べ、博物館に足繁く通った者だけの専有物ではない。芸術家には他人を低く見たりする資格などない。自分の知識が他人の知識より重要だと考える者は愚かであり、他人と平等の立場で気持よく付き合えぬ者は間抜けである。マシュー・アーノルドは、教養が俗物性と対立するものだと説いたことで教養に大きな害を与えた。

25

私は十八歳にしてフランス語、ドイツ語、それにイタリア語を少し身につけていた。ところが極めて無教養であり、自分が無知なことは充分に気付いていた。だから、手当たり次第、本を読んだ。好奇心旺盛なので、プロヴァンス地方の詩に関する論文や聖アウグスティヌスの『告白』と同じく、ペルーの歴史やカウボーイの回想を喜んで読んだ。この頃の乱読のお陰で、ある程度の一般常識が得られたが、これが小説家には役立つのである。あまり役立ちそうもない知識が、いつ何時《なんどき》役立つかもしれないのだ。私は読んだ本のリストを何通か作ったが、偶然その一つが残っている。二カ月間の読書の記録なのだが、自分の覚え書きのために作ったのでなければ、とても真実だとは思えないところだ。それによると、シェイクスピアの戯曲を三冊、モムゼンの二巻本の『ローマ史』、ランソンの『フランス文学』の大部分、二、三冊の小説、フランス語の古典を少しばかり、自然科学書を数冊、イプセンの戯曲を一冊、読んだことになっているのだ。私は実に勤勉な青年だった。聖トマス病院にいた間、英語、フランス語、イタリア語、ラテン語の文学作品を系統的に読んだ。多くの歴史書、少しの哲学書、たくさんの科学書を読んだ。あまりに好奇心が強いものだから、読んだものについてじっくり考える余裕がまるでなかった。一冊読み終わると、次の本を直ぐに読みたくて堪らなかったのだ。これはいつでも胸躍る経験だった。特に有名な作品を読み出すときは、普通の青年がクリケットの試合で打席に立つとき、あるいは年頃の娘がダンスに行くときと同じような興奮状態だった。時どき新聞社の人が書くネタ探しに、あなたの生涯で最も心躍る瞬間は何でしたか、と私に質問することがある。もし恥ずかしくなければ、私はゲーテの『ファウスト』を読み出した瞬間だと答えるところだ。こういう感情を失ったことはないので、今でさえ最初の数ページを読むと、本によっては血が血管を駆けめぐることが時々ある。他の人にとっては会話やトランプが休息なのだろうが、私の場合は読書が休息である。いや、休息以上である。必要欠くべからざるものであり、短い間でも読書が出来ないと、薬の切れた中毒患者のように苛々してくる。読み物がないと、時間表とかカタログを読む。これは控え目な言い方だ。私は陸海軍ストアの値段表、古書店の目録、鉄道時刻表などを読み耽って楽しい時間を過ごしたことがある。いずれもどこかロマンスの雰囲気があって、最近の小説のいくつかなどより、はるかに面白いと思う。

それなのに読書を棄てたのは、時間がどんどん過ぎて行くのが気になり、自分の本務は生きることだと思ったからに過ぎない。私が広い世間に出て行ったのは、執筆のためにどうしても必要な経験を得ようとしたからであるが、それだけでなく、私は経験をそれ自体として欲したからでもある。作家になるというだけでは、自分にとって充分だとは思えなかった。私が自分のためにデザインした模様を完成するためには、自分が人間に生まれついたという途方もない事実を可能な限り味わい尽くす必要があった。世間一般の人の運命である、普通の苦しみや普通の喜びを体験したかった。感覚の要求を精神の要求に従属させる理由はないと思った。社交、人間関係、飲み食い、性交、贅沢《ぜいたく》、スポーツ、芸術、旅行、その他、ヘンリー・ジェイムズ風に言えば、一切合切、何からでも可能な限り満足を得ようと心を決めた。しかし、これは努力を要したから、孤独な読書に戻るといつもほっとしたものである。

私は読書にずいぶん時間を費やしたけれど、読むのは下手である。読むスピードが遅いし、飛ばし読みも下手である。どれほどくだらない本でも、どれほどうんざりしても読み出した本を途中で投げ出すことが出来ない。初めから終わりまで読まなかった本は、数えてみると十冊以下である。その一方、二度読んだ本はほとんどない。一度読んだだけでは全てを味わえない書物がたくさんあるのは知っているが、一度読んだときに吸収できるものは全て吸収したのであり、それこそが、たとえ細部は忘れても永遠の財産として自分に残るのだ。世の中には同じ本を繰り返し読む人もいる。こういう連中は目で読むに過ぎないのであって、感性は用いていないはずがない。機械的な読み方で、チベット人が祈り車を回しているようなものだ。むろん、無害な作業であるが、知的な作業だと思うのは誤解というものである。

26

若い頃、ある本について私が直感的に感じたことが権威ある批評家の見解と違うと、自分が誤っていると何の躊躇もなく思ったものだ。批評家というものが、しばしば定説を鵜呑《うの》みにしているのを知らなかったし、彼らがよく知りもしないことをさも自信ありげに語るのだとは、まったく考えもしなかった。芸術作品で自分にとって一番大事なのは、自分がどう思うかであると気づくまでには長い時間を要した。今では自分の判断力にある程度の自信さえ持っている。というのも、四十年前、そのころ読んでいた作家について私が本能的に感じたことで、それが当時の定説と合わないので無視していた考えが、今ではかなり広く受け入れられているからだ。それでも私は今でも評論を多く読む。それも文学のとても面白いジャンルだと思っている。人は常に自分の魂の向上のために読書したいと思うわけではなく、評論集一巻を読むくらい、暇な一、二時間を楽しく過ごす方法はない。そこに書いてあることに同意するもよし、反対するもよしである。自分が読む機会のなかった作家、例えばヘンリー・モアとかリチャードソンについて、頭脳明晰な人がどう評価するのかを知るのは、常に興味が持てる。

けれども、本に関して一番大事なのは、読む人自身にとってどういう意味があるかということである。批評家にとっては他のもっと深遠な意味がいくつもあるのかもしれないが、そんなことを解説してもらっても読者にはあまり役立たない。私が本を読むのは、その本のためでなく、自分自身のためである。その本を読むだけでよい。評価することなどに関心はなく、ちょうどアメーバが異物の微片を吸収するように、本から自分に吸収できるものを吸収するのに懸命なのだ。自分に吸収できぬ部分は私とは無関係である。私は学者でもなければ批評家でもない。作家であるから、今は職業上役立つものしか読まない。古代エジプトのプトレマイオス王朝について何世紀ものあいだ定説とされてきた説を覆《くつがえ》すような新説を唱える本がいつ何時《なんどき》出ないとも知れない。だが私は読まないでも少しも気にならない。あるいはパタゴニア奥地での想像を絶するような冒険の記録を刊行する人もいるかもしれない。私はそれも読む気はない。小説家は自分の専門分野以外の問題について専門家である必要はない。それどころか、専門知識があだになることもある。自分が詳しく知っていることがあると、人間は弱いものなので、それを不適切に小説の中で利用したいという誘惑に抵抗するのが困難になるからだ。小説家が専門知識を振り回すのは危険だ。一八九〇年代には、ある社会の仲間内だけで使う隠語をやたらに用いるのが流行《はや》ったが、あれは退屈である。あんなものを使わなくても、書くものに本当らしさを与えるのは可能だろうし、せっかく雰囲気を醸《かも》し出せても、読者が退屈では元も子もない。小説家は人間を描くのだから、人間に関係の深い大きな問題についてては知っていて然《しか》るべきである。しかし通常は少し知れば充分である。知ったかぶりはぜひとも避けなくてはならない。それでも読むべき領域は実に幅広いので、自分の目的にとって有意義な書物だけを読むようにしてきた。

　自分の描く作中人物についても決して充分に知ることは出来ない。伝記、思い出の記、専門的な著書などは、しばしば生きたモデルからでは得がたいような、隠れた細部、真実の手触り、真相を探る手がかりを教えてくれる。人間というものは知るのが難しい。ある人について作家に役立つようなことを自分から語るように仕向けるのは忍耐の要る仕事である。人間が相手だと厄介だ。本なら読み始めて途中でやめても構わないのだが、そんなことは出来ず、いわば全巻を通読しなくては人間は分からない。しかも結果として、こちらにとってあまり役立たなかったということも少なくないのだ。

27

作家志望の若い人が、時どき私にへつらって、作家になるために読むべき本を教えてください、と言うことがある。教えることにしている。しかし推薦したものはめったに読まないようだ。そもそも彼らには好奇心がないのだ。先輩の作家たちがどういう仕事をなしたかに関心が薄い。ヴァージニア・ウルフの小説二、三冊、E・M・フォースターの小説一冊、D・H・ロレンスの小説数冊、それから、奇妙なことに、ゴールズワージーの『フォーサイト・サガ』を読めば、小説作法について知るべきことは全部分かったと思うのである。確かに、現代文学には古典文学がどうしても持ち得ない独特の新鮮な魅力がある。若い作家が、自分の同時代の作家がどういう内容のことを、どういう書き方で書いているかを知るのは結構なことである。だが、文学には流行があり、たまたまある時期に流行《はや》っている文学に本質的な価値があるかどうかは判断がつきにくい。その点、過去の名作に通じていれば、比較に際してとてもよい標準となるのだ。多数の若い作家が、器用で賢く、技法的にも巧みなのに、非常にしばしば表舞台から消え去るのは、無知のせいなのかな、と私は時どき考える。才気走っているだけでなく、円熟した作品を二、三出したかと思うと、それっきりなのだ。これでは一国の文学は育たない。一国の文学を育てるには、ほんの数冊ではなく、全集となるような冊数が要る。そうなればむろん作品と作品の間に質の差が出るだろう。傑作が誕生するにはいくつもの具合のよい事情が重なる必要があるからだ。だが傑作は、努力せぬ天才の幸運な偶然としてよりも、作家として長年精進《しょうじん》を重ねてきたあげくにこそ生まれる確率が高いのだ。作家は自分を一新することによってのみ多くの新作を生み出せるのであり、また、新しい経験によって魂を常に富ませることによってのみ自分を一新させることが出来るのである。これには、過去の偉大な文学を心楽しく探究する以上に実り豊かな源泉はない。

というのは、芸術作品の誕生は奇跡の結果ではないからだ。準備を要するのだ。どれほど豊饒な土地でも肥料を与えなくてはならぬ。充分に思考し、慎重に努力し、それによって芸術家は自分を伸ばし、深め、多彩にしなくてはならぬ。それからしばらくのあいだ土地は熟成させねばならない。修道院の尼僧《にそう》のように、芸術家は新しい精神力をもたらす天啓をじっと待つのだ。日常生活に必要な業務を忍耐強く執り行なう。その間に無意識が神秘的な働きをしてくれ、遂に、どこからまかり出たのか分からぬけれど、着想が生まれるのだ。でも生まれただけでは、石の多い地面に播《ま》かれたトウモロコシと同じく枯れてしまう。丹精こめて育てなくてはならない。着想にふさわしい完璧さをもって世間に向かって発表するためには、芸術家は自分の持つ全ての力を発揮しなくてはならない。技術面の巧みさ、経験の全て、自分の性格と個性など、あらゆるものを総動員し、無限の努力を払ってようやく発表できるのである。

若い連中がぜひと言うから私は助言してやるのだが、それを彼らが無視しても腹は立てない。私がシェイクスピアとスウィフトを読むように言うと、彼らは『ガリヴァー旅行記』はもう子供のときに読んだとか、『ヘンリー四世』を小学校で読んだとか答える。サッカレーの『虚栄の市』には我慢できないとか、トルストイの『アンナ・カレーニナ』はくだらないと思う、と言う。勝手にしたらいい。私の知ったことではない。楽しめないという者に読書は無意味だからだ。若い作家志望の連中が、知識が豊富なのを自惚れるということが決してないというのは、利点かもしれない。幅広い教養があり過ぎて、小説の素材である一般大衆への共感から切り離されることがまずないからだ。以前の作家と較べると彼らは一般大衆の近くにいるし、彼らの作家業は神秘的なものではなく、他の職種と同等のものである。他の人が自動車を組み立てるのと同じように気取らぬ気持で彼らは小説や芝居を書く。これはとても結構だと思う。というのは芸術家、特に作家は、とかく一人の孤独な世界に閉じこもって一般人の世界とは全然違う世界を築こうとしがちだからだ。作家の道を歩くことになった生来の気質のせいで、一般人との間に溝が出来てしまうのだ。そこで、作家が目指すのは一般人を正確に描くことであるのに、気質のせいで素材となる一般人の真実の姿を知り得ないという矛盾が生まれる。何かをぜひともしっかり見たいと望んだ人が、見るという行為によって却って対象の前に幕を掛けてしまい、よく見えなくなる、というのと同じである。作家は現に従事している行動のいわば外側に立たねばならぬ。彼は自分の役柄を演じつつも、決してその役柄にのめり込むことのない喜劇俳優である。というのは、彼は俳優であると同時に観客だからである。ワーズワスのように、「詩は静寂に於《お》いて思い返された情緒なり」と主張するのなら、それはそれで結構だ。しかし、詩人の情緒は特殊なもので、普通の男の情緒というより詩人ならではの情緒であり、自己を忘れたものでは決してない。だからこそ、本能的な常識を持っている女どもは詩人の恋をめったに信用しないのだ。もしかすると、今日の作家は素材である一般大衆に近く、異質の世界の中の芸術家というよりも、普通人の間にいる普通人なのであるから、作家の気質のせいで従来生じていた溝を跳《と》び越えて、これまでなされてきた以上に普通人の真実の姿に迫りうるかもしれない。

28

以前の私は知識人としての傲慢さを応分に持っていた。今ではそれを棄て去っていると思うが、それは私が賢いからでも謙虚だからでもなく、たまたま私が大抵の作家よりも多く旅行したお陰なのである。私はイギリスを愛しているが、イギリスが自分の故郷だという気分を味わったことはない。そこに住む人々に打ち解けた気持をいだいたこともない。私にとってイギリスは、果たすのがいやな義務のある国、うんざりする責任のある国であった。イギリスと自分の間に少なくともドーヴァー海峡を挟まないと、本当に自由になった気がしない。自分自身の心の中に自由を見出せる幸せな人もいるが、私はそれほどの精神力がないので、旅行に出て初めて自由になれるのだ。ハイデルベルクにいた頃、ドイツ国内の各地をかなり訪ねた(ミュンヘンではイプセンがマキシミリアン館でビールを飲みながら、しかめっ面《つら》をして新聞を読んでいるのを目撃した)し、スイスにも行った。だが、これこそ海外旅行だと思ったのはイタリアへの旅だった。頭には、ウォルター・ペイター、ラスキン、ジョン・アディントン・シモンズを熟読して得た知識が一杯詰まっていた。六週間のイースター休暇を自由に使えたし、ポケットにはニ十ポンドあった。初めにジェノヴァとピサに行き、ピサでは長い距離を歩いて、シェリーがソポクレスを読んだり、ギターを弾いたりしながら詩を書いた松林の中でしばらく坐っていた。その後、フィレンツェに一カ月足らず滞在した。ある未亡人の家に下宿し、そこの娘と一緒にダンテの『神曲』の「煉獄篇《れんごくへん》」を読んだり、ラスキンを手にして勤勉に名所旧跡を訪ねて回ったりした。ラスキンが賛美せよと命じたものは(あのジオットのひどい塔でさえ)何でも賛美し、ラスキンが非難したものからは不快を覚えて目を逸らした。私ほど熱烈な弟子はいなかっただろう。その後ヴェネツィア、ヴェローナ、ミラノに行った。イギリスに戻ったときには、ひどく自己満足に陥っていて、ボッティチェリやベリーニについて私の(ラスキンの)見解に同意しない人は誰であれ軽蔑した。ニ十歳のことだった。

一年後に再びイタリアを訪ね、このときはナポリまで南下し、初めてカプリを知った。カプリは、私がそれまで訪ねた土地の中では一番魅力があったので、次の夏休みは夏中そこに滞在した。当時カプリはほとんど知られていなかった。海岸から町に通じるケーブルカーもまだなかった。夏に訪ねる人はほとんどいなくて、一日四シリング出せば、ワイン付きで三食付きの宿泊が出来、寝室の窓からヴェスヴィアス火山が見えた。当時外国から来ていたのは、ある詩人、ベルギーのピアニスト、ハイデルベルクから来た友人のブラウン、画家が一人か二人、彫刻家(ハーヴァード・トマス)、南北戦争において南軍で戦ったアメリカ人の大佐などであった。北のアナカプリの大佐の家とか、広場からちょっと入ったところにある酒場のモルガノ店などで、交わされる会話にうっとりと耳を傾けたものだ。芸術、美、文学、ローマ史などが話題だった。エレディア作の十四行詩について、詩としての評価をめぐって意見が合わないというので、二人の男が飛び掛かってお互いの喉《のど》を締め付け合うのを私は見た。全てが素敵に思えた。芸術のための芸術というのがこの世で唯一大切なものであり、芸術家のみがこの愚劣な世に意義を与えられるのだ。「絶対」の観点から見れば、政治、商業、知的職業など、そんなものにいったい何の価値があるだろうか？　こんな調子だった。当時付き合っていた私の友人たち（もうみんな一人残らずこの世を去ってしまったが）は、十四行詩の価値とか、古代ギリシャの浅浮き彫り（「古代ギリシャだと！　違うよ。俺の見るところローマの模倣だな」）の優秀性とかに関しては、意見が合わないとしても、全員がペイターの言葉で言えば、「硬質の宝石のごとき炎を上げて燃えていた」という点では同一であった。私は恥ずかしくて、自分が小説を一冊書いており、さらに二冊目も半分書き上げたとは言えなかった。私も皆と同じく、「硬質の宝石のごとき炎を上げて燃えていた」のだから、俗物扱いされて口惜しかった。私が医学生だというので、死体の解剖にだけ関心があり、親友が油断しているときを見澄まして浣腸《かんちょう》をやりかねない奴だと見られたのだ。

29

やがて医師免許が取れた。しかし既に出版していた小説が意外にも成功を収めていたのである。これで自分の運が開けたと思い、医学を棄てて作家になろうとしてスペインに行った。そのとき私は二十三歳だった。今日のこの年齢の若者と較べると、ずっと無知であったように思える。セビリアに居を定めた。口髭《くちひげ》を生やし、フィリピンの葉巻をくゆらせ、ギターの弾き方を習い、天辺《てっぺん》の平らな広縁帽子を買い、それを被《かぶ》ってシエルペス通りをふんぞり返って歩いたものだ。緑と赤のビロードの裏地の付いた、ゆるやかに垂れたマントを買いたいと切望した。高くて買えなかった。友人から借りた馬に乗り、田園地帯を走り回った。生きていることがとても楽しくて、文学だけに集中できなかった。計画ではスペイン語を身につけるまで一年間そこに留まり、それからまだ旅行者としてしか知らないローマに行き、片言しか話せぬイタリア語をマスターし、続いてギリシャに行き、古代ギリシャ語を学ぶ第一歩として現代ギリシャ語を学び、最後にカイロに行ってアラビア語を学ぶつもりだった。野心的な計画であったが、今では実行できなかったのを喜んでいる。予定通りローマ(そこで芝居を一本書いた)には行ったのだが、それからスペインに戻ってしまった。予想外のことが起きたのだ。セビリアと、そこでの生活と、おまけに緑色の目と派手な微笑の娘(彼女との恋は終わったけれど)と、この全てに惚れ込んでしまい、その魅力に抵抗できなかったのだ。その後も毎年セビリアを訪ねた。白い静かな通りをさまよい、グアダルキビル川の川縁を散歩し、大聖堂近くをうろつき、闘牛に行き、僅かな金で相手をしてくれる可愛い女と遊んだ。青春の最中《さなか》にセビリアで暮らすのは天国に行ったような気分である。語学学習はもっと都合のよいときまで延期したのである。その結果、『オデュッセイア』は英訳でしか読んでないし、アラビア語で『千一夜物語』を読むという野心は今でも果たしていない。

知識階級がロシアに関心をいだきはじめた時期に、私はあの大カトーが八十歳になってギリシャ語を学んだということを思い出して、ロシア語を学び出した。しかしその頃には若い頃の熱意を失っていたので、チェーホフの芝居が読める語学力から先へは進めなかった。その僅かな知識もずっと前に忘れてしまった。今考えると、私の外国語学習の計画は少し馬鹿げていたようだ。語句は大事ではなく意味が大事なのだ。六カ国語知っていても、それで精神的に優位に立てるとは思わない。多国語を操る人に会ったことがあるが、普通の人より賢いとは思えなかった。外国を旅行するときなど、土地の言葉が片言でも喋れれば道を聞けるし、レストランで注文も出来る。読むに値する文学のある国なら、読むのも楽しい。でも、この程度の知識なら容易に身につけられる。それ以上身につけようと試みるのは無駄だ。外国語の学習に生涯を捧げるのでもなければ、完璧に話すことにはならないし、その国民と文学を奥の奥までは知り得ない。というのは、国民にしてもその表現である文学にしても、根っこにあるのが仮に行為と言葉だけであるのなら外国人でも真似できるわけだが、それだけではなく、母親の乳と共に吸収した先祖代々から伝わる本能とか微妙な感じ方とか、外国人には捉えられない生来そなわる姿勢とかがあるからだ。自国民のことすら知るのは非常に困難である。もし他国民を知りうると思ったりしたら、特にイギリス人がそう思ったら、大きな勘違いである。というのは、イギリス人は海に囲まれた島々で分離されているし、さらに、以前は島国根性を和らげていた宗教的な連帯が十六世紀の宗教改革で断ち切られてしまったからだ。表面的な知識を身につけるのに骨を折るのはあまり価値がないと思う。外国語は、どの言葉でも片言話す程度以上に学ぶのは時間の無駄だと思う。強いて例外として、私はフランス語を挙げようと思う。フランス語は教養人の共通言語であり、フランス語が巧みであれば、会話でどんな話題が出て来ても対処できて便利である。それに偉大な文学がある。イギリスは除くが、他の国には偉大な作家はいるけれど偉大な文学はないようだ。フランス語の他の世界への影響力は、この二十年までは非常に大きかった。フランス語が自国語並みに話せれば好都合である。ただし、あまり巧みに話せ過ぎてもいけない。実際問題として、フランス語を完璧に話すイギリス人は警戒するのが賢明である。トランプの詐欺師《さぎし》あるいは大使館員である可能性が高いのだ。

30

私は舞台熱に浮かれたことは一度もない。知合いの劇作家の中には、自分の劇が上演されている劇場に毎晩出かける人がいた。役者がさぼってないか見に行くのだと言っていたが、本当は違うと思う。自分の書いたセリフが舞台で口にされるのが大好きなので ある。幕間《まくあい》に楽屋に坐って、あれこれの場について、ある日は成功したのに別の日は失敗だったのはどうしてかなどと語り合ったり、俳優たちが舞台化粧するのを眺めたりするのを楽しんでいたのである。さらに劇場関係のゴシップをするのが最大の喜びだった。要するに、劇場と劇場に絡むあらゆるものを愛していたのだ。いわばドーランが骨身に染み込んでいたのである。

私はというと、まったく違う。劇場が最もいいと思うときは休館日で、観客席が暗く、背景となる枠張物《フラット》が裏の壁に立てかけられて、がらんとした舞台がフットライトだけで照らされているような、そんなときである。リハーサルでは何時間も楽しい時間を持ったことがある。俳優たちの気楽な仲間づきあいとか、出演者の誰かれと街角のレストランで慌《あわただ》しくランチを共にしたり、午後四時に雑役婦が運んでくれる分厚いトーストと強くて苦いコーヒーをとったりするのが好きだった。処女作の芝居が上演されて、私がすらすらと書いたセリフを年長の男女が暗誦しているのを聞いたときには、びっくりしたり面白がったり、ちょっとしたスリルを味わった。あのスリルはその後も常に感じた。ある役柄が、俳優の手で、最初の無感動な台本の読み合わせから始まって、次第に私の脳裏にあった登場人物に近いものに成長してゆくのを眺めるのは、いつでも興味深かった。その他面白いと思ったのは、ある家具を舞台のどこに配置すべきかについての大仰な議論、演出家の自惚れ、舞台での立ち位置に不満の女優の怒りの爆発、何が何でも自分に注目を集めようとするベテラン俳優の狡猾《こうかつ》さ、思いついたあらゆる話題についてのとりとめのないお喋りなどであった。だが、何といっても一番傑作なのは、衣装をつけての稽古である。二階正面席には六人ほどの人がいる。衣装屋たちで、まるで教会にいるかのように大人しくしているが、仕事は非常にテキパキとやる。彼らは上演中お互いに小声ながらはっきりとした口調で、手振り混じりで意見を交わすのである。スカートの長さ、袖《そで》の型、帽子の羽根飾りなどに関してのようだ。幕が下りるや否や、もうピンを口にくわえて、ドアを通り、舞台へと上がってゆく。演出家が「幕を上げて」と大声で命じ、幕が上がると、女優が二人の黒服のむっとした表情の婦人とのただならぬ言い合いを中断する。

「あのねえ、先生、飾りひもは似合わないと、私は思うの。だのに、マダム・フロスったら、それをはずして代わりにレースを付けると言うのよ！」彼女は大きな声で言う。

一階特等席にはカメラマン、支配人たち、チケットの販売担当者、出演女優たちの母親、男優たちの妻、劇作家の女友だちとマネージャー、もう二十年役についていない三、四人の老俳優などがいる。これで観客としては充分である。一幕終わるごとに演出家がメモしておいた注意を読み上げる。照明係が、スイッチを注意していればいいだけなのに、間違ったのを入れたので、文句を言われる。不注意だというので劇作家も立腹するけれど、内心では照明係が芝居の面白さに気をとられたから誤ったのだと考えて、寛大になっているのだ。時には短い場面がやり直しになることもある。それから立つ場所が修正される。それが済むと、ギラギラとフラッシュが焚かれて写真が撮られる。次の幕の準備のため幕が下ろされると、俳優たちは着替えのために各々の楽屋に別れてゆく。衣装屋は消え、老俳優は一杯飲むために外へこそこそと出て行く。支配人たちは意気消沈して安タバコを吸う。出演者の母親や妻は小声で話し合い、劇作家のマネージャーは夕刊の競馬の記事を読んでいる。全てが非現実的であり、しかも胸が躍る。最後に衣装屋たちが耐火性のドアから入って来て元の席につくのだが、競い合っている店の者同士は尊大な態度で離れて坐る。やがて舞台監督が幕の間から顔を出す。

「先生、準備が出来ました」

「よし。始めて。幕を上げて」舞台監督が命じる。

しかし衣装をつけての稽古は、劇作家として私が味わう最後の喜びである。駆け出しの頃の芝居の初日は、芝居の出来ばえに自分の将来がかかっていると思うと、戦々恐々として楽しむどころではなかった。私の『フレデリック夫人』が上演されたとき、二十一歳で手にした僅かな遺産は底をついていた。数点の小説を刊行したが、それでは暮らしていけなかったし、ジャーナリズムの仕事ではまったく稼げなかった。以前から時どき書評の仕事をもらっていたので、編集者に頼んで一度劇評をやったことがあった。しかし私にはその方面の才能がなかったようで、実際、編集者には演劇のセンスがないとまで言われた。もし『フレデリック夫人』が失敗したら、病院に戻って医学を学び直して船医になるしかないと思っていた。船医なら、当時なり手が少なく、ロンドンで医師の免許を取った者が志願する例はまずなかったので、歓迎されたのだ。初日の気持といえば、劇作家として成功を得てからでも、観客の受け具合から自分の能力が衰えていないかどうかを探ろうと神経をピリピリさせていた。観客の間に席を占め、その一人になるように努めた。一般の観客にとって、初日というのは七時半の軽食と十一時の夜食の間に味わう多少興味深い出来事であり、その成功、失敗はたいして問題ではない。自分の作品の初日なのに、あえて他の劇作家の初日であるかのような気持で観に行こうとしてみた。それでも、初日は不愉快な思いを味わうのであった。観客が、劇中のジョークが気に入って大笑いしたり、ある幕が気に入った証拠に幕が下りて一斉に拍手喝采したりするのを聞いても、気分は一向によくならない。というのも、たとえごく軽い調子の芝居でさえ、私自身の多くのものを投入しているので、それが大勢の観客に暴露されるのを聞くと恥ずかしくて堪らなくなるのである。私自身が書いたセリフなので、ごく身近なものであり、それを有象無象と共有するのは勘弁してもらいたかった。この理不尽な心理は、自作が外国語に翻訳されて上演されたときにさえつきまとった。私のことを知るはずもない外国人の観客の間にいても恥ずかしかったのである。実際の話、観客の反応を見て芝居の書き方を学ぶという目的がなければ、初日であれ他の日であれ、私は自作の上演に立ち会うのは遠慮したい。

31

役者という職業は過酷だ。私が念頭に置いているのは、顔が可愛いというだけで舞台に立つ女優のことではない。彼女たちは、もし美貌がタイピストの資格だとしたら、タイピストになった連中なのだ。あるいはスタイルがよくて、他に向いた職がないというので俳優になった青年のことでもない。こういう男女は、何となく役者になったかと思うとすぐやめてしまう。女は結婚し、男はワイン会社に入社したり、室内装飾家になったりする。私が言うのは、役者を天職とする人たちのことだ。彼らは生来の才能を持ち、それを生かそうと願う。役者業というのは、うまくなるのに不断の修練を要する職業なので、役者がどんな役柄でも演じられるわざを身につけるまでには年を取ってしまい、限られた役柄しか演じられなくなる人が多い。役者業は限りない忍耐を要し、失望の連続である。舞台に立ちたくても、叶えられない長い時期が続くのに耐えなくてはならない。賞を受けることなどめったにないし、たとえ受けても、受賞者としての栄光はすぐ消える。報酬は不充分である。役者は運に左右され、移り気な観客の好みに従うしかない。人気がなくなれば、すぐ忘れられる。そうなったら、人気者だったという過去はまったく役立たない。飢え死にしたって、誰一人気にしない。このようなことを考えると、私たちは、人気の出ているときの役者の気取り、我儘、自惚れなどに寛容な態度をつい取ってしまう。どうせ束の間のことなのだから、どうぞ派手に振る舞うなり、悪ふざけをするなり、ご随意に、という気持になる。それに、何だかんだ言っても、役者の自己中心主義は才能の一部なのだ。

舞台がロマンスへのとば口であり、舞台と関係する人間が全て神秘的でわくわくするような存在に思えた時代があった。十八世紀の教養人の間では役者は生活に空想の味付けをもたらした。役者の無軌道な生き方が「理性の時代」では想像力を刺激し、役者の演じる格好のよい役柄や、役者が口にする詩句が役者をオーラで包んだ。ゲーテのあの素晴らしいのに読まれていない本である『ヴィルヘルム・マイスター』の中には、作者が、二流どころの旅劇団としか思えない連中をとても愛情深く見ているところがある。十九世紀には役者は工業社会のお上品振りからの逃避を提供した。役者はボヘミアンとして自由気ままな生活をしているとされ、それが窮屈な会社勤めを余儀なくされている若者の想像力を刺激した。役者は真面目な社会におけるアウトサイダーであり、慎重な社会における気ままな連中であり、一般人が想像を逞《たくま》しくして華美な存在に染め上げたのである。ヴィクトール・ユゴーの死後出版の『見聞録』には、作者が女優の贅沢さに、恐れ、驚き、一抹《いちまつ》の羨望《せんぼう》を感じながら、彼女との夕食会をユーモラスに――作者自身はユーモラスだと気付いていないのでいじらしいのだが――描いた一節がある。思慮分別のある小柄な作者は、このとき生涯で一度だけ、自分がちょっとしたプレイボーイになった気分だった。女優の部屋では、何とまあ贅沢にシャンパンがふんだんに抜かれ、銀食器がいくつも並べられ、虎革の敷物がぎっしりと敷きつめられていることか！

しかし栄光は今では消えてしまった。役者は落ち着き、まっとうになり、裕福にもなった。世間から区別された種族として見られるのに腹を立て、一般人と同じになるよう努力したのである。真昼間に舞台化粧なしの素顔を見せ、自分らがゴルフをやり、税金を収め、ものを考える人間なのですよ、しっかり見てください、と世間に訴えたのである。私に言わせれば愚かなことである。

これまで多数の役者と知り合った。付き合うのによい連中である。真似がうまいし、話上手だし、機転が利くというので、とても面白い。気前がいいし、親切だし、勇気もある。しかし私は彼らを人間だと見ることが出来なかった。彼らと親密な関係になれたためしがない。彼らは鍵に合う単語の見付からぬクロスワード・パズルのようだ。事実はこうなのだと思う。つまり、彼らの人格は演ずるいくつもの役柄から出来ているのであり、人格の基礎は無定形なものなのだ。それは柔らかな加工しやすいもので、どのような形にもはまるし、どのような色にも塗ることが出来る。ある利口な作家が言ったのだが、役者が長いあいだ神聖な地面に埋葬するのを拒まれたとしても驚くことはない、なぜなら彼らに魂があると考えるのは不合理だからだ。これはたぶん極端な意見だろう。役者がとても興味深いのは確かである。そして作家は、正直な人なら自分と役者の間にある種の類似があるのを認めざるを得ない。役者の性格は、作家と同じく、決してバランスが取れているとは言えない。役者は演ずるあらゆる人物の総和であり、作家は創作する登場人物の総和である。作家も役者も、少なくともそのときには感じていない感情を表現する。自分の一部は人生の外側に立ちつつ、創作本能を満足させるために人生を描く。見せかけは、作家、役者には真実であり、一般人は彼らの素材であると共に審判者であるが、彼らに騙されるカモでもある。見せかけが、作家、役者の真実なので、彼らは真実を見せかけだとみなす。

32

もともと私が芝居を書き出したのは、他の若い作家もそうだろうが、人々が喋っていることを紙の上に書くほうが物語を創作するより易しいと思えたからである。ジョンソン博士はずいぶん前に、対話を書くほうが面白い話を考案するよりずっと易しいと言っていた。私の昔のノートを調べてみると、十八歳から二十歳までの時期に、書くつもりの芝居で使う場面がいくつも書いてある。読んでみると、セリフは大体分かりやすいし、現実にありうるものだ。ジョークは今読むと笑えないが、当時の人が用いていたと思える言葉で書かれている。私は直感で話し言葉の口調を捉えたのであった。だが、ジョークの数は僅かで、しかも辛辣《しんらつ》である。私の芝居の主題は暗いもので、最後は憂鬱《ゆううつ》、絶望、死で終わった。ところで、フィレンツェへの最初の旅に私はイプセンの『幽霊』を持参し、気晴らしのために——何しろダンテを真剣に勉強していたのだ——技法を学ぼうとドイツ語版から英語に翻訳した。イプセンのことはとても尊敬していたけれど、マンデルス牧師を少し退屈だと思わざるを得なかったのを覚えている。当時セント・ジェイムズ劇場ではピネローの『タンカレー家の後妻』が上演中であった。

次の二、三年の間に数本の一幕劇を書き、様々な劇場支配人に送った。一、二本は返却されなかった。写しがなかったので、永久に失われてしまった。返却されてきた他の作品は、自信をなくして、どこかにしまい込んだか破棄してしまった。無名の劇作家が作品を上演してもらうのは、今と較べると、当時もその後もかなり長い間ずっと困難であった。制作費は僅かしかないので、長期興行が普通であり、ピネローとヘンリー・アーサー・ジョーンズをリーダーとする少数の劇作家グループがいて、主要な劇場で芝居が必要になればいつでも提供できたのである。フランス演劇も流行《はや》っていて、改竄《かいざん》した翻案物に人気があった。小説家のジョージ・ムアの『アーリングフォードにおけるストライキ』という劇作品が独立劇場で上演されたという事実にヒントを得て、自作が上演されるには、まず小説家として名をなすことしかない、と私は思い込んでいた。そこで芝居は一時ほうっておいて小説を書くことにした。このように順序を考えて仕事をするというのは、若い作家に似つかわしくない商売人のような態度だと思う読者もいるだろう。どうも私は、芸術作品でこの世を豊かにしようという神に命じられた使命を遂行するというのではなく、もっと現実的な質《たち》に生まれついているらしいのだ。とにかく私は二冊の小説を刊行し、短篇集一冊も刊行間近になったとき、初めて本腰を入れて最初の四幕物の芝居を書いた。『廉潔《れんけつ》の人』という題だった。これを当時の人気役者で芸術的な作品を好むと評判だったフォーブズ・ロバートソンに送った。三、四カ月して返却されてくると、チャールズ・フローマンに送った。彼も返却してきた。私は書き直した。そして、そのときまでにさらに二冊の小説を刊行し、その一つ『クラドック夫人』はかなりの成功を収めていて、私はようやく有望で真面目な小説家と見られ出していたので、舞台協会に送った。上演が受け入れられた。それに加えて、委員会員のW・L・コートニーが私の脚本をとても気に入ってくれて、『隔週評論』に載せてくれた。この評論誌には以前クリフォード夫人の『夜の類似』が載ったことがあるだけだったので、大変名誉なことだった。

舞台協会は、当時は他にその種の協会がなかったから、そこで上演された芝居は多大な注目を浴び、批評家たちは、まるで大きな劇場でのロング・ランのように私の作品を真剣に論じたのであった。クレメント・スコットを中心とする古臭い批評家たちは散々にけなした。『サンデイ・タイムズ』の批評家は、私には演劇に適した才能はひとかけらもない、と書いた。その批評家の名前は忘れた。けれども、イプセンの影響下にあった批評家は充分に考慮すべき作品として扱ってくれた。共感を持ち、私を励ましてくれた。

私は、ここまで到達したのだから、後は順調に行くだろうと楽観していた。しかし、程なく分かったのだが、劇の作法について非常に多くを学んだという以上には私は何の成果も挙げていなかった。二回上演されただけで、私の芝居は終わった。私の名前は、実験劇場の関心を持つ少数の人たちに知られたので、協会の好むような作品を書けば、きっと上演してくれたと思う。しかしそれでは不満だった。上演期間に、協会の関係者、特に主役を演じたグランヴィル・バーカーと接触したわけだが、彼らは私に敵対的であると感じた。ひとを見下すようなところがあり、視野が狭かった。当時グランヴィル・バーカーは非常に若く、私は弱冠二十八歳、彼は一つ下だったと思う。魅力があり陽気で、子馬のような優雅さがあった。他人の思想を盛んに口にした。しかし私は、彼の中には人生に対する恐怖心があり、それを誤魔化すために大衆を軽蔑していると思った。彼が軽蔑せぬものを探すのが難しいほどだった。生命力に欠けていた。役者たるもの、迫力、ファイト、厚かましさ、肝っ玉、筋力などを、もっと持つべきだと思った。彼は前に『アン・リートの結婚』という芝居を書いたことがあったが、これは私には貧血症気味で気取っているように思えた。私は人生が好きで、人生を楽しみたかった。人生から可能な限り多くを得たいと望んだ。僅か一握りのインテリに認めてもらうだけでは満足できなかった。それに私は彼らの本質について疑いをいだいていた。あるとき、なぜか分からぬが、舞台協会が間抜けな、どちらかと言うと通俗的な短い笑劇《ファース》を上演したことがあり、それを見に行ったら、協会員たちがそれを見て笑い転げていたのだ。高級な演劇に関心をいだいているというが、どうもポーズであるような気がした。このような観客は不要だ。私が相手にしたいのは一般の多くの観客だった。それに私は貧乏だった。出来れば屋根裏部屋でパン一切れの生活はしたくなかった。金銭は第六感のようなもので、それがないと他の五感もうまく働かないのだ。

『廉潔の人』のリハーサル中、第一幕にある男女がからかい合う場面が面白いのに気付き、自分には喜劇の才があると判断した。そこで一つ書いてみようと決めた。『パンと魚』という題にした。主人公は世俗的で野心的な牧師で、彼が金持の未亡人に求婚し、主教になるために陰謀を企《たくら》み、最後にきれいな女相続人を手に入れるという話であった。劇場支配人は誰一人として採用しようとはしなかった。聖職者をからかうような芝居はとうてい許せないというのだった。そこで私は、作品を上演してもらうには、女優が主人公である喜劇を書くのが一番だと考えた。もし女優が気に入ってくれれば、上演するように支配人を説得してくれるだろうというわけである。どういう役柄が大女優の心に訴えるかをいろいろ考え、腹が決まったので『フレデリック夫人』を書いた。しかし、最も効果的な場面というのは、ヒロインが若い愛人に幻滅を味わわせるため化粧部屋に呼んで、化粧もせず髪もとかさぬままの姿を見せるところであった。この場面のお陰で芝居は後に大成功を収めることになったのである。遠い昔のことで、化粧するのは一般的でなく、また大抵の婦人はカツラをつけていた。それでも、どの女優もそんな状態の自分の姿を観客に見せるのを承諾しなかったし、どの支配人にも断られた。そこで私が、今度は誰からも異論が出ないような芝居を考えてみて書いたのが、『ドット夫人』だった。しかし、これも他の作品と同じ運命を辿《たど》った。支配人たちは軽すぎると評した。彼らはアクションが少ないのがいかんと言い、その頃の人気女優ミス・メアリ・ムアは、強盗が入るところを書き足せば面白くなると教えてくれた。どうやら自分には、主役の女優が気に入ってぜひやりたいと頑張ってくれるような芝居は書けそうにもない、と私は考えて、男が主人公の芝居を書いた。これが、『ジャック・ストロウ』だった。

反省してみると、私は舞台協会で僅かでも成功したことで劇場支配人たちが自分を好意的に見てくれるだろうと思い込んでいた。残念なことに、そうではないと分かった。それどころか、あの協会と縁があるというので偏見をいだかせてしまったのだ。つまり、私には陰鬱で客を呼べない芝居しか書けないと思わせたのだ。私の喜劇が陰鬱だと言えたはずはないのだが、何となく不愉快であり、商業的に成功しないと決めてかかっていた。脚本の原稿を拒絶されると私はひどく落胆したのだから、絶望して上演の努力を断念しても当然だった。しかし幸いにも、ゴールディング・ブライトが私の芝居を注目に値すると考えて、上演交渉を引き受けてくれた。彼は何人もの支配人と次から次へと交渉してくれた。そうして散々待たされたあげく、遂に一九〇七年、四幕物を六本書き上げた時点で、『フレデリック夫人』がコート劇場で上演された。三カ月後には『ドット夫人』がコメディ劇場で、『ジャック・ストロウ』がヴォードヴィル劇場で上演されていた。さらに六月になると、『廉潔の人』の直後に書いた『探検家』という芝居を、ルイス・ウォラーがリリック劇場で上演した。私は遂に望んでいたものを得たのだった。

33

最初の三本はロング・ランになった。『探検家』は失敗すれすれだった。だが私は大金を稼げたわけではなかった。当時は成功を博した芝居でも今と較べると実入りはずっと少なく、それに私の著作権料は僅かだった。それでも経済面の不安から解放されたし、未来に展望が開けたように感じられた。四本の芝居が同時に上演されたということで、私はあちこちで噂《うわさ》されることになった。バーナード・パートリッジがこれに関して『パンチ』に、シェイクスピアが私の芝居の広告が出ている掲示板の前で、羨ましそうに指をくわえている諷刺漫画を描いた。盛んに写真を撮られたし、何度もインタビューされた。知名人から交際を求められた。私の成功は目を見張るようなものであり、予想外のものだった。しかし私は大喜びするというより、ほっとした。生来私は驚くということがあまりないのだ。外国旅行に出て、非常に珍しい景色だのとても普通にはあり得ぬ状況に出くわしても、ありふれたものだと思ってしまうので、注目すべきものだと自分に強く言い聞かせなくてはならないのだ。それと同じで、今回の騒ぎも当然なことと受け取った。ある夜、私がクラブで食事をしていると、隣の席で、クラブ会員で私の知らぬ男が客を接待していた。これから私の芝居を見に行くところで、私の噂をしていた。その男が私はクラブ会員なのだと言うと、客は言った。「彼を知っているのかい。すっかり得意になっているだろうな」

「そうですとも。彼のことはよく知っていますが、得意になってそっくり返って歩いているので、つんのめりかねませんよ」

これは嘘だった。私は成功を当然だと思ったのだ。評判になったのを面白いとは思ったが、それでいい気になったりはしなかった。あの時期のことで今でも覚えている唯一の感慨は、ある夕方パントン通りを歩いているときに頭に浮かんだ思いであった。コメディ劇場前を歩いていたとき、ふと空を見上げて、沈み行く太陽に光る雲を見た。美しい光景に感心して立ち止まり、考えた。「有難いな。日の入りを眺めて、これをどのように描写すべきかなんてもう考えなくてもいいんだから」つまり、それからは小説はやめて芝居だけ書いて行く気でいたのである。

世間は、英米だけでなく大陸でも私の芝居を熱狂的に歓迎してくれたが、批評家の意見となると、かなり意見が分かれた。大衆演劇派の連中は、機知、陽気さ、劇的効果などを褒めたが、皮肉っぽい点にケチをつけた。一方、真面目な批評家は違和感を持った。私の芝居は低俗でくだらないと言った。私が魂を富の神に売ったとまで言った。進歩的な知識人連中は、それまでは私を一応地味ではあるが注目すべき仲間として扱っていたはずだが、急によそよそしい態度を取った。それだけでも不快だったのだが、そのうえ、まるで私が悪魔にでもなったかのように真っ逆さまに底なしの地獄へと突き落とした。これには驚いたし、少し口惜しくもあったが、勝負はこれで終わったわけではないと思い、屈辱にじっと耐えた。私には以前からある目的があり、それを達成するための唯一可能な手段だと思ったことをやったに過ぎない。それが分からない馬鹿な連中に対しては、ただ肩をすくめるしかなかった。『廉潔の人』のような辛辣な作品とか、『パンと魚』のような冷笑的な作品を書き続けていたとしたら、厳しい批評家でも称賛を拒まなかったいくつかの作品を上演する機会に恵まれなかったであろう。批評家は観客が好むように調子を下げて書いていると非難した。しかし必ずしもそうではなかった。当時の私は張り切っていて、面白いセリフが書けたし、喜劇的な状況を創り出せたし、軽快な陽気さを醸《かも》し出せた。私にはこれ以外の才能もあったのだが、そのときはしまっておいた。そして、そのときの目的に役立つような面だけで喜劇を書いたのである。観客を楽しませるのが目標であり、そのように仕組み、成功したのである。

一時的な成功だけで忘れられるのはいやだったので、大衆の支持をさらに強固なものにしようと、続けて二本書いた。少しだけ前より大胆だったので、今なら大人しい素朴な作品だと思われるところだが、堅苦しい人は淫《みだ》らだと非難した。その一つ『ペネロペ』はきっと長所があったのだろう。二十年後にベルリンで再演されたとき、一シーズンを通して満席だったのだから。

今や私はおよそ作劇術について知るべきことは全て身につけたので、次々に書く芝居はどれも成功を収めた(例外は『探検家』で、観客をあまり喜ばせなかったが、私には理由がはっきり見えていたのだ)。そこで、ここらでもっと本格的な作品を書いてみても大丈夫だろうと思った。もっと複雑な主題を自分がどのように扱いうるか知りたかったし、劇場で効果的だろうと思う一、二の些細な技術的な実験を試みたかったたし、さらに、自分が一般観客の好みにどこまで合わせられるかも知りたかったのだ。その目的で、『十人目の男』と『地主』を書き、さらに、十二年も机の上にあった『パンと魚』を上演した。どの作も失敗ではなかったたし、成功でもなかった。劇場の支配人は金を儲けもせず損もしなかった。『パンと魚』がロング・ランにならなかったのは、その頃の観客は牧師がからかわれるのを見ると不安になったからである。この芝居はやや誇張して書かれているので、喜劇というより笑劇という感じなのだが、面白いシーンがいくつかある。『地主』と『十人目の男』はどっちつかずだった。前者は地方の紳士階級の度量の狭い生活を描いたもので、後者は政界および財界を描いたものだった。どちらの世界も私は多少知っていたのだが、観客を面白がらせ、感心させねばならぬと分かっていたので、調子を上げて書くことになった。結果として両作品ははっきりと写実的でもないし、はっきり劇場的でもなかった。このどっちつかずな態度が災いした。観客は何となく不愉快で、どこか嘘らしい芝居だと感じた。それから、私は二年間休息を取り、その終わり頃に『約束の地』を書いた。これは満席状態が二カ月続いたところで、戦争が勃発した。七年間で十作上演した勘定である。進歩的なインテリは私の芝居を見限っていたから、相変わらず無視を続けたが、一般大衆には愛されるようになった。

34

戦争中かなり時間に余裕が生じることが時々あった。戦争の初期の頃、私はある活動に従事していたのだが、この活動は一日のごく一部を取るだけであったし、芝居を書くことでこの活動から人の注意を逸らすことが出来た。その後、私は結核に罹り、ベッドで寝ているしかなかったのだが、その間、楽しい暇つぶしとして芝居を書いていた。こうして立て続けに一連の芝居を発表することが出来た。最初の作品は一九一五年の『おえら方』で、最後は一九二七年の『貞淑な妻』だった。

これらは大部分喜劇だった。十七世紀の王政復古時代に隆盛を極め、その後ゴールドスミスやシェリダンによって引き継がれたイギリス演劇の伝統に適《かな》った芝居である。これほど長い期間流行した作風であるのだから、イギリス人の気質にどこか受けるものが何かあるのであろう。これを好まぬ人は、人工的な喜劇だと言い、愚かにもその言葉で低く評価するつもりらしい。それは行動の芝居でなく、会話の芝居である。社交界の愚行、悪習、気質をやんわりと皮肉るものである。都会風であり、イギリス人特有の感傷癖が時にあり、やや非現実的である。観客にお説教はしない。時には教訓を引き出すこともあるけれど、観客があまりそれに拘る必要はないという姿勢も同時に示す。あの忙しいヴォルテール氏がその時代の演劇を論じ合うために、王政復古時代の劇作家であるコングリーヴを訪ねたとき、コングリーヴは相手に向かって、自分は劇作家というより紳士なのだと指摘した。ヴォルテールは「あなたが紳士に過ぎないというのなら、わざわざあなたを訪ねることはなかったのに」と答えた。ヴォルテールは彼の時代の最も頭の切れる人であったが、ここでは理解力の不足を露呈している。コングリーヴの答えは意味深いものだったのだ。つまり、喜劇作者が喜劇の観点から最初に考察すべき人は作者本人だというのを、コングリーヴがはっきり自覚していたことを示しているのだ。

35

その頃までに私は演劇に関する多数の事柄について、はっきりした見解をいだくようになっていた。

私の達した結論の一つは、散文劇は新聞と同じくらい束の間のものだということであった。劇作家とジャーナリストは、面白い話と効果的な要点を迅速《じんそく》に捉える目、活気、生き生きとした書き方など、共通の才能を必要とする。それ以外に劇作家が必要とするのは独特のコツである。このコツがどういうものから成り立っているのかは誰にも分からない。コツは習って身につくものではない。コツは教育や鍛錬なしで存在しうる。コツのお陰で、劇作家は創作したセリフを観客に伝え、自分の語る物語が、観客の目の前で、いわばステレオスコープで覗《のぞ》いているかのごとく生き生きと展開するように提示するのである。誰にでもそなわっている才能ではない。だからこそ、劇作家は他の分野の芸術家よりずっと高額の収入を得るのだ。このコツは、文学的な才能とはまったく無関係である。現に、高名な小説家が芝居を書いて惨めな失敗をした例が多いことからもそれは分かる。楽譜なしで演奏する才能のようなものであり、特に精神的に高級だというようなものではない。しかし、それがないと、たとえいかに深遠な哲学を持っていても、いかに独創的な主題を考えていても、いかに的確に登場人物を描けても、芝居は書けないのだ。

作劇術についてはずいぶん多くのことが書かれてきた。私は関係する書物はほとんど読んだと思う。芝居を書く最善の方法は、自分の書いた芝居が上演されるのを見ることだ。そうすれば、役者が言いやすいセリフの書き方とか、文章のリズムが自然な会話を損なわずに観客に届く範囲はどれくらいだとかを、耳がいい人なら学ぶことが出来る。また、どういうセリフなり、どういう場面が効果的であるかも学べる。だが、芝居を書くコツは、二つの原則にまとめられる。「主題から離れるな」と「可能な限りカットせよ」である。前者に従うには論理的な心が必要であるが、その心を持つ者はほとんどいない。ある考えがあると、そこから別の考えが浮かぶ。別の考えが主題に直接関係なくても、それを深めるのは楽しい。脱線したがるのは人間にありがちなことだ。だが劇作家は、聖人が罪を避けねばならぬ以上に心して脱線を避けねばならない。罪は許されるかもしれないが、脱線は命にかかわるからだ。関心方向性の原理を守るのだ。この原理は小説でも大切であるが、小説はページ数が多いから余裕があるし、理想主義者が、悪は絶対者の完全な善に変容される、と説くように、ある種の脱線は主題の展開に必要な役割を演ずるかもしれない(これについてはよい実例がある。『カラマーゾフの兄弟』にあるゾシマ長老の若い頃の話である)。関心方向性の原理の意味をここで説明しておいたほうがよいであろう。ある状況下でのある人々の有為転変に読者の関心を集中させ、作者が解決に辿り着くまで、その関心をずっと持ち続けるように仕向ける手法である。もし主題から読者が関心を逸らすのを放置すれば、二度と関心を取り戻すことは不可能であろう。人は、心理的な癖で、劇作家が芝居の冒頭で紹介する登場人物に多大の関心をいだいてしまうものである。だから、もっと後で登場する人物に話の中心が移ると、何となくがっかりする。それで賢い劇作家は、主題を出来るだけ早く提示し、その後主人公らを劇的効果の故にもっと後まで登場させない場合には、開幕時に舞台に出る人物の会話によって、主要人物に観客が関心を持つようにする。そうすることで、彼らが後に登場するだろうという期待感が高まるのだ。さすがにすぐれた劇作家であるシェイクスピアは他の誰よりもこの方法を周到に使っている。

雰囲気の芝居として知られている芝居を書くのが困難であるのは、関心の方向づけが困難だからである。この種の芝居の中では、むろんチェーホフの作品が最もよく知られている。こういう芝居では、観客の関心は二、三人でなくあるグループ全体に向けられねばならず、かつ主題はグループ内の人物と人物の関係、および人物と環境の関係なので、作者は観客がグループ全体でなくそのうちの特定の二、三人に自然に関心を向けがちであるのを阻止しなくてはならない。関心がこのように拡散すると、登場人物の誰についても好意を持たないということが起こりうる。作者は何本かの話の筋を設定しても、そのいずれかに力点を置いて観客の注意をはっきり引きつけることがないように気をつけるので、結果としてどの出来事も地味に表現することになる。それ故、観客はどうしてもある種の単調さを感じてしまう。また、出来事であれ、登場人物であれ、何一つ観客に対して強烈な印象を与えないので、芝居を見終わった後、頭が混乱した気分で帰宅することになりがちである。実例を見ると、この種の芝居は完璧な演技でのみ何とか観劇に耐えられるようである。

ここで私の言う二番目の原則を考える。いかに見事な場面であれ、いかに気の利いたセリフであれ、どれほど深遠な思想であれ、芝居に必要欠くべからざるものでない以上、劇作家たる者は全てカットすべきである。この場合、劇作家が文筆家でもあれば具合がいい。劇作だけを専門にしている作家だと、紙の上に文字を書くことが出来るのを大袈裟に奇跡か何かだと思い込み、文字が神からの贈り物でないまでも自分自身の頭から出て来たと思うと、神聖なものとみなすのだ。だから、それをカットすることなど思いもよらない。ヘンリー・アーサー・ジョーンズに原稿を見せてもらったことがあるが、見て驚いた。「お茶に砂糖をいれますか」という単純な文を三種類の表現で書いてあったのだ。これほど文章を書くのに苦労する劇作家が、一度書いたものを過度に重要視するのも無理からぬことだ。その点、文筆家は書くことに慣れている。耐えがたいほどの苦労などせずに表現できるので、カットにも耐えられる。どんな作家でも、時にはうまい着想だとか、非常に面白い当意即妙の応答だとかが、突然頭に浮かぶことがあり、それをカットするなど、歯を抜かれるより悪いことだと感じるものだ。そういうときのためにこそ、「可能な限りカットせよ」という原則を脳裏に焼き付けておくのが大切なのである。

カットすることは、これまで以上に必要になっている。演劇の歴史において、現在の観客は従来と較べてずっと頭の回転が速くなり、かつ辛抱強さが足りなくなっているからだ。芝居というものは、その時代の観客の好みに合わせて書かれてきたわけである。過去の観客は、入念に描かれた場面がゆっくりと展開してゆくのを楽しんで見たり、人物が自分の考えを充分に説明するのを喜んで聞いたりしたようだ。今はすっかり違ってしまった。おそらく映画の流行のせいであろう。今日では、特に英語圏の観客は、ある場面の勘所を瞬時に把握してしまい、どんどん次の場面へと進みたがるのである。登場人物の長いセリフなども、少し聞いただけで全体を理解してしまい、いったん理解してしまうと注意が散漫になる。作者は、場面を隅々までしっかり観客に理解させようとか、人物に思いの丈《たけ》を充分な言葉で表現させようとかいう、当然の願望を抑制しなければならない。今の観客には、くどくど述べる必要はない。暗示さえすれば充分なのだ。直ぐ理解される。セリフはいわば喋る速記である。作者はカットにカットを重ね、これ以上のカットは無理だというところまで行かねばならない。

36

芝居は、劇作家と役者と観客と、それから今は演出家も加えることになるのだろうが、そういうものの協力の結果として成り立つのである。まず観客を考える。一流の劇作家は観客に注目し、しばしば好意よりも軽蔑の念をいだいて論じているが、自分たちが観客に依存しているのは誰もが心得ている。金を払うのは観客であり、もし提供された娯楽に満足しなければ、観客は観に来ないのだ。芝居は観客なしでは存在し得ない。そもそも、劇を定義すれば、役者が語り、不特定の数の観客が耳を傾けるように工夫された会話体の文章と言えよう。書斎で読むように書かれた劇というのは、会話形式で書かれた一種の小説であり、作者は自分の都合(読者には理解できないけれど)によって便利な通常の語り口を回避したのである。観客に働きかけない劇には長所もあるのかもしれないが、ロバが馬でないのと同様に劇ではない(残念ながら、我々劇作家の誰しも時にはこういうよく分からぬ合の子を産むこともある)。劇場関係者なら誰でも知っているように、観客は奇妙に劇に影響を与える。昼の客と夜の客では、同じ芝居を観てもまったく違うように観ることがありうる。聞くところによると、ノルウェーの観客はイプセンの芝居を大いに笑える喜劇として観るという。イプセンの暗い劇に笑える要素を見出す客はイギリスにはいない。観客の感情つまりその関心や笑いは劇が展開する過程の一部をなす。観客はいわば劇を創造すると言えるのだが、それは人が五感を用いて日の出の美や海の静けさを客観的な材料から創造するのと同じである。観客は芝居において脇役の役者などではない。もし観客が割り当てられた役を演じなければ、その芝居は壊れてしまう。そうなったら、劇作家はテニスコートでたった一人、プレイする相手もなしに突っ立っているようなものだ。

ところで観客はとても奇妙な動物である。知的というより利口なのだ。知的能力は最も知的な人たちよりかなり劣る。人を知性の点で最高のAから一般大衆のZまで段階をつければ、芝居を見る人の平均的知性はアルファベットの十五番目のOというところであろう。観客は非常に暗示にかかりやすい。ジョークを聞いて自分は面白いと思わなくても、周囲が笑えば自分も笑う。感情的である。それでも感情を揺さぶられるのを本能的に嫌い、直ぐクスクス笑って作者の手から逃げてしまう。感傷的である。しかし自分好みのものしか受け入れない。だからイギリスでは、故郷に絡む感情は受け入れるけれど、息子の母への愛情は笑いを誘うだけである。ある状況が興味を引けば、ありうるかどうかには無頓着である。この癖をシェイクスピアは盛んに利用したのである。ところが、もっともらしい説明がないと納得しない。実生活では人はよく衝動的に振る舞っているのだが、舞台の上での行動には適切な理由がないと納得しない。観客の道徳心は一般大衆の平均的な道徳心であり、一人一人なら腹を立てないような意見に対して心底からショックを受ける。頭で考えるのでなく、太陽神経叢《しんけいそう》で考えるのだ。とかく直ぐに退屈する。新しいものを好むが、昔からある考えに合致する新しさでなくてはならず、胸躍らせるのはよいが、驚かされるのは嫌いなのだ。劇の形で示される限り、思想を好む。しかし、それは観客自身が以前からいだいていたもので、勇気がなくて自分では表現できなかったような思想でなくてはならない。感情を傷つけられたり、馬鹿にされたりすれば、そっぽを向く。観客の主な願いは、舞台上の作り事が真実なのだと納得することである。

観客というものは本質的には変わらないけれど、時代により、また同じ時代でも国が違えば、どこまで洗練された趣味に達するかが違ってくる。劇は時代の風俗習慣を写すが、逆に風俗習慣に影響を及ぼすこともある。風俗習慣が変われば、劇の道具立てにも主題にも僅かな変化が生じる。例えば、電話の発明によって多くの場面が不要になり、劇の進行の速度が速まり、本当らしくない出来事などを避けるようになった。実際起こりうるかどうかというのは、もともと変わりやすい要素である。単に観客が受け入れる気持でいるか否かだけにかかっている。整然たる理由などないことが多いのだ。今日の人は、エリザベス朝の人と同じく、秘密のばれるような手紙を置き忘れたり、耳にするはずのないことをたまたま耳にしたりすることがある。こういう出来事を今では本当らしくない、として排斥するが、それは単なる慣習に過ぎない。だが、もっと重要なのは、文明の変化によって人々の心に変化が生じ、以前の劇作家が好んで用いていたある種の主題が今日では不人気になってしまったことである。復讐《ふくしゅう》の主題がそれである。現代人は昔に較べて復讐心が弱まり、復讐を主題とする劇は、本当らしくないと思われている。復讐が不名誉なものと見られるようになった理由は、人の激情が昔より強くないからか、それ以上に、キリストの教えが人の鈍い頭にもようやく染み込んできたからか、どちらかであろう。だが、こんなこともある。女性解放と女性が新たに手に入れた性的自由のせいで貞操に関する男の考えもすっかり変わり、そのため、嫉妬《しっと》というのは悲劇の主題ではなくなり、喜劇の主題になるかもしれない、と私はかつて意見を述べた。ところが、この意見はあまりにも激しい怒りに遇ったので、ここで詳しく述べるのはやめる。

37

観客についてこのようなちょっとした分析をしたのは、観客の性格が劇作家にとっては、劇作家を規制する伝統の中で最も重要なものだからである。どの分野の芸術家でも、自分が仕事をしている芸術の伝統を受け入れねばならないが、その伝統なるものが、その芸術を二流にしていることもある。例えば、十八世紀の詩壇の伝統では、熱情は避けるべきものであり、想像力は理性によって抑制すべきものであった。このため二流の詩作品しか生まれなかった。さて、観客の平均的な知性が知識人よりずっと低いという事実は、劇作家が対処せねばならぬ大きな問題である。このために散文劇が二流の芸術になっているのは確かである。劇場が知的レベルの点で、時代に三十年遅れていて、その思想面の貧困の故に大部分のインテリはもう劇場には行かないということが、これまで繰り返し指摘されている。私の考えでは、もしインテリが劇場に思想を求めるなどというのであれば、インテリにも期待したほどの知性はないのだと思う。思想というのは個人的なものである。理性の産物であり、個人の知力並びに教育に左右される。思想の伝達は、ある思想をいだいた個人からそれを進んで受け入れようとする個人へと私的になされるものである。Aにとっての薬はBの毒と言うけれど、それ以上に、Aにとっての新鮮な思想はBにとっては陳腐な考えなのだ。だが、観客は群集心理に動かされるものであり、群集心理は感情に支配される。先に私は観客の知性を、上は『タイムズ』の批評家から、下はトテナム・コート・ロードの横町で菓子を売る小娘まで、AからZに分類し、平均値は0ぐらいだという無遠慮な意見を述べた。そうだとすれば、劇作家たるもの、特等席の『タイムズ』の批評家を坐り直させ、それと同時に、大衆席の小娘にも自分の手を握っている恋人を忘れさせるような意味深い思想を盛り込んだ芝居を書くことが、どうして出来ようか。これほど種々雑多な要素が混じり合っている観客全体に影響を与えうる思想といえば、感情と言い換えても差し支えないような平凡な基本的な思想のみである。これらは元来詩が扱う根源的な思想であり、恋愛、死、人間の運命などに関するものである。このような主題に関して、もう千回も言われてきたことと違う新しいことを言いうるような劇作家が一体どこにいようか。偉大な真理はあまりにも重大であって、新たに言い立てることなど出来ない。

それに新しい思想は決して容易に生み出せるものではない。新思想を編み出す人は一時代に一人いるかいないかである。観客を感動させるような芝居を書くことの出来る幸運な天分を持った劇作家が独創的な思想家でもある、というのはまずあり得ない。劇作家が、もし具体的な形で頭が働くことがなければ、劇作家にはなれない。実例を捉えるのは素早いが、抽象的な思考能力もあると期待する根拠はまるでない。考えるのが好きな性質で、流行の思想に関心をいだいているかもしれないが、そのことと独創的な思考力を持つことには大きな差がある。もし劇作家が思想家でもあれば結構だろうが、そんなことは王様が哲学者であるのが無理であるのと同じく無理である。我々の時代に思想家としても通りそうな劇作家はイプセンとショーの二人だけである。二人とも世に現われた時期が幸運であった。イプセンは女性解放運動、つまり長いあいだ低い地位に甘んじていた婦人が自らを解放すべく立ち上がった時期に現われたのである。ショーは、若者が自分らを束縛していたヴィクトリア朝の桎梏、因習に反抗した時期に現われたのである。このように二人は劇場にとって新しい主題を持っていたので、それを劇として効果的に提示できたのである。それに加えてショーには、快活さ、明るいユーモア、機知、豊富な喜劇的創造力などの魅力があった。これらは、どの劇作家にとっても、あれば望ましい素質であった。イプセンとなると、知っての通り、創作力は乏しかった。彼の登場人物は名前は変わっても同じ人物ばかりだったし、筋立てもどの劇も似たり寄ったりであった。彼の唯一の手口は、突然よそ者が蒸し暑い部屋に入って来て窓を開け放つ。その結果、そこに坐っていた人々が風邪を引き死んでしまい、全て不幸に終わる。このように言っても、ひどい誇張ではあるまい。この二人の劇作家が伝えようとした思想的な内容は、ある程度の教養のある観客なら、当時の常識以上のものではないと見抜けたはずである。ショーの思想は非常に元気よく伝えられた。あれで観客が驚いたとすれば、観客の知的レベルが大したものでなかったからに過ぎない。今ではもはや驚く者はいない。それどころか、若者はショーの劇をどちらかと言うと古臭い道化芝居とみなしている。思想を劇場に持ち込むことが不適切なのは、その思想が観客の受け入れうるものだと、すんなり受け入れられるのはいいが、その思想を普及させる手助けをした劇そのものが死んでしまうことだ。というのも、観客が当然のことと考えている思想をくどくど説かれるのに耳を傾けるほど退屈なことはないからである。女性が自分の地位を認めさせる権利を持つのが当然だと考える今日、イプセンの『人形の家』のセリフを退屈せずに聞くのは不可能である。思想劇の作者は、観客にそっぽを向かれるように自分から仕向けているかのようだ。劇というものは短命である。というのも、劇は時代の流行で装わねばならないのだが、流行はすぐ変わってしまい、それゆえ劇の魅力的な特色の一つである現実味が損なわれてしまうからである。もともと短命であるのに、さらに明後日《あさって》には古臭くなるような種類の思想を劇の基盤に据えれば、遺憾《いかん》ながら劇はますます短命になるに決まっている。私が劇は短命だと言うとき、むろん韻文劇のことを言っているのではない。韻文劇なら、諸芸術中の最高のものである詩から生命を与えられるのだから、話は別だ。私が言うのは散文劇のことであり、これのみが現代の劇場を支配している。これが短命であるのは、まともな散文劇でありながら、最初に上演された世代を越えて生き延びた例を私が一つも思い出せないことからも明白だ。二、三の喜劇は偶然数世紀生き延びたことがある。それが時たまリバイバルされるのは、よく知られた役柄を一流の役者がやる気になったからか、劇場の支配人が一時しのぎの劇を探して、上演料を支払わなくて済むというので上演したか、そのどちらかの事情による。それらは既に博物館行きの劇なのだ。観客はその機知には上品に笑うけれど、茶番的な箇所には当惑するばかりである。観客は劇に引き込まれることはないし、夢中になることもない。劇を信用できず、それゆえ劇場の与える幻想に我を忘れるわけにはいかない。

だが、もし芝居がもともと短命だとするならば、劇作家が自分はジャーナリスト、六ペンスの週刊誌に執筆する高級ジャーナリストなのだと考えて、その時代の政治や社会の話題を題材にした劇を書いたっていいじゃないか、という意見もあろう。劇作家の思想は、そういう週刊誌に執筆する若いジャーナリストの思想と較べて勝《まさ》りもしなければ劣りもしないだろう。面白さの点で負ける理由もない。そういう芝居が一興行終わったとき、その思想が時代遅れになっても別に構わない。いずれにせよ、もう芝居の束の間の寿命は尽きているのだから。こういう意見に対しては、劇作家にそれが出来る自信があり、かつ価値のあることだと思うのならば、それで結構だと言うしかない。だが、警告しておかねばならないのは、批評家から歓迎されぬということだ。というのは、批評家は思想劇を歓迎すると大声で言っているくせに、いざ劇作家が思想劇を提出すると、その思想が自分に馴染《なじ》みのものだと(自分が既に知っていることは陳腐だとばかに低姿勢になって)せせら笑うのだ。逆に馴染みのない思想だと、馬鹿馬鹿しいくだらぬ代物《しろもの》だと決めつけて、皆で攻撃する。大目に見られていたショーでさえ、いずれの道を選ぶべきかでずいぶん悩まされたのである。

商業劇場を軽蔑する人々が見るような劇を上演するために、いくつかの協会が生まれた。だが、あまり栄えない。こういう協会でしか上演されないような劇を書いて一生を過ごす劇作家も、少数だけれどいる。こういう作家は、劇には不適当なことをやろうとしているのだ。というのは、一度いくらかの人々を劇場に招き寄せたとすると、その人たちは観客になるわけで、その知的レベルは一般の観客より高いとしても、観客を支配する影響力に従うことになる。理性でなく感情に支配されるのだ。議論より動きを要求する(動きというのは単に肉体的な動きだけを言うのではない。劇場の立場から言うと、「頭痛がする」という登場人物は崖《がけ》から落ちる人と同じように動いているのである)。こういう劇作家が書く芝居が失敗すると、彼らは観客に鑑賞能力が不足しているからだと主張する。これは誤っている。失敗するのは劇的な価値がないからである。商業劇場の劇が成功するのは、くだらぬ劇だからだと考えてはならない。そういう劇の筋は陳腐で、会話はありきたりで、登場人物の描き方は平凡かもしれない。それでも成功するのは、劇独特の魅力によって観客の心を捉えて離さぬという長所を持っているからである。こういう長所は、無論くだらないかもしれないが、必要欠くべからざるものである。だが商業劇場で上演する劇の長所が必ずしもそれだけでないことは、ロペ・デ・ベガやシェイクスピアやモリエールの劇からも明白である。

38

私が思想劇についてこのように詳しく論じたのは、思想劇を要求する声に今日の演劇界の悲しむべき衰退の責任があると考えるからである。批評家は思想劇を求める。だが、少し考えれば分かるが、およそ批評家というものは劇の最悪の審査員であるに決まっている。芝居は集団としての観客を相手にするものであり、観客の一人から隣の一人に感染してゆく共通の連帯感のようなものが劇作家にとって不可欠である。劇作家はそういう観客の通い合う気持を引き起こそうとする。観客を芝居に熱中させ、いわば自分の演奏の楽器にさせるのだ。そして観客が作者に送り返すもの、即ち、反響、音調、感情が劇の一部になる。だが批評家は感じるためでなく審査するために劇場にいるのだ。批評家は観客を捉えた感染から身を守り、超然と冷静さを保たねばならない。自分の感情の流れに押し流されてはならず、常に頭を肩の上に真っ直ぐ保っておかねばならない。観客の一部になるのは厳に慎《つつし》む。劇の中で役を演じるためでなく、外部から劇を眺めるために来ているのだ。その結果、彼は観客と違って劇に参入しておらず、観客が見ている芝居を見ていない。彼が芝居に対して観客とは違う要求を出すのも当然である。批評家の要求に従う理由はないように思われる。そもそも劇は批評家のために書かれるのではない。それが言い過ぎなら、彼らのために書かれるべきではない、と言い換えてもいい。しかし、劇作家は敏感な人間なので、自分の書いた劇が大人の知性を馬鹿にしているなどと評されると、気落ちする。そこで今よりもっと大人向きの劇を書こうと志し、特に若い野心的な作家は栄光の夢を棄て切れずに、何とかして思想劇を書こうと努力する。それが可能であり、そうすることによって名声と富が得られるのは、ショーの例があるではないか、というわけである。

今日のイギリス劇壇へのショーの影響はひどかった。大衆はイプセンの劇と同じく、ショーの劇も必ずしも好きではなかったのだが、ショーの劇を見た後では、古くからの伝統に従って書かれた劇をそれ以上に嫌うようになってしまった。ショーの真似を試みる弟子が現われたが、ショーの突出した才能なくしては模倣は不可能だと判明した。弟子の中で最も才能があったのはグランヴィル・バーカーである。彼の芝居の多くの場面から分かるように、バーカーには非常にすぐれた劇作家としての天分があった。劇的センス、平易で自然で面白いセリフを書く才、舞台で効果的な登場人物を発見する目などがあった。ショーの影響から、彼はいささか平凡な思想を重要視したり、自分が生来屁理屈をこねる傾向があるのを美徳だと思い込んだりするようになった。彼は、大衆はおだてるのでなく叱りつけるべき愚か者だ、と思い込んでいた。もしそうでなければ、試行錯誤という普通のやり方で自分の欠点を直して行き、人々に愛される立派な劇をイギリス演劇にいくつも付け加えることが出来たであろう。ショーの追随者でバーカーより才能の劣る者はショーの欠点を真似するだけだった。ショーが舞台で成功したのは、思想劇の作者だからではなく、劇作りのコツを心得ていたからだ。だが彼を真似することは出来ないのだ。ショーの独創性は彼の特異な個性によるのだから。この個性はむろんショーだけに限ったものではないが、舞台上で表現されたことはそれまでに一度もなかった。

ところでイギリス人は、エリザベス朝には多少違っていたにせよ、好色な民族ではない。イギリスでは恋愛は情熱的というより感傷的なものである。子孫を残すという目的のために、ほどほどに性的であるのは当然だが、性行為が不快なものだという本能的な感覚を抑えられない。彼らは恋愛を情熱というより慈愛とか情愛として捉えようとする。学者たちが学問的な書物で述べている恋愛の昇華論を歓迎し、逆に、恋愛の率直な表現などには反感や嫌悪感を示すのだ。近代言語の中で英語は、妻に対する夫の献身的な愛について uxorious (妻にぞっこん惚れた) という嘲笑的《ちょうしょうてき》な形容詞をラテン語から借用する必要を覚えた唯一の言語である。女への愛が男を夢中にさせるということは、ふさわしくないと思ったのである。フランスだと、女のために身を滅ぼした男は同情と敬意の目で見られるのが普通である。それは価値のあることだという気分があり、破滅した男は誇りをいだきさえする。イギリスでは、そういう男は周囲から阿呆《あほう》だと思われ、自分もそう思う。だからこそ、シェイクスピアの偉大な劇の中で『アントニーとクレオパトラ』は一番人気がないのである。女のために帝国を放棄するなど愚の骨頂だと観客は考える。実際、もしこの恋愛物語が本当の伝説として受け入れられてきたのでなければ、観客はそんな話は信じられないと言うに違いない。

ショーが歓迎されたのは、このような国民性による。恋愛が事件の原因であるような芝居をじっと見せられていて、恋愛もそれなりに結構だが、劇作家が言うほど重要ではないじゃないか、他にも政治、ゴルフ、仕事に精を出すとか大事なことはある、と感じていたのだ。こういう観客にとって、恋愛などは束の間の欲望を満たすだけのくだらぬ二次的なものであり、そのうえ、恋愛の結果はおおむね嘆かわしいと考える劇作家の出現は喜ばしい気分転換であった。舞台では何事も誇張されるもので、これも大袈裟に表現されたが(それにショーは極めて巧みな劇作家であったのも忘れてはならない)、それでもこの姿勢には真実ありとして観客は感銘を受けた。アングロサクソン民族の根深い清教徒精神にも合致する。しかしながら、イギリス人は好色ではないとしても感傷的で感情的であるから、それが全面的な真実ではないと感じた。だからショー以外の作家がショーの姿勢を模倣したときには、偏った態度だと感じ、観客はうんざりした。ショーの場合、その姿勢を取ったのは彼の個性から自然に出て来たわけだが、追随者は珍しくて注目を呼ぶからというので模倣しただけであった。劇作家は自分一己《いっこ》の世界を観客に描写して見せ、それが興味深いものなら観客は注目する。だが、ショーの個性を別の作家が模倣してみせても、観客はそっぽを向くだけである。ショーが巧妙に描いたことを受け売りしてみても、何の感興も呼ばないのだ。

39

私の考えでは、イギリス演劇はリアリズムへの要求のために韻文という飾りを放棄した時点で、誤った方向に向かってしまったようだ。韻文が独特の劇的な価値を持つことは、ラシーヌの劇における長広舌《ちょうこうぜつ》なり、シェイクスピアの有名な演説のどれかが、自分にどのような胸躍る印象を与えたかに着目すれば、誰でも納得するであろう。これは意味内容と無関係であり、リズミカルな言葉の持つ感情への作用のためである。だがそれにもまして、韻文は美的効果を高める伝統的な形態を劇の内容に必然的に取らせることになる。韻文は、散文では不可能な美を劇に獲得させる。散文劇である『野鴨』『真面目が肝心』『人と超人』をどれほどすぐれた作品だと褒めても、もし「美しい」劇であると言ったら、言葉の濫用《らんよう》になる。だが韻文の最大の価値は、劇を冷厳な現実から解放することにある。韻文のお陰で劇は日常生活のレベルから少し遊離した次元へと移る。このレベルでは、観客は劇特有の魅力に最も敏感に反応できるような心理状態に自分を置くことが容易である。この人工的な世界では、人生はいわば逐語訳《ちくごやく》ではなく意訳で描かれるので、劇作家は劇芸術の魅力を思う存分に発揮できるのである。というのも、劇は空想の世界を展開するものなのである。真実でなく効果を扱う。コウルリッジが詩について述べた「信じられないという気持を進んで一時停止すること」が劇の場合にも不可欠である。劇作家にとって真実が大事なのは興味が増すからであるが、劇作家にとっての真実は真実らしさでいい。彼が観客に受け入れるように促《うなが》せるのは、真実らしさである。妻のハンカチを他の男が所有していたと聞かされたというので、妻の貞操を疑うことがありうると観客が信じるのであれば、それはそうかもしれないから、それで嫉妬の充分な根拠となるのだ。六皿の晩餐《ばんさん》を僅か十分で食べてしまえると観客が信じるのなら、やはりそれはそれで結構であり、劇作家は劇を展開できる。しかし、動機についても行動についても、もっともっと事実に基づくようにと要求され、人生を派手にあるいはロマンティックに飾るのを禁止され、もっぱら人生の写生をするように求められたら、劇作家は作劇法の大部分を奪われることになる。「わきゼリフ」も、人間は通常声を出して独り言は言わないからというので、使えなくなる。劇の流れを早める方法として使っていた、出来事の予言も用いてはならないというので、出来事は現実の人生におけるのと同じようにゆっくりと起きるようにしなければならない。また、偶然の出来事も、実人生ではまず起こらないので、避けねばならない。その結果、リアリズムから生まれた劇は無味乾燥で退屈なことがあまりにも多いのだ。

映画がサイレントからトーキーに変わったとき、散文劇は身を守る術《すべ》を失った。映画は劇よりも効果的に演技を表現できるのだが、演技はまさに劇の生命である。銀幕は韻文がかつて劇に与えたあの人工性を映画に与えるので、真実らしさについて従来と違う基準が定められ、ありそうもないことも、それによってある状況が生じさえすれば是認されるようになった。映画では、あらゆる種類の新しい手法、絵画的、劇的手法を駆使して観客を刺激し、わくわくさせることが可能だった。思想劇の作者は、自分が満足させようとしたインテリの客が、もはや思想劇には目もくれず、映画の茶番劇に大笑いし、映画のスリルのある場面や大スペクタルに夢中になるのを見て、苦々しい思いを味わった。むろん事実はこういうことである。観客は、舞台劇から喪失していた幻想の雰囲気を映画が取り戻してくれたので、それに心を奪われたのである。この雰囲気こそ、ウィリアム・シェイクスピアやロペ・デ・ベガの芝居を初めて見た観客を魅了したものである。

私はこれまで何かについて予言する役目は避けてきたし、仲間の人間を向上させる仕事も他の人に任せてきた。しかし私自身が生涯の多くの部分を費やしてきた散文劇は、まもなく廃《すた》れるという考えを述べざるを得ない。二流の芸術は、人間の根深い必要というより、時代の風俗習慣に依存しているものなので、現われては消えて行く。昔流行《はや》ったマドリガルがよい例だ。人気のある楽しい音楽で、作曲家が盛んに作曲し、巧みに演じる演奏者のグループが誕生したけれど、様々な種類の楽器が考案され必要に応じて効果的な音色をより美しく出せるような時代の到来で、直ぐに廃れた。散文劇が同じ運命を辿らぬという理由はない。映画では舞台で生きた男女の人間が演ずるのを目前に見るときに感じる、共感のこもる、胸躍らせる感覚は決して与えられない、と言えば、そうかもしれない。木と弦では人の声の親身な感じの代わりには決してならないというのも、言い得て妙であるかもしれない。だが、その後の歴史は批判が誤っていたことを示したのである。

一つ確かなことがある。もし舞台劇が少しでも生き残る見込みがあるとしても、それは映画がもっと巧みに出来ることを真似しようと試みることによってではない、ということである。だから、無数の短い場面を積み重ねて、映画の素早い動きと多様な背景を再現しようと試みた劇作家たちは、誤った道を辿っている。もしかすると、劇作家が近代劇の起源に戻って、韻文、ダンス、音楽、ページェントなどを劇に取り入れれば、様々な楽しみを求める観客に受けるかもしれない、と私は考えてみた。だが、この場合も映画にはあらゆる手段があるから、舞台劇が出来ることは全てより巧みに出来ると思い直した。それに、この種の芝居の作家は劇作家兼詩人でなければならない。もしかすると、写実的な劇作家が生き残れる最善の方法は、今までのところ映画が弱い領域、つまり心理劇と機知に富む喜劇に力を注ぐことかもしれない。映画は肉体的な動きを要求する。肉体的な動きで表現できない感情と、知性に作用するユーモアは、映画ではほとんど価値がない。少なくとも当分は、このような芝居ならそれなりに観客を確保できるかもしれない。

だが喜劇に関する限り、リアリズムを要求するのは不当だと認めるべきである。喜劇というものは絵空事であるから、人間の自然な姿の、真実でなく、うわべだけを描くのが適切である。笑いは、何かのためでなく、それ自身のために求められねばならない。今や劇作家の目的とすべきは、人生をあるがままに描く(これはとても無理だ)ことではなく、人生を皮肉に面白く批評することである。観客は、「こんなことが実際にあるか」と問うてはならない。笑うだけで満足すべきである。喜劇においてこそ、これまで以上に「信じられないという気持を進んで一時停止すること」を観客に求めねばならない。だから批評家は、ある喜劇がところどころで笑劇に「堕する」などと非難するが、それは間違っている。純粋の喜劇だけで観客の注意を三幕ものあいだ引きつけておくのが不可能であるのは、経験から分かっている。何しろ喜劇は観客全員の頭脳に働きかけるのだが、観客の頭脳は直ぐ疲労する。一方、笑劇は頭脳より頑丈な臓器である全員の腹に働きかけるのだ。シェイクスピア、モリエール、バーナード・ショーなどの偉大な喜劇作家は笑劇を避けたことなどない。笑劇は喜劇全体を生き生きさせる活力源である。

40

芝居についてのこのような考えが漠然と浮かび上がってきたので、私は演劇界にますます不満を募らせ、遂に縁を切ることにした。私は生来他人との共同作業が苦手であり、前にも述べたように、芝居は他の芸術作品に増して協力によって出来る仕事である。ところが私は協力者と心を合わせて働くのがますますいやになってきた。

すぐれた役者は芝居から作者の意図したものより多くのものを引き出すことが出来るとしばしば言われている。これは真実ではない。すぐれた役者は天分によって与えられた役を立派にこなし、素人《しろうと》が脚本を読んだのでは発見できないような価値を役に付与することが多い。だが、作者から見れば、作者が頭に描いた理想にやっと到達したというところである。これを達成するには、よほど器用な役者でなければならず、大抵の場合、作者は自分の理想とした演技の近くまで到達した役者で満足せねばならない。私の芝居の全てにおいて、いくつかの役を私の望むように演じてもらえたのは幸運であった。しかし、ある芝居の全ての役が理想通りに演じられた芝居は一つもない。これは仕方のないことである。というのは、ある役にふさわしい役者に先約があり、仕方なく二番手か三番手で我慢しなければならないことが、しばしば起こるからである。ここ数年、芝居の配役に関与した人なら分かるように、アメリカの劇壇や、英米の映画界から誘いがかかるので、ある役にピッタリの役者を出演させるのは、今までより困難になっている。劇場支配人は、ある役にうってつけの役者を雇えず、やむなく凡庸だと分かっている役者を使わざるを得ないと、よくこぼしている。もう一つ給与の点でも困難がある。小さな役に巧みな演技が要ることがよくあり、経験豊富な役者を使いたいのだが、経済的な面から見れば、小さな役なら給与は僅かであり、それにまともな役者を使うのは難しいというのである。その結果、その小さな役はいい加減に演じられ、劇のバランスが狂ってくる。重要な意味のある場面が、いい加減な演技のせいで台無しになる。また、ある役にピッタリの役者が、その役をやらない理由として、小さ過ぎる役だからだとか、不愉快な役だからだとか、そういうこともよく起きる。

　こういうことをいろいろ述べたのは、私の芝居の多くを成功に導いてくれたすぐれた男女の役者への恩義を低くするためではない。こういう役者たちには心から感謝している。劇作家としての私の期待に見事に応えてくれた役者諸君は大勢いるから、ここで名前を列挙したら、退屈なくらいだ。だが一人の名前だけはぜひ挙げたい。この人はスターという地位にはつかなかったし、当然受けて然《しか》るべき栄誉も受けなかったからである。C・V・フランスである。彼はどんな役を演じても、全て見事としか言いようがない。私が頭に描いていた、まさにその通りの人物を細部に至るまで演じてくれた。今日のイギリスの舞台で彼より有能で知性豊かで何でもこなせる役者を見つけるのは不可能である。不運なこともあって、自分の芝居が上演されているのを見て、これでは観客が私の見せたいと意図したものをまったく見ていない、と感じることもあった。配役の誤りは、名前のある役者の場合はとりわけそうだが、まず修正できない。そこで劇作家は自分の意図したのとは違う作品によって評価されて口惜しい思いを味わう。役者を選ばない役柄など、現実にはあり得ない。感銘を与える役柄もあるし、とても大切な役柄なのだが、感銘を与えない役柄もある。だが、どれほど感銘を与える役柄であっても、完璧に演じられた場合に限られる。この上なく滑稽なセリフでも、うまくセリフが言えなければ少しも滑稽にはならない。どれほど情愛深い場面でも情愛こめて演じなければ無意味だ。役者との関係で劇作家が失敗することがもう一つあるが、これは一般に気付かれていない。役者を役柄に合わせて選ぶ方法を取っているため、避けがたい失敗である。作者が登場人物を創造する。そして作者が考える特徴を持っているというので、ある役者がその役を演じるように選ばれる。しかし、その役者生来の性格が作者が人物に付与した性格に付け加わるため、おかしな誇張が生ずる。こうして作者が創造した登場人物はまっとうで自然なものであったのに、舞台上ではグロテスクな人物に変えられてしまう。私は配役に際して、役柄と違うタイプの役者を割り振るようにしたことがたびたびある。しかし、どうも成功したとは思えない。今日の役者に期待できる以上の適応性がないと無理である。この困難な問題に対処するための最上と言えそうな道は、役柄を曖昧にしておくことかもしれない。性格づけを軽く大まかに描いておいて、後は役者の個性で補うに任せるのである。ただし、これが出来る役者を必ず使える保証が要る。

劇作家の意図は、この種の誇張とか、時にやむを得ぬ配役の誤りとかによって大きく歪められるのだが、さらに演出家によって歪められることが非常にしばしばある。私が芝居を書き出した頃は、演出家は最近と違い、自分の果たすべき役割についてもっと控え目な見方をしていた。劇作家が冗漫に書いた箇所をカットするとか、劇作家の構成上の誤りを巧みに誤魔化しておくとか、そんなことをやってくれていた。役者の舞台での配置を決め、役柄を精いっぱい演じる助言もした。劇上演の協力作業において演出家に過大な役割分担を要求した最初の人物は、マックス・ラインハルト*であった。彼のような才能がない者まで、その例を真似ようとした。それ以後、劇作家の脚本は単に演出家がその思想を表現するための手段だという、とんでもない意見まで出て来た。演出家の中には、自分は劇作家だと想像する者まで出て来たという例がいくつか挙げられた。ジェラルド・デュ・モーリアはとてもすぐれた演出家ではあるが、私に向かって、自分が部分的に書き直せないような劇の演出には関心がない、とはっきり言った。これは極端な例かもしれない。しかし劇作家の作品をそのまま上演するだけで満足する演出家を探すのは非常に困難になってきたのは事実である。ひとの脚本を自分自身のオリジナルな作品を生むための機会だとみなす演出家が増えてきた。劇作家の意図が演出家の愚かな頑固さのためにどれほど誤って表現されているかを知ったら、観客は驚くだろう。また、劇が通俗的で愚かしいというので劇作家が非難された場合に、どれほど演出家に責任があるか、これも誰も知らない。演出家は芝居に関して意見を持っている者ではあるが、たいして持っているのではなく、お陰でひどい結果になる。意見を持つのは楽しいことであるが、多くの意見を持つ場合、自分の意見を過度に尊重せず、ほどほどの価値があると考えるのが無難である。ところが、僅かな意見を持つ者は、自分の意見を過度に尊重しないではいられないものだ。セリフとか、所作とか、背景効果などについて、ほんの僅かばかり意見を持つ演出家は、その意見を過度に重要視してしまい、それを表に出すために、気安く劇の展開を遅らせたり、劇の趣旨を歪めたりするのだ。演出家があまりにも虚栄心が強く、自分の意見に拘り、想像力に乏しいこともよくある。時には独裁的な者もいて、自分の語調や表現の癖などを役者に模倣するよう強要することさえある。役者は役をもらうためには演出家の推薦が要るし、贔屓《ひいき》してもらうためには従順なほうがいいので、奴隷のように命じられたままに振る舞うしかなく、このため演技から自然らしさが失われてしまう。最善の演出家はほとんど何もしない人である。私自身は時どき運がよくて、私の劇をうまく上演しようとすることだけを考え、私の希望を満たすように努めてくれる演出家を割り当てられてきた。それでも他者の心の中まで入るのは難しく、どれほど親切な演出家といえども劇作家の意図の大体を摑《つか》む以上のことは出来ない。劇作家の意図だけを示しても観客は好んだと思うのだが、演出家は観客の好むものを何か付け加えて示すことが多いと思う。しかしそれでは劇作家の趣旨からずれてしまうのだ。

＊　オーストリアの俳優、演出家（一八七三―一九四三）。二十世紀初頭の表現主義運動の中核を担い、後にアメリカに亡命。〔訳注〕

これを是正するには、劇作家が自分で演出すればいいに決まっている。だが、元役者だった劇作家でなければ、それはまず無理である。役者に語調とか所作が違っていると言えるだけでは不充分で、言葉と身振りで正しい語調と所作を実際にやって見せなくてはならないからだ。こういう指導は、端役をやる役者が不充分な演技力しか持たないので、従来以上に必要になっている。ジェラルド・デュ・モーリアは、役者の誤りを指導するとき、まず誤った様子を戯画化するという、当事者は悔しがるが有効な方法を用い、次にあるべき演技をやって見せたのである。彼はとてもすぐれた役者であり、かつ物真似の天才だったから可能だった。だが、これはたいしたことではない。演出というのは複雑な仕事である。それ自体独立していて、苦労して身につけるべき技術というか芸術、と呼びたいならそう呼んでもいい。演出家は劇の進行を司《つかさど》る。役者の登場、退出、様々な人物の配置も決める。複数の人物が舞台上にいるとき、見た目によいようにし、また、適切なタイミングで観客の注意が直ぐ向けられるように人物を配置しておく。他にも、個々の役者の癖を知っていて、役者が力量を越えたことを求められたら、何とか誤魔化して急場を凌《しの》ぐように手伝ってやる。最近のイギリスの役者全般についても、例えば、二十行を越えるセリフを言うときは照れてしまうという癖も知っていて、そういう照れを克服する手だてを工夫してやるのである。観客の興味を劇の主題に向けたり、どんな劇でも避けられぬ退屈な箇所を何とか我慢して見続けられるように工夫したりしなくてはならない。解説の場面、話の継ぎ目、劇的挿話への導入部など、どうしてもだれてしまうからである。観客の集中力がともすると途切れるのを考慮して、途切れそうになるところで所作を入れて、注意を維持する。役者たちの傷つきやすさ、嫉妬心、虚栄心を考慮し、生来の自己中心癖が劇の調和を乱さぬように気を配る。どの役も適切な価値を与えられ、役者たちが自分の役が目立つようにと他の役者の出番を邪魔しようとするのを防ぐ。劇の進行をいつ早め、いつ遅らせるか、どこで強調するか、どこでぼかすか、どこで調子を上げ、どこで下げるか、など全てを決める。舞台装置を扱い、装置が役者の動きに適切に役立つかを見届ける。役柄に合う衣装を決め、女優がともすると役にふさわしい以上にきれいに装いたがるので、いつも見張っている。照明に気を配る。演出は高度な知識と技術を要する仕事というか芸術である。そのうえ、忍耐、ユーモア感覚、如才なさ、柔軟性と厳しさも必要である。私自身はどうかと言えば、演出に必要な知識はゼロだし、素質もほとんど全て欠けているのを自覚している。どもりであるのもマイナスだし、それにもう一つ問題があった。というのは、劇を書き上げ、校正刷りを訂正してしまうと、関心をなくしてしまうのである。舞台でどう上演されるかに好奇心はあったけれど、一度他人の手に委《ゆだ》ねてしまうと、自分の作品として身近に感じられなくなるのだ。子犬を人間が取り扱った後は、母犬が子犬に関心をなくすのと似ている。私はこれまでしばしば、演出家の言いなりになり過ぎるとか、演出家の見解が自分と違うのにその見解を受け入れるとか、非難されてきた。実際のところ、私は自分の劇について、他人のほうがよく理解していると常に考える傾向があるのだ。私はよほど立腹せぬ限り、喧嘩《けんか》を好まない。そして私はめったに腹を立てることがない。さらに、自分の劇がどうなろうと、あまり気にならないのだ。演劇界に対する嫌悪感が次第に増してきたのは、演出家が時に無能であるからではなく、演出家が存在する必要があるということ自体がいやだからである。

41

さて観客である。観客のお陰で、名声ではなくとも、少なくとも悪評と共に財産を得て、父が暮らしていたのと同じ贅沢を味わえるのだから、もし感謝以外の気持を表現したら、恩知らずと非難されよう。これまで自由に旅行を楽しんできた。今住んでいる家からは海が見渡せるし、他の住宅から離れていて、広い庭の中心にあり、広い部屋がいくつもあって閑静である。人生は短いので、ひとに金を支払えば済むことまで自分ですする時間はない、と以前から考えてきた。そして今の私は余裕があるので、自分しか出来ぬことだけをして、あとは使用人任せで暮らすことが可能である。友人を接待したり、援助したいと思う人を援助したりすることも出来る。こういうことは全て観客に支持されたお陰である。それにも拘わらず、私の芝居の観客に対して、やりきれないという気持を次第にいだくようになったのである。自作が上演されるのを見ると奇妙な照れ臭さを覚えるということを前に述べたが、この気持は、自分の芝居がいくつも上演されるにつれて、予想に反して、薄れるどころか深まるばかりだった。大観衆が自分の芝居を見ていると思うと、嫌気がさして怖じ気づいた。だから私の芝居を上演している劇場のある通りは避けて回り道をしたものである。

興業的に成功しないような芝居にはあまり意味がないという結論に、かなり以前に辿り着いていた。そして、自分は成功する作品はどう書けばよいのかよく心得ていると思っていた。つまり、観客の反応がいかなるものかを心得ていた、ということである。観客の支持なくしては劇作家が何も出来ないのは分かっていたのだが、その支持の実体も理解していた。これに対する不満が次第に募っていたのだ。劇作家が観客の先入観を分かち持たねばならないのは、ロペ・デ・ベガとシェイクスピアの例で明らかである。極端な場合、劇作家がすることといえば、観客が日頃から感じているけれど、臆病と怠惰のせいで表現できなかったことを代弁するだけのことさえある。観客が受け入れるのが真実の半分だというので、半分の真実を劇で表現するのに飽きてきた。あらゆる種類の否定すべき事実を、舞台上の会話で是認するという馬鹿馬鹿しさにうんざりした。自分の持つ主題を一定の範囲内に合わせなくてはならないことにも飽き飽きした。劇は観客を引きつけるためには決まった長さでなければならぬというので、いたずらに長くしたり、不当に短くしたりする――これが不快だった。観客を絶対に飽きさせないようにするのに飽きた。要するに、劇の必然的な制約に従うのがいやになったのだ。観客の好みと自分がずれているように感じたので、確かめようとして、評判の劇をいくつか見に行った。退屈した。喜んでいる観客に受けているジョークが、私には笑えなかった。観客が感動して涙を流している場面に、私は白けた。これで決まった。

私は制約なしに自由に書ける小説に憧れた。一人で読書する人なら、私の言いたいことをきちんと聞いてくれると考えると、心が明るくなった。大勢の人のいるけばけばしい劇場では期待できないような心の交流を小説の読者とならば実現できそうだ。先輩の劇作家で人気が衰えてからも劇作を続けた例をあまりにも多く見てきた。時代が変わったことに少しも気付かず、気の毒にも、同じような芝居を繰り返し書いているのを見てきた。また、当世風の好みを何とか捉えようと必死に頑張り、その努力が物笑いにされてしょげている先輩を見た。以前は芝居を書いてくれと支配人たちに懇願されていた人気劇作家が、同じ支配人に脚本を渡したのに、相手にもされなかったのを見た。役者たちがそういう先輩たちを軽蔑的に批評しているのも聞いた。先輩たちが、今の観客が自分たちを見限ったのにようやく気付いて、戸惑い、呆れ、悔しがるのを私は見た。かつては有名劇作家だったアーサー・ピネローとヘンリー・アーサー・ジョーンズが、ほぼ同じ言葉で「自分には用がないのだな」と言うのを聞いた。前者はむっつりと皮肉に、後者は途方に暮れつつも腹を立てて、そう言ったのだ。私はまだ人気のあるうちに消えようと思った。

42

しかし私の頭にはまだ書きたい劇がいくつかあった。このうちの二、三は曖昧で取るに足らぬような計画であったから、書かなくても構わないのだが、四つの劇だけは頭の中できちんと書かれる順番を待っていた。もし書かなければ、いつまでも書くことを迫り、私は落ち着けないことが、自分でよく分かっていた。この四つの劇のことはずっと以前から考えていたのだ。でも、これまでは観客を喜ばせないと思ったので、一行も書いていなかった。劇場支配人に私の作品のせいで損害を蒙《こうむ》らせるのは、以前からいやだった。事実、これまでは全体としては損になっていないはずである。劇場側にとって劇上演は四本損して一本儲けるというのが常識だったが、私の場合は、劇場は四本儲けて一本損するという割合だったと言っても過言ではない。そこで、四つの劇の場合も、発表の順番は興業上の成功が次第に下がってゆくようにした。観客との間が完全に切れるまで、自分の評判を落としたくなかったのである。最初の二つはかなり成功したので驚いた。最後の二つは予想通り、ほとんど成功しなかった。ここでは『聖火』についてだけ述べる。というのは、この劇で私は本書の読者が興味を持って数分間くらい注意を払ってくださるような実験をしているからである。即ち、この劇ではそれまでずっと用いてきたセリフとは違う堅苦しいセリフを用いようとしたのである。私の劇の処女作は一八九八年、最後は一九三三年である。この期間に、セリフはピネロー風の大袈裟でペダンチックなもの、あるいはオスカー・ワイルド風の人工的で気取ったものから、現代の極端な口語調へと変わった。リアリズムにせよという要望のため、劇作家はどんどん自然主義にまで追い込まれていった。遂に、よく知られるように、ノエル・カワードが限界まで推し進めた文体に到達した。そして「文学的な」文体が嫌われたのみならず、現実味が求められて文法は無視され、文は歪められるまでになった。普通の人は文法を無視し、短い完結しない文で喋るそうだからである。語彙《ごい》も、最も単純で平凡な言葉のみ使用が許されるのであった。セリフで不充分なところを、肩をすくめ、両手を振り、しかめっ面をして補うのである。このように今風の口語調に従うことで、劇作家はひどく不利な条件を課されたのである。というのは、劇作家が再現する、こういう俗語的な短い変則な言葉は、ある階級だけ、新聞などで「格好いい連中」と称されている若い教養に欠ける金持だけの言葉だからである。彼らは新聞のゴシップ欄や絵入り週刊誌のページを賑わせている連中である。イギリス人は口が重いというのは事実であろうが、そう信じ込まされているほど無口ではない。様々な職種の男性や教養ある女性など、自分の考えを文法的に正しい、選び抜かれた言葉で表現できる人だって大勢存在している。この人たちは言いたいことをきちんとした語順で折り目正しく述べる。判事や著名な医師までが酒場をうろつくような輩《やから》と同様な言葉で意見を述べるという今の演劇界の流行は、真実をひどく歪めている。劇作家が登場させる人物の範囲を狭めてしまった。セリフによって人物を描くしかないわけだが、精妙な知性の人物や繊細な感情の人物まで口語の象形文字のようなセリフしか用いないというのであれば、とうてい描くのは不可能である。結局、劇作家は観客が自然に喋っていると感じる話し方をする人物しか登場させないように、いつしかなっている。こういう人物はとても素朴で単純な人間である。劇で扱う主題も限定されてしまう。自然体に限るのであれば、人生の根本問題を扱うのは困難だし、人間性の複雑さを分析するのは(いずれも劇の主要なテーマであるのに)まったく不可能である。喜劇は、言葉による機知によっているし、言葉による機知はよく練られた言葉によっているので、自然体の言葉では喜劇は無理である。散文劇はこの点からもう一つ魅力を奪われた。

そこで『聖火』では、登場人物に日常使っている言葉ではなく堅苦しい言葉を使わせてみようと思った。登場人物が自分の言いたいことを、正確な、よく吟味した言葉でどう表現すべきかを予め考えていた場合に想定される話し方をさせたかったのである。この試みは必ずしも大成功とは言えなかったかもしれない。リハーサルの間、役者はこの種の話し方に慣れている者はもう少ないので、暗誦しているときのような不快な気分を味わい、私はセリフを単純化したり、半分に切ったりしなければならなかった。それでも批評家が非難するだけの余地は充分に残したらしい。一部の人たちには、セリフがまるで「書き言葉」のようだと非難された。そんな風に話す人はいないと言われた。私も、そんな風に喋る人がいるとは決して思わなかった。でも争わなかった。私は、借家に住んでいて、もう借家権が切れつつある人と同じ立場にいた。改築を提案する立場にはなかったのだ。最後の二作では、以前と同じ自然体のセリフに戻した。

山道を何日も続けて歩いていると、目の前にある大きな岩の塊《かたまり》をぐるりと回れば視界が開けて平野に出るだろうと思う瞬間がある。ところが現実には、また巨大な岸壁に突き当たり、歩きにくい道がまだ続く。ここを越えれば今度こそ平野だと思うと、否《いな》、道は曲がって続き、また一つ山が行く手を阻《はば》む。やがて突然、平野が開ける。心が躍る。平野がさんさんと注ぐ陽光のもと、広々と開けている。山また山の重石《おもし》が肩から取り除かれたようで、歓喜しながらうまい空気を吸う。素晴らしい解放感を味わう。それが、最後の劇とおさらばしたときの私の気持だった。

自分が本当にこれで演劇界と完全におさらばしたとまでは言えなかった。というのは、作家は霊感——もっと慎ましい言葉がないのでそう言うしかないが——の奴隷であり、いつの日か劇でしか書けない主題が頭に浮かばないとは断言できなかったのだ。そうならぬことを願った。というのは、読者は私を愚かにも思い上がっていると考えるかもしれないが、ある思いがあったのだ。私は劇場で得られる経験は全て得た。劇でたっぷり金を稼いで、希望する暮らしが可能になり、また、扶養家族を養うことも出来た。ずいぶん悪評を得たが、おそらく一時的にせよ有名にもなった。満足しても不思議はなかった。しかし、どうしても得たいと思うものがあり、それは劇では得られないのだった。それは完璧性である。自分の劇については、欠陥に私自身が気付いて苛立っているくらいだから、それは省いて、過去から生き延びてきた名作を検討してみた。最高の劇でも重大な欠点があった。当時の上演のしきたりとか舞台の状態なども配慮して、大目に見なくてはならない欠陥もある。ギリシャ悲劇などの場合、あまりに時代がかけ離れているし、今ではとても奇妙な文化を写しているため、作品を率直に評価するのは難しい。

しかし、その中でソポクレスの『アンティゴネー』なら、もしかするとほぼ完璧に近いのかもしれない。近代劇ではラシーヌほど時に完璧に接近した作家はいない。だが、何と多くの限界を克服してのことであろう。桜ん坊の小さな核に無限の巧妙さで彫刻を施したのと同じである。シェイクスピア劇については、人物の振舞いの面と、時に性格描写の面でも大きな欠点があるのは、よほどの崇拝者でもない限り気付くだろう。シェイクスピアは、よく知られるように効果的な状況のために全てを犠牲にしたのであるから、これは無理からぬことである。これらの劇は全て不滅の韻文で書かれている。現代の散文劇には完璧さを求めても見付からない。ここ百年間でイプセンが最大の劇作家であるのは誰もが認めるであろう。彼の劇には美点がたくさんあるにも拘わらず、彼の創意は何と貧弱だったことか。登場人物は何と繰り返しが多かったことか。劇の主題についても、表面から少し奥まで入ると、何とつまらぬものが多かったことか。このように検討してみると、まるで劇芸術には何がしかの欠陥が潜在的に存在するかのようである。ある成果のために別の成果を犠牲にしなくてはならないのだ。それ故、あらゆる点で完璧である劇を書くのは不可能である。つまり、主題の意味合いの点、性格描写の精妙さと独創性の点、筋立ての真実らしさの点、セリフの美しさの点など全てにわたってということである。一方、小説《ノヴェル》や短篇小説《ショート・ストーリー》の場合、完璧さは時に達成されたことがあったようだ。私がそれに到達できる見込みはまずないのだが、小説や短篇小説でなら、劇では絶対に達成できぬ完璧さに少しは近づけるのではないかと考えたのだった。

43

私の小説の処女作は『ランベスのライザ』であった。原稿を送った最初の出版社に受け入れられた。フィッシャー・アンウィン社は「匿名シリーズ」という名称で何点かの短い小説を出して、注目を浴びていた。ジョン・オリヴァー・ホッブズの作品もこのシリーズに入っていて、機知に富み、大胆だと評判であった。ホッブズはそれによって名をなし、シリーズの権威も高まった。私は短篇小説を二つ書き、二つ合わせれば、このシリーズに適当な量になると思って、同社に送った。しばらくして原稿は戻ってきたが、手紙が添えてあって、もし小説を書いているなら、送ってもらってもよいと言ってきた。大きな励みになったので、直ぐに机に向かって書き出した。昼間は病院で働いていたので、書くのは夜だけだった。六時過ぎには帰宅し、ランベス橋の片隅で買ってきた『スター』を読み、早めの夕食の後片付けをすると書き出した。

フィッシャー・アンウィンは作家に厳しい態度を取った。私が若く、未経験で、本の出版を喜んでいるのにつけ込んで、一定の部数が売れるまでは印税は支払わないという契約を結んだ。しかし自社の商品を売り込むのがうまく、私の小説も何人かの有力な批評家に送った。あちらこちらで様々に書評され、後にウエストミンスター寺院の大執事になったバジル・ウィルバフォースが、同寺院において説教の中で言及した。聖トマス病院の上級産科医師が読んで感心したので、出版後まもなく医師の資格試験に合格していた私に連絡してきた。その医師の元でささやかな地位に就いて働くように言われたのだが、小説の成功を過大視して医者はやめるつもりだったから、愚かにも断った。出版して一カ月以内に第二版が出ることになり、自分では作家として食べていけると思い込んだ。一年後セビリアから帰国したとき、フィッシャー・アンウィンから印税の小切手を受け取って少し慌てた。二十ポンドだったのだ。『ランベスのライザ』は今日まだ売れていることから判断すれば、まだ読むに値するようだが、この小説に長所があるとすれば、私が医学生としての仕事で、当時まだ小説家が手をつけていなかった社会の側面と接触するという幸運があったからだ。アーサー・モリソンが『劣悪通り物語』と『ジェイゴの子供』によって、当時は下層階級と呼んでいた人々に一般読者の注意を引きつけたが、私はモリソンが引き起こした関心で得をしたのだ。

　私は書くということについて何も知らなかった。年齢の割にはよく読書していたほうだが、噂を聞いた本を次から次へと無差別に読み、どういう内容であるかを知っただけである。そういう乱雑な読書からでも何かは得たと思うが、いざ自分が本を書き出したときに一番影響を受けたのは、ギー・ド・モーパッサンの小説と短篇小説であったと思う。十六歳のときにそれらを読み出した。パリに行ったときはオデオン座の回廊にあった本をあれこれ拾い読みして午後を過ごしたものだった。モーパッサンの本のいくつかは、一冊七十五サンチームの小型本でも出ていたから、それを買った。しかし他の本は一冊三フラン半もするので買えなかった。そこで本屋の書棚から取り出し、読めるだけ読んだ。淡いグレイの上っ張りを着た店員はこちらに注意を払わないので、私は誰も見ていないときにページを切り、物語を中断せずに辿ることが出来た。こうして二十歳になる前にモーパッサンのほぼ全ての作品をどうにか読んだのである。彼は今ではもう往時の名声はないが、大きな長所があったことは認めてもよい。明晰で直截であり、形式のセンスがよく、自分の語る話から最大限の劇的効果を挙げる方法を心得ていた。その当時、若い作家志望者に影響を及ぼしていたイギリスの作家よりも、彼のほうが教わるのによい教師であったと思わざるを得ない。『ランベスのライザ』では、病院の外来病棟で出会った人々や、産科助手としてランベス地区の家々を往診したときに心を打たれた出来事とか、非番で何もすることがないときに散歩して目撃したこととかを、付け足しも誇張もなくそのまま書いた。想像力が欠如していたから(想像力は訓練で増大するものであり、よく誤解されているが、若い人より年配者のほうが想像力は勝っている)、自分の目で見たもの、自分の耳で聞いたものを、そのまま正直に書くことしか出来なかった。この本が成功したとすれば、ただ運がよかったのである。私の将来を予測するものではなかった。だが、私はそれを知らなかった。

フィッシャー・アンウィンは貧民街についてもう一冊、前より長い小説を書くようにと促した。それが読者が私に期待するものであり、私は既に読者を開拓しているから、『ランベスのライザ』よりずっと大きな成功を収めると社長は言った。しかし、それは私の望んだものではなかった。私はもっと野心的だった。どこで聞いたのか分からないが、私は成功を求めてはならず、成功から逃げよ、という気持をいだいていた。それに、フランス人から「地域小説」に重きを置かぬほうがよいと学んでいた。貧民街の話は、一度書けばもう興味はなかった。それに既にまったく違う種類の小説『ある聖者の半生』を書き上げていた。これを受け取った社長はさぞかし失望したに違いない。ルネッサンス期のイタリアを背景とする小説で、マキアヴェッリの『フィレンツェ史』の中で読んだ話に基づいたものであった。それを書いたのは、アンドリュー・ラングが小説の方法について書いた論文をいくつか読んだからだった。ラングは論文の一つで、若い作家が成功を望むなら歴史小説しかないと論じ、私には納得が行った。若い作家は人生経験が乏しいので現代の風俗を扱えないが、歴史が物語と登場人物を提供してくれるし、若い血潮のロマンティックな熱情によって、歴史小説に必要な活気が生じるというのだった。今の私はこれが嘘だと分かる。まず、若い作家に同時代人を書くのに必要な知識がないというのは真実ではない。子供時代や思春期を共に過ごした仲間について人はその内面まで深く知るのだが、そういうことはそれ以後の人生のどの時期にもあり得ないと思う。自分の家族や、子供が生活の大部分を共に過ごす召使、学校の先生、友人である少年少女など、こういう人たちのことを少年は何でも知っているのである。少年はこれらの人々を真っ直ぐに見る。大人も、非常に若い人には、意識的か無意識的かは分からないが、他の大人には決して見せない真実の顔を見せるのだ。さらに少年は自分の環境、住む家、田園または町の通りなどを、大人になって無数の過去の印象で感性が鈍ってからでは気付かぬような細部に至るまで意識する。歴史小説は、最初はまったく異邦人であるように思える、異なる考え方や風俗を持つ昔の人を素地にして生きた人物像を描くのだから、人間についての深い経験を要するのは確かだ。また過去の再現には膨大《ぼうだい》な知識のみならず、若い人には期待できないような想像力の活用が要る。だから真相は、まさにラングが述べたことの正反対である。小説家が歴史小説に向かうのは晩年に近づいたときがよいのだ。自分の人生の浮き沈みによって世の中についての知識が増しているから、周囲の人間の人間性を探究してきた経験を生かして昔の人を理解し、再現することが可能になる。『ランベスのライザ』では自分の見聞したことを書いたわけだが、今度はラングの誤った助言に騙されて歴史小説を書き出したのであった。長い休暇にカプリで書いた。毎朝六時に起こしてもらう熱心さで、空腹のためにやむなく執筆を中断して朝食をとるまで、辛抱強く書き続けた。朝食後の午前中は海水浴をするだけの機転は利いた。

44

次の数年の間に書いた小説について語る必要はない。その一つ、『クラドック夫人』

というのは不成功ではなかったので、今は私の選集版に入れてある。他の小説のうち二作は上演されなかった劇を小説化したもので、まるで恥ずべき行為をしたかのように、書いたことに気が咎《とが》めていた。出来るものなら販売中止にしたかった。しかし、今の私はそんな懸念《けねん》は不要だと知っている。どれほど偉大な作家でもいくつかの駄作を書いている。バルザックですら「人間喜劇」に入れなかった作品がたくさんあり、入れた中にも学者だけが苦労して読むようなものが何点もある。作者が自作について忘れたいと願う作品は必ず世間も忘れるのだから、作家の心配は無用である。二冊のうちの一冊は、次の年の生活費を稼ぐために書いた。もう一冊は、そのころ贅沢な趣味の若い女に心を惹かれていたのだが、もっと金のある崇拝者がいて、彼女が気まぐれに欲しがる贅沢品を贈っていたので、私の欲求は満たされなかった。私には真面目な気性とユーモア感覚ぐらいしか差し出すものがなかった。本を一冊書いて三、四百ポンド稼ぎ、その金でライバルと同等の贈り物をしてやろうと決心した。何しろ彼女は魅力的だった。しかし、いくら頑張っても一冊書くのには時間がかかる。書いてからも出版してもらわねばならない。出版社は何カ月も経たないと支払ってくれない。その結果、金が出来たときまでに永久に続くと思った情熱は消えてしまっていて、予定していたように使う気がなくなった。その金でエジプトに行った。

この二つの例外を除けば、小説家を職業とするようになった最初の十年間に私の書いた本は、自分の仕事の仕方を学ぶための習作だった。職業的な作家が直面する面倒の一つは、読者の犠牲において仕事のコツを身につけて行くということなのだ。自分の内部にどうしても書きたいという衝動を覚えて書かざるを得ないし、頭は書きたい材料で一杯である。ところが、対処すべき技術がない。執筆経験は僅かである。荒削りな書き方しか出来ず、自分にある天分の生かし方が分からない。原稿が完成したら、出来れば出版せねばならない。一つには、もちろん生活のためであるが、もう一つには、出版されないと、どういう本であるのか自分でも分からないからだ。友人の意見や書評家の批評によって初めて自分の誤りを知るのである。常々聞いていたのだが、ギー・ド・モーパッサンは書いたものを全てフローベールに提出したそうで、フローベールがようやく処女作の出版を許可したのは何年も書いた後だという。その本が『脂肪の塊』という傑作であるのは誰しも知るところだ。しかしこれは例外である。モーパッサンは政府機関で働いていて、生活費は得られたし、執筆の余裕もあった。作品を世に問うのにそれほど長く待つ忍耐心を持つ人は稀だろうし、それに、フローベールのような良心的で偉大な作家を師に持つ幸運に恵まれる人はもっと少ない。大抵の場合、作家はこのようにしてよい主題を無駄遣いしてしまうことが普通である。もっと後に、人生経験を積み、書き方のコツを身につけてから扱えば主題を生かせたのに、もったいない。私も、処女作が出版社に受け入れられるという幸運を持たなかったほうがよかったかもしれない、と時どき考える。そうすれば医学を続けていたであろう。普通の医者としての仕事に就き、開業医助手として全国各地を周り、代診医を務めたことだろう。そうすれば貴重な経験をたっぷり得ていたであろう。もしも原稿がどれもこれも拒絶されていたなら、ようやく最後に出版に漕ぎつけたときには、欠点のもっと少ない作品を読者に提供することが出来たであろう。書き方の指導をしてくれる人がいなかったのも残念である。いれば、見当はずれの努力をしないで済んだであろう。私はごく少数しか文学者を知らなかった。文学者との交友は充分に楽しいだろうが、作家にとって有益だとはその当時も感じなかったし、それに、この人たちに助言を求めるには私はあまりに恥ずかしがり屋であり、内気であり、それでいて自信過剰だった。イギリスの作家よりはフランスの作家を学び、モーパッサンから全てを学んだと思うと、次にスタンダール、バルザック、ゴンクール兄弟、フローベール、アナトール・フランスに向かった。

いろいろと実験をしてみた。その一つは当時にしては目新しさがあった。小説家として常に人生経験を増すように努めているわけだが、そうしているうちに悟ることがあった。即ち、作家が僅か二、三人、あるいは一つのグループだけを取り上げて、その人たちの精神的体験その他の体験を描写し、まるで世の中に他の人は存在せず、他の出来事は何も起きていないかのような印象を与えるのは、現実を歪めていると思ったのだ。私自身、相互に関連のないいくつかのグループで生活していた。もし様々な違うグループで、ある期間に展開する同じ重みのある様々な物語を同時進行の形で描けば、真実の人生により近づけるのではないかと思いついた。そこで、前には考えたこともないような大勢の人を取り上げ、それぞれ独立した物語を四つか五つ作った。物語は相互に細い糸で結ばれていた。具体的には、それぞれのグループの人を最低でも一人知っている年配の婦人を設定したのだ。小説の表題は『回転木馬』とした。どちらかと言うと、馬鹿馬鹿しいところがあった。一八九〇年代の審美主義の影響で私は人物すべてを信じがたいほど美男美女にしてしまったし、おまけに堅苦しい気取った文体で書いたからだ。しかし最大の短所は、読者の興味を引く連続的な線が欠けていることだった。結局、物語は同じ比重ではなかったし、読者にとってあるグループから別のグループの人物に注意を移すというのも面倒だった。様々な出来事とそこに登場する人物を一人の人物の視点から眺めるというごく単純な手法に無知だったため、失敗したのである。この手法はむろん自叙伝的な小説で何世紀にもわたって使われてきたものだが、ヘンリー・ジェイムズが非常にうまく発達させたのであった。ジェイムズは、「私」の代わりに「彼」と書き、神のように万事を知る語り手の立場から、不完全にしか知らぬ一人の参加者の立場へと降りるという簡単な方法で、物語に纏《まと》まりと真実らしさを与えうることを示した。

45

大抵の作家と較べて、私は成長が遅かったようだ。十九世紀が終わり、新しい世紀が始まった頃、私は利口な新進作家で、早熟で、無情でやや不快な奴だが、注目に値すると思われていた。私の小説はあまりお金にはならなかったけれど、懇切《こんせつ》で良心的な批評を受けた。しかし、自分の初期の作品を最近の若者の書いたものと較べると、彼らの作品のほうが完成度ははるかに高い。年配作家は若い人がしていることに接しているほうがよいというので、私も時どき若い作家のものを読むようにしている。まだ十代の娘や大学生の青年が、よい文章で、よくまとまった、経験豊富な作品を書いているように私には感じられる。今の若者が四十年前より早熟であるのかどうかは分からない。小説を書く技術がこの期間に非常に進歩したので、昔はほどほどの作品を書くのも困難だったが、今ではよい作品を書くのが容易になってきたのかどうか、それも分からない。世紀末の『イエロー・ブック』の何巻かをちょっと覗いてみると、当時はこれ以上高級で洗練されたものはないと思われていたのだが、大多数の作品がひどく未熟なのに驚く。一時は目立つ存在であったが、彼らは水たまりの小さな渦に過ぎず、英文学史では僅かな地位しか占めないであろう。『イエロー・ブック』の黴《かび》臭いページを繰り、また四十年経てば、現在威勢のよい利口な若い作家も、この雑誌の未婚のおばさん連中と同じくらい退屈に思えるのだと思うと、背筋が少し寒くなる。

自分が劇作家として突然人気を集め、お陰で生活のために毎年小説を一作書く必要がなくなったのは幸運だった。劇を書くのは楽だったし、劇のもたらした評判は不愉快ではなかった。経済的にゆとりが出来て、以前のように節約して暮らす必要がなくなった。明日パンを買う金があるかどうかに無頓着だという、いわゆるボヘミアン風の生き方を私はしたことがなかった。ひとから金を借りるのはいやだった。借金をしているのは大嫌いだった。貧乏暮らしに魅力を感じたことは一度もない。貧乏な環境に生まれたのではなかった。金が出来たときには直ぐメイフェアに家を買った。

財産を軽蔑する人がいる。財産のことで頭を煩《わずら》わすなど芸術家にふさわしくないと言うが、その通りかもしれない。ただし、芸術家自身はそうは思っていないようだ。崇拝者は芸術家が貧乏暮らしをしているのを喜ぶけれど、芸術家自身は自ら好んで屋根裏部屋で暮らしたのではない。それどころか、贅沢のために身を滅ぼした例のほうがはるかに多い。何といっても芸術家は想像力が豊かだから、立派な邸、命令に従う召使、豪華な絨毯《じゅうたん》、美しい絵画、贅沢な家具など、全て豪華なものに憧れる。ティツィアーノやルーベンスは王侯並みの暮らしをした。ポープは「洞窟」や「五角堂」を所持し、サー・ウォルター・スコットはゴチック様式のアボッツフォード邸の所有者だった。エル・グレコは続き部屋をいくつも持ち、食事のあいだ楽士に演奏させていたし、書斎、豪華な衣装も所有していたが、破産状態で死んだ。仕切り壁で二分した家に住み、女中の焼いたコッテジ・パイなどを食べるのは、芸術家には不自然である。無欲というより、心の貧しさを示す。贅沢に取り囲まれたといっても、それは芸術家には気晴らしに過ぎないのである。邸、庭園、車、絵画などいずれも空想を楽しませる玩具《がんぐ》である。自分の力の目に見える証拠だというだけで、必要な孤高を侵すものではない。私自身に関して言えば、これまで金で可能なことは何でもしてきたし、いろいろな経験もしてきたから、全財産を苦もなく手放すことが出来る。不確かな時代に生きているのだから、持っているもの全てを取り上げられることだってありうる。私の僅かな食欲を満たす簡素な食べ物、自分用の部屋、公共図書館から借り出す書物、ペンとインクなどがありさえすれば、他のものはなくても結構である。劇作家として大金を稼げたのは嬉しかった。自由を得たからである。その金を大事にしたのは、二度と再び貧乏のために本当にやりたいことが何も出来ない状況に陥らないためであった。

46

私はもし作家でなかったら、医者か法律家になっていたであろう。作家業はとても楽しいから、それに向いた資質のない多数の人間が、この職に携《たずさ》わっているとしても驚くには当たらない。胸が躍るし、変化に富む。作家は好きな場所で好きな時間に仕事をすればいいのだ。体調が悪かったり気分が乗らなかったりすれば、怠けるのも勝手だ。しかし短所もある職業ではある。その一つは、書く題材は世界中の人でも景色でも出来事でもよいのだが、作家自身の内部の秘密の泉と呼応するものしか扱えない、ということである。鉱山は無限に豊かだが、各作家がそこから得られるのは決まった量の鉱石のみである。このように、有り余る物の真っ只中で、作家は餓死することもある。書く材料がなくなれば、もう一巻の終わりである。このような結末に苛《さいな》まれぬ作家はまずいないと思う。もう一つの短所は、作家は満足を与えねばならない、ということである。自分の作品の読者が一定数以上いなければ、作家は飢え死にするしかない。時には生活苦のために、心の中で腹立たしく思いながらも、仕方なく大衆の要求に従うこともある。人間は弱いものだから、時に金儲けのための粗末な作品を書いたとしても大目に見たいものである。無理せずに食べていられる作家は、仲間の作家が必要に迫られて時に出来損ないの作品を出したとしても、嘲笑するのではなく、同情すべきである。チェルシーの小賢人の誰かが、金のために書くような作家には用がない、と言った。賢人と言われるだけあって結構気の利いたことも言ったが、これは非常に愚かな発言であった。作家が何のために書いたか、そんなことは読者には関係がない。結果だけが問題なのだ。必要に迫られぬと書けないという作家は結構いる(サミュエル・ジョンソンもその一人)けれど、だからと言って金のためだけに書くのではない。もし金のためというのであれば、あまり利口ではないだろう。同じ能力と勤勉さを発揮して働けば、作家業よりもっと儲かる職業はたくさんある。世界にある偉大な肖像画の大部分は、画家が報酬を受けて描いたものである。作家の場合と同じく画家の場合も、仕事をする高揚した気分がとても楽しいので、仕事に着手すれば最上の仕事をしようと夢中になってしまう。だが、画家がパトロンを満足させなければ報酬を得られないのと同じく、作家も読者を満足させなければ本を買ってもらえないのだ。ところが作家には、大衆は自分の作品を好むはずで、それにも拘わらず本が売れないとすれば、悪いのは作家ではなく読者だという思いがある。自分の本が売れないのは退屈な本だからだと認める作家に、私は一度として会ったためしがない。芸術家の中には、長年にわたってほとんど認められずにいたが、最晩年に至って名声を得たという例をよく聞く。だが、最後まで無視され続けた作家の話は聞かない。しかし、実際にはこういう作家の数のほうがはるかに多いのだ。消えていった元作家たちが芸術の殿堂に捧げた作品はどこに行ったのだろうか。もし才能というものが、ある種の器用さと独特の世界観が合わさったものであるならば、独創性は最初は歓迎されないのが納得できる。始終変化している世の中では、人々は新しさを警戒し、それに慣れるのに時間を要するのだ。個性の強い作家は、自分の個性を歓迎する読者を少しずつ獲得せねばならぬ。若い作家はどうしても臆病になってしまうから、自分の持ち味を出せるようになるまでには時間がかかるだけでなく、あるグループの読者――いずれおこがましくも「私の読者」などと呼ぶようになるが――に向かって、自分はあなた方の欲するものを提供できるのだと納得させなくてはならない。これを達成するのは、個性が強ければそれだけ一層困難であり、収入が得られるようになるまでには時間がかかる。さらに、結果がずっと継続する保証はない。いくら個性が強くても、作家が読者に与えうるものはせいぜい一つか二つであり、それが尽きてしまえば、ようやく這《は》い出したのに元の無名の状態に戻ってしまう。

作家は食べて行くための職を持ち、執筆はその余暇にすべきだ、と口先で言うのは易しい。考えてみると、過去にはこれが大抵の作家が否応なしに行なっていたことである。昔はどれほど著名で人気のある作家でも、執筆だけでは食べていけなかったからだ。今でも読者層が少ない国では事情は同じである。出来れば役場などで事務をするとか、ジャーナリズム関係の仕事をするとかして、生活費を稼ぐのである。しかし英語圏の作家は読者数が膨大であるので、作家業は当然成り立つ。これで、もし英語圏で芸術に携わることが多少軽視されているという事情がなかったなら、もっと作家志望者は増えるところであろう。文章を書いたり絵を描いたりするのは、男子一生の仕事ではないとする、まっとうな考え方が一般的で、この世間の圧力のために作家業を敬遠する者もいるのだ。多少とも道徳面で非難されうる職を志すには、ぜひともやり通す決意が不可欠だ。フランスやドイツでは作家業は名誉ある仕事であり、たとえ経済的な報酬は不満足なものでも、志願者は親の同意を得た上でこの道を選ぶ。ドイツ人の場合、母親に令息は将来何になるのですか、と尋ねると、詩人ですと得意そうに答えることがよくある。フランスでは、多額の持参金のある娘の両親は、娘が才能ある若い小説家と結婚するのを、よい縁組みだと考える。

作家は机に向かっているときだけ仕事をしているのではない。考えているとき、読書しているとき、何かを経験しているときなど、一日中仕事をしているのである。見聞すること全てが作家の目的には重要であり、意識しようとしまいと、いつだって受けた印象を蓄積し反芻《はんすう》している。だから、他の職業に専念するのは無理である。他の仕事をしても、自分も雇い主も満足させられない。作家の本業と近い間柄に思えるからのようだが、これが最も危険なのだ。普通である。作家が選ぶ職としてはジャーナリズム関係が新聞には個性を隠す必要があり、これが気付かぬうちに悪影響を及ぼすのだ。新聞に盛んに書く人は自分自身の目で見る力を失うようだ。一般的な視点から物事を眺める。しばしば明確に、時に頭脳明晰に眺めることもあるのだが、個性が見えない。個性が出ると、事実を偏った目で見ることになる一方、見る人の人格がたっぷり出た見方になるのだ。実際、新聞は記事を書く人の人格を殺してしまう。書評というのもまた作家には有害である。作家というものは、本来自分に直接関係するもの以外はどんな本も読む時間がないはずだ。ところが書評となると、何百もの本を手当たり次第に、自分が精神的な糧《かて》を得るためでなく客観的に正しい解説や評価をするために読むことになる。これは作家の感性を鈍化させ、想像力の自由な流れを阻害する。書くことは、全身全霊をあげてする行為だ。書くことは作家の生活の主目的でなくてはならない。即ち、玄人《くろうと》の作家であらねばならない。執筆で稼いだ金に頼らずに生活していける財産があればよいが、財産があれば作家業は出来ないというわけではない。スウィフトは主席司祭の収入があったし、ワーズワスは待遇のいい名誉職に就いていた。だからと言って、彼らは玄人の作家として、バルザックやディケンズに少しも劣らなかったではないか。

47

絵画や作曲の技術は努力して励まねば身につかないというのは、万人の認めるところであり、素人の作品は、当然ながら、低く評価されたり馬鹿にされたりする。昔と違って、ラジオや蓄音機の誕生により素人のピアニストや歌い手が客間から追放されたので、誰もが安堵している。文章を書く技術も他の芸術に劣らず難しいものであるが、人は皆手紙が書けるので、本くらい書けると考える人が大勢いる。文章を書くのが人間に非常に好まれる息抜きになったようである。家族全員が、昔の幸せな時代なら教会に慰安を求めたように、文筆に熱中している。妊娠中に退屈から逃れるために小説を書く女性がいる。退屈した貴族、クビになった将校、引退した役人などが、酒に溺れる代わりに文筆に飛びついている。世間では、誰しも生涯に一冊なら書く材料を持っているという説が流布している。もしまともな本が書けるという意味なら、誤った説である。素人が時に好著を書くことがあるのは事実である。何らかの幸運で生まれつき作文力があったとか、誰が書いても興味深い経験をしたとか、人柄が魅力的であるとか、一風変わっている人で、不器用な筆遣いのせいで却って文章にそれがよく出たとか、そういう事情があったのであろう。しかし、世間で流布している説によると、一度だけは書けるということであって、二冊目については何も言われていない。素人作家は再度運を試さぬほうが賢明である。二作目が駄作であるのはまず確実だからだ。

素人作家と玄人作家の一番大きな相違は玄人作家が進歩する能力を持つということである。一国の文学は、前にも述べたが、いくつかの秀作によってではなく多数の作品群によって形作られているのであり、それが出来るのは玄人作家のみである。多数の人が生活費を得ようと苦労しながら職業として文学に携わってきた国の文学は、主に素人作家だけが活躍した国の文学に較べると豊かである。選集や全集は長年にわたる決然たる努力の積み重ねの結実である。作家は、他の人もそうだろうが、試行錯誤によって学ぶ。初期の作品は習作であり、作家は様々な主題や様々な手法を試し、同時に自分の性格を涵養《かんよう》するのである。その過程で作家は自己発見をする。発見した自分こそ作品において展開すべきものであり、やがてこの発見を最大限立派に見せる術《すべ》を学ぶ。それから自分の持てる才能の全てを動員して、可能な限り最上の作品を生み出すのである。書くというのは健康的な職業なので、最高傑作を出した後も多分長生きするであろう。そのときまでには書くことがすっかり身についているので、多分あまり意味のない作品を書き続けるであろう。こういう作品を読者は当然無視してよい。読者の立場からすれば、作家が生涯にわたって生み出すもののうちで、必要欠くべからざるものはごく僅かである（「必要欠くべからざる」という言葉で私が意味するのは、作家の個性を表現する僅かな部分のことであり、この語に絶対的な価値のある意義は与えていない)。こういう僅かなものを発揮できるのは長い習作時代の結実であり、多くの失敗を経てからである。それには文学を男子一生の仕事にしなくてはならない。玄人の作家でなくてはならないのである。

48

作家業の短所を語ったところで、今度はその危険について語ろう。

作家たる者、書きたいときだけ書けばよい、などというわけには行かない。書く気分になるまで待っていたら、いわゆるインスピレーションが湧くまで待っていたら、無限に待つことになり、結局ゼロ又はゼロに近い量の仕事しかしないで終わる。作家は自分で気分を生むのである。インスピレーションが湧くこともあるけれど、仕事をする一定の時間を決めることによって、インスピレーションをコントロールし、自分好みに使えるようにするのである。しかし、時が経つと書くのが習慣になる。引退した老俳優が劇場に出かけて夜の興行のために化粧する時間がくると落ち着かなくなるのと同じで、作家もいつもの執筆の時間になれば書きたくてうずうずしてくる。そうなると、努力せずとも自然に書けるようになる。言葉が難なく頭に浮かび、言葉がアイディアを生む。ありふれた着想でも、手慣れた作家はそれをもとに無難な一篇を生む。一日の仕事を立派にこなしたと自負して、昼食に出かけ、床《とこ》に就くことが出来る。芸術家の仕事は全て心の冒険の表現であるべきだ。ただし、これは実行困難な理想論であるから、不完全な世の中では作家も大目に見てもらってよいはずだ。とはいえ、これは作家が常に念頭に置くべき目標である。長いあいだ考え込んでいて、重荷になったような問題から自分の心を解き放つためにのみ書くのが一番よい。賢明な作家であれば、自分の心の平静のためにのみ書くように配慮するであろう。書く習慣を打ち破るための一番簡単な方法は、書く環境を日常的に書く機会のない環境に変えることである。書く習慣をつけなければ、たくさん書くこともうまく書くことも出来ない(たくさん書かなければうまく書けないという見解を思い切って披瀝《ひれき》してしまおう)。だが、習慣に悪影響が出るようになったら、直ぐ打ち破れるようでなければ、人生の他の習慣と同じく書く習慣も有用ではない。

ところで、作家を襲う最大の危険は成功ということであるが、この危険に注意しなければならない作家は、残念ながらごく少数である。だが、この危険は逃れるのは大変困難である。長い苦難の努力の末ようやく成功を得た作家は、成功が自分を捉えて破滅させる罠を仕掛けるのに気付く。その危険を回避する決意を持つ作家はほとんどいない。よほど慎重に対処しなくてはならない。成功が人を、自惚れ、自己中心、自己満足に陥らせて駄目にするという、よく言われる考えは間違いだ。逆に成功によって、大多数の人は謙虚、寛大、親切になる。人を辛辣に、性悪にするのは失敗である。成功は人の性質を改善するが、必ずしも作家の性質を改善するものではない。成功は、成功をもたらした原動力を作家から奪うことが充分ありうる。作家の個性は経験、苦闘、挫折、悪意ある世間に適合しようとする努力などで形成されたのである。この個性が成功という甘い香りを嗅《か》いでも影響を受けないためには、よほど頑強でなくてはならない。

さらに成功は、内部に破滅の種《たね》を蔵していることが多い。成功の根拠となっていた素材から作家を切り離すことが充分ありうるからである。成功によって新しい世界に入る。持て囃《はや》される。名士たちの注目を浴びても平静であり、美女に囲まれても無表情であるとしたら、普通の人間ではないに違いない。彼は次第に以前より贅沢な暮らしに慣れ、以前付き合っていた人より上品な人に接する。新しく付き合う人々は、知性豊かであり、気の利いた洒落《しゃれ》た話術が魅力的である。以前親しんでいて、作品の題材を提供していた仲間たちと再び仲良く付き合うのは、とても難しい。成功のために、昔の仲間の目には彼が変わったと映り、彼らは彼を敬遠する。人々は彼を羨んだり尊敬したりするかもしれないが、もはや仲間と見ることはあり得ない。成功によって新たに入った世界は彼の想像力を刺激し、その世界を書くことになる。しかし、彼に可能なのは外部から眺めることだけであって、奥にまで入り込み、自分もその一部になるのは不可能である。この実例として、アーノルド・ベネットに勝るものはない。彼はそこで生まれ育った「五つの町」以外くわしく知るところは皆無だった。だから、ここを舞台にして書いたときだけ作品に迫力があった。成功により、文学者、富裕階級、頭のよい女性たちと付き合うようになり、こういう人たちを描いたときには作品は無価値になった。成功がベネットを破滅させたのである。

49

というわけで、作家は成功には警戒したほうがいい。成功したからというので、あれこれ依頼されたり、無理やり責任を負わされたり、成功に付随する面倒な活動を引き受けさせられることなどを、よほど注意して避けるようにすべきである。成功にはたった二つのプラスしかない。一つは、これがはるかに大事なのだが、彼が自分の好みを追える自由を得ることである。もう一つは自信を持つことが出来ることである。作家は自負もあり、敏感な虚栄心も強いが、出来上がった作品と書こうと意図した作品を較べるとき、不安から解放されることはない。彼が心の中に描いた理想と、何とか書き上げられた作品との間の距離はかなりかけ離れているので、結果は自分にとっては間に合わせ程度に過ぎない。どこかの一ページに満足したり、ある挿話やある人物をよしとすることはあるかもしれない。だが、自作のどれか一つを全体として完全に満足して見るということはまずあり得ないと思う。心の裏には、作品が少しもよくないのではないかという懸念があるので、読者に称賛されると、たとえその価値を疑いがちであっても、やはり願ってもない元気の源となる。

それゆえ称賛は作家には大切なものである。称賛を求めることは、ひょっとすると大目に見てもよいのかもしれないが、弱点ではある。というのは、作家は作品を自分自身との関係で考えるべきであり、読者がどう反応するかに関心を持つのは経済的な理由でやむを得ないだろうが、精神的には気にすべきではない。作家は自分の魂の解放のために創作するものである。創造するのは、水が下に向かって流れるように自然である。芸術家が、自分の作品を頭脳の子供と呼び、創造の苦しみを出産の苦しみに喩《たと》えたのは意味がある。作品は、むろん単に頭脳の中だけでなく心臓や神経や内臓の中で育ってゆく生命体であり、芸術家が精神と肉体の経験から創作力で発達させた何物かである。それが大きくなり、重圧となり、外に生み出したくなるのである。これが実現すると、芸術家は解放感を味わい、一瞬の甘美な平穏を覚える。しかし人間の母親とは違い、彼らは生まれ出た子供にすぐ関心を失う。生んでしまえば、もう自分の一部ではない。それで満足を得たわけであるが、今度はまた新たな受胎に向かって心が開くのである。

作者は、作品を創造したことで自己実現を達成した。だが、作品が他の人にも何らかの価値を持ちうるかというと、それはまた別の話である。本の読者であれ、絵を観る者であれ、この人たちは作者の気持には関心がない。芸術家は魂の解放を求めたのだが、素人は作者とのコミュニケーションを求め、そのコミュニケーションが自分にとって価値があるか否かは、その人だけにしか判断できない。芸術家にとっては、自分が提供するコミュニケーションは副産物である（断っておくが、私は教訓を垂れるために芸術を用いる人のことは念頭には置いていない。その種の芸術家は宣伝家であり、彼らにとって芸術は二義的である）。芸術の創造は、それを行なうこと自体で満足を得る特殊な活動である。創造した芸術の良し悪しはどうでもよいのだ。素人が決めたらいいことだ。

素人は、作品によって与えられるコミュニケーションの美学的な価値如何《いかん》によって作品の価値を決める。もし作品が現実からの逃避を与えれば、素人は喜ぶであろうが、作品を二流芸術だと評する以上のことはしない。もし作品が魂を豊かにし、人格を高めるのであれば、一流芸術だと評するであろう。しかし、繰り返しになるが、これは芸術家とは無関係なことである。他人の喜びとなり力を与えたと知れば喜ぶのは人間として自然であるけれど、芸術家が創造した作品に素人が役に立つものを何ら見つけなくても、芸術家は失望する必要などないのだ。既に創造本能を満足させて報いられたのだから、それでよしとすべきだ。それでよしとするというのは、実現不能の理想論ではなく、芸術家が目標とする手の届かぬ完璧さに向かって精進する際の唯一の条件なのだ。もし彼が小説家なら、人や場所の体験、自分についての懸念、自分自身の愛憎、内奥の思考、束の間の幻想などを材料にして、一作ごとに人生図を描いてゆく。それは人生の一断面図かもしれないが、もし幸運なら、最後に至って断面図以上のものを生むのに成功するであろう。即ち、自分の人生の全面図を遂に完成させるかもしれないのだ。

とにかくこう考えることが、出版社の広告に目を走らせたときに慰めとなる。本のタイトルがずらりと並んだリストを眺め、批評家たちが、その全てについて、知性、深み、独創性、美しさなどを褒めちぎっているのを読むと、こんな天才たちが相手では、自分にはとても勝ち目がないと気落ちしてしまう。出版社の話では、小説の寿命は平均すると九十日だとか。自分が全身全霊をこめ、数カ月の苦闘のあげくに仕上げた労作が、数時間で読まれた後、それほど早く忘れ去られるなんて、その事実を受け入れるのは酷だ。自作のどれか一冊全部が無理なら、その一部でもいいから一、二世代は生き残ってほしいと願わぬほど弱気の著者はいないと思う。もっとも、そう願ったところで、そうなりはしないが。死後の名声を願うのは罪のない虚栄心からであり、それによって芸術家は生前の失意と失敗に耐えるのである。死後の名声がいかに得がたいかは、僅か二十年前には永久に記憶されるはずだと言われていた作家が今どうなっているか、それを考えれば分かる。そういう作家の本を読む人はどこにいるだろうか。さらに、膨大な量の本がひっきりなしに出版され続けるし、まだ生存している作家の絶え間ない競争もあるので、一度忘れられた作品が復活を遂げる可能性はいかに小さいことか！　ところで、とても奇妙な、一部の者は不公平と言いそうな現象が、後世の人にはある。お気に入りの作家を、その生前に人気のあった作家から選ぶということだ。一部の読者だけに気に入られて多くの読者には相手にされなかった作家は、決して後世の読者を喜ばせない。後世の人はそんな作家たちのことなんか聞いたこともないからだ。人気作家は、人気があるのは作品の価値が低い証拠だと思い込まされているので、自分らが後世でも読まれるというのは、慰めになるであろう。シェイクスピア、バルザック、スコットは、チェルシーの小賢人のために書いたのではないであろうが、どうも後世のために書いたように思われる。作家が安心を得る唯一の道は、自分の作品に満足を得ることである。作品が自分の魂の解放をもたらしたこと、また、作品を執筆する段階で少なくとも自分の美的センスを満足させられて喜んだこと、それによって努力が酬いられたと気づくのなら、結果に対しては無関心でいられるであろう。

50

というのは、作家業に伴う短所と危険はその一方で非常に大きな利点があって、それによって埋め合わせが出来、その結果あらゆる困難も失望も、たぶん難儀をも、些細《ささい》なものと化してしまうのである。その利点とは、精神的な自由を獲得できるということである。作家にとって人生は悲劇であるが、創造の才のお陰で、アリストテレスが芸術の目的とした、憐憫《れんびん》と恐怖を洗い清めるという、あのカタルシスを享受できる。作家が経験した罪や愚行、降りかかる不幸、酬いられぬ恋、肉体の欠陥、病気、貧困、希望の断念、悲哀、屈辱など、そのことごとくが彼の持つ力によって作品の素材となり、書くことによって作家はそれらを克服できるのである。通りでちらっと見た顔から文明社会を揺るがす戦争に至るまで、バラの香りから友人の死まで、ありとあらゆるものが作家には役立つ。身に降りかかる全てを、作家は詩、歌、物語に変容させられる。変容すれば、それを追い払える。芸術家は唯一の自由人である。

世間のかなり多数の人が芸術家に深い疑惑の目を向けているのは、おそらくそのためであろう。芸術家が普通の衝動に非常に不可解な反応を示すとなると、果たして信頼していいのかどうか疑わしい。実際、世間の人は憤慨するであろうが、芸術家は自分が普通の道徳基準に縛られると感じたことなど一度もないのだ。束縛される必要などないではないか。一般の人の場合、思考と行為の主目的は自己の必要を満たし生命を維持することである。しかし芸術家は芸術の追究によって、自己の必要を満たし生命を維持するのである。一般人の気晴らしは芸術家が大真面目で行なうことである。だから芸術家の人生態度は決して一般人とは同じにはならない。世間の人は、芸術家が美徳を尊ばず、一般人には不快な悪徳にもショックを受けないので、彼らを皮肉屋だと考える。だが皮肉屋ではない。人々が美徳と称するもの、悪徳と称するものに、特に関心がないのだ。美徳も悪徳も、芸術家が自分の自由を組み立てる基盤にしている人生と世界の構図における可もなく不可もない要素に過ぎない。むろん、一般の人が芸術家に文句を言うのは当然である。しかし芸術家は聞く耳を持たない。芸術家は度しがたい連中なのだ。

51

劇作家として成功を得て、その後の生涯を劇作に没頭しようと決心したとき、誤算があった。幸福だったし、金も出来たし、多忙だった。頭は書く予定の芝居のことで一杯だった。しかし、成功が期待したもの全てをもたらさなかったせいか、成功からの自然の反動のせいか、それは分からないが、とにかく、人気劇作家としての地位がちょうど確立したときから、私は過去半生の溢れんばかりの思い出に取り憑《つ》かれるようになった。母の死、それに続く一家の離散、小学校の初年級ではフランス育ちだったのとどもりのせいで惨めだったこと、ハイデルベルクで初めて知的なものに触れながら気楽にのんびり心楽しく送った日々の喜び、数年間病院で退屈しつつもロンドンで味わったスリル——こういったもの全ての思い出がどっと押し寄せてきた。寝ていても、歩いていても、芝居のリハーサルをしていても、パーティーに出ていても、重石《おもし》のように心にのしかかってきた。そこで、これら全てを洗いざらい小説の形で吐き出してしまわない限り、心に平和は戻らないと腹を決めた。長い作業になるのは分かっていて、そのあいだ邪魔されたくなかったので、支配人たちが私に依頼しようとしていた劇作の仕事を全部断り、一時的に舞台から引退した。

実は、医師としての資格を得た後、セビリアに旅行したとき同じテーマで小説を書いたことがあった。原稿を持ち込んだフィッシャー・アンウィン社が私の要求した百ポンドを拒み、他に出版を引き受けてくれる社もなかったのが幸いした。さもなければ、その頃は若すぎて扱いきれなかったテーマを失ってしまうところだった。その本の原稿はまだ残っており、タイプ原稿を訂正して以来見ていないが、すこぶる未熟だったのは間違いない。出来事からまだ充分な時間が経ってなかったので冷静に見られなかったし、後に書いた本を豊かにしている多くの体験も当時はまだしていなかった。最初の本の場合、書きあげたにも拘わらず、不幸な思い出は私の無意識の中に押し込められなかった。それは、本が出版されるまでは、作家が主題から最終的に解放されることはないからであろう。作品が世に問われて初めて、たとえ読者に歓迎されなかったとしても、著者は自分を苦しめていた重荷から解放されるものなのである。本の題名は、最初『イザヤ書』から引用して『灰からの美』と名付けたが、既に使われていたので、スピノザの『エチカ』のある巻の題名から『人間の絆』とした。それは自伝ではなく、自伝的な小説である。事実と創作が混然として分かちがたい。感情は私のものだが、全ての出来事が起きた通りに語られているとは限らないし、出来事によっては、私の人生からではなく親しかった人の人生から主人公の上に移されたものもある。この本は私の願いを叶えてくれた。いよいよ世に問われると(第一次大戦の最中《さなか》であって、誰も自分の苦しみに追われていたから、小説の主人公の体験になど注意を払う余裕がなかった)、私は過去の苦悩やつらい思い出から永久に解放された。この本の中に当時の私が知っていた全てを投入し、ようやく書き上げると新たなスタートを切る準備にかかった。

52

私はうんざりしていた。ずっと長いあいだ自分の頭を占めていた人々や考えにうんざりしただけではない。今一緒に生活している人々にも、今送っている生活そのものにもうんざりした。自分が動き回っている世間から、取り入れるものは全て取り入れてしまったと感じた。劇作家としての成功、その成功がもたらした贅沢な暮らし、富豪の邸宅での大晩餐会、きらびやかな舞踏会、郊外の広壮な邸での週末のパーティーといった社交界での交際。作家、画家、役者など頭の切れる派手な人々との交わり。自分の情事、友人との気楽な仲間付き合い、快適で安心な生活。これら全てが私を窒息させていて、私は違った生き方、新しい経験に飢えていた。しかし、どこで探し求めたらよいか分からなかった。旅に出ようと考えた。自分自身にうんざりしていたから、どこか遠い国へ長旅でもすれば、自分を一新できるかもしれないと思った。当時ロシアが多くの人の念頭にあったので、私も一年ばかり出かけて(ロシア語の初歩は知っていた)、言葉をもっと身につけ、この大国の感情と神秘に没頭してみようかと思った。もしかすると心に栄養を与え、活性化する何かを見出せるかもしれない、と期待した。その一方、私は四十歳になっていて、結婚して子供を持つなら潮時だという気もしていた。結婚した自分の姿を思い描いて面白がった。特に結婚したい相手はいなかった。結婚という状況に心惹かれたのだった。私の目論《もくろ》んだ人生模様に必要なモチーフだと思ったのだ。私の無邪気な想像では(もう若くないし、世間のことに通じているとは思っていたけれど、その実いろいろな面で信じがたいほどナイーヴだった)、結婚は平穏を与えると思っていた。

情事の場合は、最初は気軽に考えられても、様々な面倒な関わり合い(というのも、情事には相手がいるし、男の薬は女の毒であることが多いからだ)が生じるが、そういう不快さから解放されると思っていた。平穏と世間体のよい暮らしが得られれば、書きたいことを全て、貴重な時間の無駄も心の乱れもなく、存分に書けると思った。自由を欲していて、それは結婚すれば見付けられると期待した。『人間の絆』の執筆中にこういう考えをいだいたので、小説家がよくするように期待を作品に持ち込み、その末尾で自分が願ったような結婚の姿を描いた。読者は大体において、この部分が一番気に入らなかったようだ。

だが、私の曖昧な気持は個人の力の及ばぬ出来事で解消した。世界大戦が勃発したのだ。私の人生の一章が終わり、新しい章が始まった。

53

内閣に友人がいたので、手紙を出して、何か仕事を得られるように力を貸してほしいと頼んだ。すると、まもなく陸軍省に出頭するように要請された。しかし、イギリスで事務の仕事を割り当てられそうであったし、直ぐにフランス戦線に出たかったので、野戦病院隊入りを志願した。自分が他の人より愛国心が少ないとは思わないが、愛国心のためだけでなく新しい経験の与える興奮が欲しかったのだ。そして、フランスに上陸すると直ぐにノートをつけ始めた。やがて仕事がつらくなり、一日の終わりには寝る以外に何も出来ないほど疲れるようになったが、そのときまでノートはつけ続けた。私が投げ込まれた新しい生活は楽しかったし、特に責任がないのが有難かった。学校以来あれこれ指図された経験のない私なので、あれやれこれやれと命令され、それさえ済ませば後は自由だというのは、実にいい気分だった。作家としては私はそんなことを感じたことがなかった。逆に一分でも無駄にしてはならないと感じていたものだ。今や良心の呵責なしにバーで雑談に耽《ふけ》ることが出来た。私はたくさんの人と会うのを楽しんだ。作家をしているわけではなかったのだが、人々の特徴を記憶に留めた。特に危険に曝《さら》されてはいなかった。危険に曝されたら、自分がどう感じるか知りたかった。自分が特別勇気があるとは思わなかったし、勇気を発揮する機会があるとも思わなかった。自分の心理をつかみうる唯一の機会があるにはあった。イープルの大広場で、私が寄りかかっていた壁が、崩壊した繊維会館を別の側から見ようとして壁から離れた瞬間に、砲弾で吹き飛ばされたのだ。しかしこのときは、あまりのショックで自分の気持を観察するどころではなかった。

しばらくして私は情報部の一員となった。傷病兵を運ぶ車を不器用に運転するより、ここのほうが役に立てそうだった。新しい任務は私のロマンス好みと滑稽好みの両方の気分に合っていた。後をつけられた場合に相手をまくのに使えと教えられた方法、思いもよらぬ場所でのスパイとの連絡、謎めいたやり口でのメッセージの伝達、国境を越えての報告書の密送、これらは全て非常に重要なことであったが、当時「スリラー」という名称で知られていた廉価版《れんかばん》を連想させるので、私にしてみると戦争の現実味が薄れた。いずれ自分の小説で役立てるかもしれない材料にしか思えなかった。しかもあまりに使い古された方法なので、果たして実戦に役立つか疑問視せざるを得なかった。スイスで一年働いた後、任務が終わった。仕事で家の外にいることが多かった。寒い冬だったが、どんな天候でもジュネーヴ湖を往復せねばならなかった。ひどく体をこわしてしまった。たまたまそのとき私がすべき仕事は何もないように思えたので、アメリカに行くことにした。私の二つの劇が上演されることになっていたのだ。それに続いて南海諸島に行くことにした。実は、ここで述べる必要もないが、当時身辺に面倒な出来事がいくつかあり、私の愚かさと虚栄心も手伝って、心の平静が乱されていた。南海旅行で平静を取り戻そうとしたのである。南海を舞台とするスティーブンソンの『引き潮』と『難破船泥棒』を昔読んで以来ずっと行きたかったし、それに、ポール・ゴーギャンの生涯に基づく小説を書くつもりだったので、そのための資料収集もしたかった。

美とロマンスを求めて旅立ち、悩みの種《たね》であった出来事と自分との間に大洋を介在させて嬉しかった。南海では予期していなかったものさえ見出したのである。新しい自分を発見したのだ。聖トマス病院を出て以来、私は常に教養に価値を置く人々と生活してきた。芸術ほど重要なものはこの世にないと考えるようになっていた。私は宇宙の意味を探し求めてきたが、見出せた唯一のものは各地で人が生み出す美のみだった。私の人生は表面的には変化に富んで面白かったけれど、内奥では偏狭なものだった。ところがさて新しい世界に入ると、私の小説家としての本能が刺激され、喜び勇んで珍しいものを吸収しだした。私の心を虜《とりこ》にしたのは島々の美だけではなかった。それだけならハーマン・メルヴィルやピエール・ロティを読んで予想していたのだ。ギリシャや南イタリアの美とは異なる美であるが、それを越えるというのではない。また、島々での危なっかしい、多少勇気のいる、それでも気楽な生活に惹かれたのでもない。では何に興奮したかと言えば、島で会う人々がみな私の知らないタイプだったことだ。博物学者が訪ねた国で想像も及ばぬほど多様な動物を見つけたのと似ていた。中には知っているようなタイプの人もいた。以前、本で読んでいたので知っていたのである。このタイプの人に出会ったときの感じは、マレー半島で木の枝にとまっていた珍しい鳥を目撃したときと同じ驚きと嬉しさの入り混じった気分だった。私はその鳥を動物園でしか見たことがなかったので、一瞬、動物園の鳥舎から逃げてきたのだろうと思った。しかし、まったく初めて出会うタイプの人がたくさんいたので、博物学者のウォレスが新種を発見したときと同じ興奮を覚えた。みんな付き合いやすい連中だった。ありとあらゆる種類がいて、その多様性にひどく戸惑いを覚えた。しかし私の人間観察力は既に鍛えられていたから、全員を特に努力もなしに分類して記憶に収めることが出来た。教養のある者はほとんどいなかった。彼らは私とは違う教育を受けていたから、ものの考え方も違っていた。生活の仕方は私とは次元が違っていたが、ユーモア感覚を持つ私は、自分の生活のほうが上だと考え続けることなど出来なかった。あまりにも異なる生活だった。しかし有識者の目には彼らの生活にも一定の型があり、そこには秩序もあれば、それなりに一貫性もあるのだった。

私は白人としての高い立場を棄てた。これらの人々は、それまでに知っていたどの人よりも生き生きとしているように見えた。彼らは教養を持つ者のように「硬い、宝石のような炎」をあげて静かに燃えるのではなく、熱く、もうもうと煙を吐きながら、焼き尽くす炎をあげて燃えるのだ。むろん彼らにはそれなりの狭さはあるし、偏見もある。退屈で愚かしいことも多い。でも私は平気だった。ぜんぜん違うのだから。文明社会では、人の個性は行動規範に縛られるため和らげられてしまう。教養は顔を覆う仮面だ。南海の島では、人は剝《む》き出しの自己を見せる。この異種の人々は原始的なものをたくさん保持して生活を営んでいるので、因習的な規則に自己を合わせる必要を感じない。だから彼らの個性は何ら抑制も受けずにそのまま発揮する機会を与えられている。大都会の人間は一つの袋の中に混ぜ込まれた小石と同じだ。ゴツゴツした角も擦《こす》れて取れてしまい、最後にはビー玉のようにすべすべしてくる。一方、島人はぎざぎざした角を擦ることがない。彼らは、私が長年一緒に暮らしてきた周囲の人より人間の本質に近いように思われた。数年前に聖トマス病院の外来診療室に入るために並んでいた人たちに対するのと同じく、私の心は島人たちの所に飛んで行った。私はノートに彼らの外観だの性格などを手短に書き留めた。やがてこれら無数の刺激を受けて私の想像力が働き出し、ヒント、事件、好都合な思いつきなどから、いくつもの物語が非常に生き生きとした何人かを中心にして誕生していった。

54

南海の島からアメリカに戻ってまもなく、ある使命を与えられてペトログラードに派遣された。使命に必要な能力が自分にはないように感じたので、引き受ける自信はなかった。しかし、どうやら有能な人材が他にいなかったようであり、私が作家であることが身分を誤魔化すのに好都合なのだった。体調はあまりよくなかった。時どき喀血《かっけつ》したが、それがどういうことを意味するのか分かる程度の医学の知識はまだあった。レントゲン写真では肺結核であるとはっきり出ていた。しかし、トルストイ、ドストエフスキー、チェーホフの国で確実にかなりの月日を過ごすことの出来る機会をみすみす逃したくはなかった。与えられた任務を果たす一方で、自分に役立つ仕事も出来るだろうと思った。そこで柄にもなくお国のために尽くそうと思い、相談していた医師に、戦時中なのだからこれくらいの無理は当然だと納得してもらった。こうして意気軒昂《いきけんこう》として出かけた。予算はふんだんにあり、私とマサリク*教授との間の連絡のために四人の献身的なチェコ人の連絡将校も同行してくれた。当時この教授の支配下に約六万人のチェコ人がロシア各地にいたのだ。私は任務の重さに心躍る思いだった。私の資格は密使であり、政府は必要とあれば私を任命したことを誤魔化すことも出来た。仕事の内容は、ロシア臨時政府に敵対する政党に接触し、ロシアに対独戦争を継続させ、ドイツ・オーストリア同盟国側の支持するボルシェヴィキが権力を握るのを阻止する方策を見出すことであった。仕事が惨めな失敗に終わったことは読者もご存じであろう。もし六カ月早く出かけていれば、結構成功していたかもしれないと私は考えているが、読者に信じてほしいという気持はない。私がペトログラードに着いた三カ月後に破局が訪れ、計画は全て無駄になった。

＊　マサリク（一八八六―一九四八）はチェコスロバキアの政治家、哲学者で、国を独立させ、初代大統領（一九一八―一九三五年）を務めた。〔訳注〕

私はイギリスに戻った。ロシアでは様々な経験をしたし、私がこれまで会った中でも最も特殊だと思える人物とかなり深く知り合うようなこともあった。トレポフとセルギウス大公を暗殺したテロリストのボリス・サヴィンコフである。しかし幻滅して帰国した。ロシア人が、行動が必要なのに無限に喋り続けたり、迷ったり無関心であるのが致命的であるのに無関心でいたり、大袈裟な言葉で抗議したり、不誠実でやる気がなかったり、というようなところをたくさん見た。私はロシアにもロシア人にもうんざりした。体調もひどい状態になってしまった。大使館勤務の連中は腹いっぱい食べてお国の仕事をしていたが、私は任務の性格上それは出来ず、お陰でロシア人と同じく栄養不良にならざるを得なかった。だから、帰国の途上のストックホルムでは、北海を渡って私を帰英させる駆逐艦が着くのを丸一日待っていたとき、菓子屋でチョコレートを一ポンド買って店から出てその場で食べたのを覚えている。その私を、詳細は忘れたが(何かポーランドによる陰謀か何かに絡む任務だったようだが)ルーマニアに派遣する計画があった。これは中止になったが、私は残念とは思わなかった。ひどい咳《せき》をしていたし、熱が下がらないため夜間はとても気分が悪かったのだ。ロンドンで最高と思われる専門医に診てもらったら、直ちに北スコットランドのサナトリウムに入れと言われた。当時はスイスのダヴォスとサン・モリッツは出かけるのに不便だったのだ。その後の二年間は病人生活を送った。

楽しかった。ベッドに寝ているのがどんなに快適か、生まれて初めて知った。一日中ベッドにいても、どれほど多種多様な生活が送れるか、どれほどやるべきことがあるか、驚くほどだった。大窓が大きく開き、そこから冬の星空を眺められる個室に一人いるのはとても楽しかった。安全だし、ひとから離れているし、自由であるというのは、快適な気分だった。静けさも魅力だった。無限の宇宙が窓から入って来て、私の心は星と二人でどんな冒険でも出来そうに感じていた。自分の想像力がこれほど機敏に働いたことはない。微風《そよかぜ》を受け、帆の力で海面を軽々と滑ってゆく帆船のようだった。読書し瞑想《めいそう》に耽る以外の刺激のない単調な日々であるのに、時間は考えられぬ速さで過ぎた。病室を去るときは残念な気さえした。

病状が回復し、一日の数時間、仲間の患者たちと交流するようになった。私が入って行った患者の世界は奇妙なものだった。患者の中にはもう何年も入院している人もいたが、とにかくここの患者たちは、南海で出会ったどの住民と較べても負けないくらい一人残らずそれぞれ変わっていた。病気のためと、ここでの保護されている不自然な生活のために妙な影響を受けて、性格がねじれたり、強化されたり、悪化したりしているのは、サモアやタヒチで人々の性格が気だるい気候と尋常ならざる環境とでねじれ、強まり、悪くなるのと同様だった。あのサナトリウムで、私は他では知り得なかったような人間性に関する多くを学んだと思う。

55

病気から回復したときには戦争は終結していた。そこで中国に行った。芸術に関心があり、非常に古い文明を持った自分には未知の国民の風俗がいかなるものかを見たがる普通の旅人のような気分もあったが、それだけではなかった。知り合えば私の経験を増してくれそうな様々な種類の人間と出会えるという確信も持っていた。事実、中国ではまさにそういう人たちと出会った。様々な地域や人の描写や、そこから思いついた話で、私のノートは埋まった。この旅で、自分が旅からどんな利益を得ることが出来るかを明確に意識するようになった。以前は直感的にそう思っていただけだった。旅の利益といえば、精神の自由であり、作家としての私の目的に適《かな》うあらゆる種類の人物の収集であった。中国旅行の後も多くの国に旅行した。定期船、不定期貨物船、帆船などを用いて一ダース以上の海を渡った。汽車、車、二人で担ぐ籠《かご》を使うことも、徒歩や馬の背に乗って移動することもあった。私はどこでも一風変わった印象的な人物、場所、事物を探し求めた。何か見付かりそうな土地であるかどうかは直ぐに見当がつき、それ以外の場所は素通りした。金に余裕があったので、可能な限り快適な旅をするように心掛けた。

不便を忍ぶためにわざわざ不便な旅をするのは愚かだと思った。その一方、不愉快だとか危険だからという理由で何かをするのを躊躇《ちゅうちょ》したことは一度もないと思う。

名所見物にはあまり興味が持てない。世界遺産に熱を上げる人があまりに多いので、そういうところに行っても私は夢中になれない。もっと平凡なもののほうがいい。果樹の間に見える杭《くい》の上に建てた木造の家とか、丸い入江の岸辺にずらりと立ち並ぶ椰子《やし》の木の風情とか、道端の小さな竹の群れなどに心惹かれる。一番興味があるのは人間であり、人間の送る生活である。私は初対面の人と知り合いになるのが苦手であるが、幸いなことに、社交にかけては抜群の才のある連れがいた。彼は愛想がよく、旅行中、船でもクラブでもバーでもホテルでも、どこであれ直ぐ周囲の人と友人になれる人当たりのよさがあった。それで、私一人だったらせいぜい遠くから眺めているだけだったような大勢の人と知り合えた。

旅先では、作家としての私にちょうど具合がよい程度に人々と親しくなった。この親密さは、相手からすれば旅先で退屈だったり寂しかったりしたために生じたもので、秘密を打ち明けても、別れてしまえばすっかり縁の切れるものであった。予め一定の期間だけだと分かっている親密さであった。そのような形で親しくした大勢の人々を思い返してみると、私が知りたいことを進んで語ろうとしなかった人は一人もいなかった。私は自分が写真の乾板のような感光性を身につけたような気がした。自分が撮った写真が真実かどうかは問題ではなかった。大事なのは、想像力で、話し合った人々の各々について妥当と思われる一貫した物語を作ることだった。それは私が加わった中でも最も魅力的な人生ゲームだった。

人間はまったく同じ人など一人もいない、どの人も独自である、というようなことを、よく本で読む。それはある意味では真実だが、誇張されやすい真実だ。実際には人間は大同小異である。比較的少ない数のタイプに分けられる。同じ環境は人間を同じようなタイプに作る。ある特徴が分かれば、他の特徴は推察可能である。古生物学者のように骨一本から動物全体を復元できる。古代ギリシャのテオプラストス（アリストテレスの弟子で『人さまざま』の著者）以来文学で流行《はや》った「性格」とか十七世紀の「気質」といった考え方は、人間がいくつかのそれと分かるタイプに分かれていることを示している。実際このことがリアリズムの基盤であり、リアリズムの長所は、読者がこの主人公なら知っていると認識できることである。ロマン主義の方法は例外的なものに関心を寄せるが、リアリズムは普通のものに目を向ける。原始的な生活や人間に異質の環境の南海や東洋で、いくぶん変則的な暮らしを余儀なくされているイギリス人の場合、彼らの平凡な性格が強調されて、異国に暮らすイギリス人という共通の性格を持つようになっている。こういう人たちの中には時どき風変わりな人も存在するが、その場合は、本国での抑制がないために、文明社会ではまず不可能な程度にまで異常さを自由に発揮している。こうなると、リアリズムではほとんど描けなくなる。私は自分の受容力が限界まで来て、人に出会っても首尾一貫した物語を想像の中で作れないと気付くまで現地に留まった。限界まで来ればイギリスに戻り、印象を整理し、受容力が回復するまで休息を取った。長い旅行を確か七回繰り返した後だったと思うが、人間はある程度同じだと思った。前に会ったのと同じタイプにますます多く会うようになった。もはや私の関心は刺激されなくなった。遠い旅をして見つけに行った人々を熱をこめて自分なりの見方で見る能力(というのは、人々に特異性を発見したとしても、それは私の人間観から解釈したものであったからだ)が尽きたのだと思った。これではもう旅行をしても無意味だと悟った。旅行中に私は熱病に罹って二度死にかかったり、溺れかかったり、山賊に発砲されたりした。普通の生活に戻るのは嬉しかった。

旅行から帰国するたびに、私は少し違った人間になっていた。私は若い頃にたくさん本を読んだが、自分のためになると思ったからではなく、好奇心と向学心からだった。旅行も、面白いからと、作家としての資料収集に役立てるためだった。旅行での経験が自分に影響を及ぼすなどとは少しも考えたことがなかった。実際、新しい経験が自分の性格を形作ったのに気付いたのは、ずっと後になってからだった。旅先で珍しい人と接しているうちに、「滑らかさ」を失い、「ゴツゴツした角」を取り戻した（文壇で平穏無事な生活をしている間に、袋の中の石ころのように擦れて角が滑らかになっていたのだ）。ようやく本来の自分になったのだ。旅行はもう私には無用だと判断したのでやめた。自分が新たに進歩できるとは思えなかった。私は文明人特有の傲慢さを棄て去り、完全な受容の気分になった。誰にも、その人が与えうる以上のものを求めなかった。寛容を学んだ。周囲の人が善良なら喜び、邪悪でも苦しまなかった。精神の自立を得たのだ。私は、他人の思惑を気にせず、我が道をまっしぐらに進むことを学んだ。自分のために自由を求め、他人に対しても進んで自由を与えるつもりだった。誰かが自分以外の人に不埒《ふらち》なことをしたとき、笑って肩をすくめるのは容易である。しかし、自分が被害者であるときは難しい。しかし、不可能ではないと思うようになった。人間について達した結論を、シナ海の船中で出会ったある人物に言わせた。「私が人間をどう考えるか、簡潔に言ってみますかな。そう、人間というのは、心はまっとうなんだが、頭となると完全に役立たずですな」

56

私はいよいよ書き出す前に、書くべき中味を頭の中でじっくりと温めておくのが好きである。昔も今もそうであり、南海諸島で頭に浮かんだ物語の最初の一篇を書き出したのも、そのためのノートを取ってから四年後であった。短篇を書くのは数年ぶりだった。元来私は短篇作家として作家活動を始めたのであり、三作目は六篇を収めた短篇集だった。これは不出来だった。その後も雑誌に載せる短篇を時どき書いていた。エージェントはユーモアのあるものを書くようにうるさく言ったが、私にはそういう才能はなかった。生真面目《きまじめ》だったり、憤慨していたり、皮肉たっぷりだったり、という作風だった。編集者を満足させ、少し金を稼ごうという試みは、めったに成功しなかった。南海旅行後に最初に書いたのは「雨」だった。この作品も、最初は持ち込んだどの出版社でも断られた。もっと若い頃に書いたものと同じ運命を辿るだろうとしばらくの間は思った。それでも私は意に介さず、同じ背景の短篇を書き進めた。全部で六篇書き、いずれもどうにか雑誌に発表できたわけだが、集めて『木の葉のそよぎ』という題名で刊行した。成功を収めたのは嬉しかったが、意外だった。私はこの短篇小説という形式を好んだ。長篇小説の作中人物と数週間だけ付き合い、それでおさらばというのが心地よかった。長篇小説の場合だと数カ月付き合うわけで、じきに飽き飽きすることもあるのだが、短篇ではそんな時間はない。この種の一万二千語くらいの短篇だと、主題を発展させる余地が充分ある一方、簡潔さが必要である。その点、劇作家としての修練のおかげで楽にこなせた。

英米の高級な作家がチェーホフの影響にすっかりのぼせ上がっていたときに短篇を本気で書き出したというのは、私にとって不運なことだった。文壇というのはいささかバランスを欠いたところで、ある思いつきに心を奪われると、それが一時的な流行だとはみなさず、天から下った至上命令だと思い込む。芸術的な才能を持ち、短篇を書こうとする者は皆チェーホフ流に書かねばならない、という考えがまさにそれだった。英米作家の中には、ロシア的憂鬱、ロシア的神秘主義、ロシア的気まぐれ、ロシア的絶望、ロシア的虚無、ロシア的意志薄弱をサリーやミシガン、ブルックリン、クラパムなどの英米の土地に移して、評判を得た者もいた。チェーホフは模倣しやすいのだ。私は苦い経験で知っているのだが、ロシアからの亡命者でこの模倣をかなり巧みにする者がかなりいる(苦い経験と言ったのは、こういう連中が私に短篇を送って来て、英語を直してくれと頼んだからだ。連中はアメリカの雑誌に掲載されても、多額の原稿料をもらえなかったと私に文句を言うのだった)。チェーホフは大変巧みな短篇小説家だったが、限界があった。だが賢くも、この限界を自分の文学の基礎にした。彼にはまとまったドラマティックな話、例えばモーパッサンの「遺産」とか「首飾り」のように食卓で話せば受けるような話を創作する才能はなかった。人間としては、明るい実際的な性質だったようだが、作家としての彼は陰気にふさぎ込んだ性質であり、強烈な行動とか激情などを嫌った。彼のユーモアは苦みのあるものが多いが、それは細かい神経の人が神経を逆撫《さかな》でされたときの憤慨した反応である。彼は人生を単色なものと見た。作中人物がきちんと個性化されていない。彼は作中人物に一人一人の個人に接するような関心をいだかない。作中人物間にあまり区別が見受けられず、まるで原形質が奇妙に手探りで動いて互いに溶け合うような感じを読者が受けるのは、もしかするとそのためかもしれない。また、彼独自の特色である、人生の神秘、人生のむなしさの感じも、そのためかもしれない。この特色を追随者は捉えていない。

私も書こうと思えばチェーホフ流の短篇を書けたのかどうかは分からない。書きたくなかったのだ。私が書きたかったのは、話の最初から最後までしっかりまとまっていて、途切れずに進んでゆく物語だった。私は、短篇は内的あるいは外的な出来事を物語るものであり、その解明に必要なもの以外の全てを排除することによって劇的な統一を与えうるのだと思った。私はいわゆる「落ち」があるのを恐れなかった。「落ち」は論理的でない場合にのみ非難されるべきものだと思った。それが非難されるのは、効果を挙げる目的だけでまともな理由もなくしばしば付け加えられたからに過ぎないと思う。要するに、私は自分の物語が「……」でなく、終止符ピリオドで終わるほうがよいと思ったのだ。

私の作品がイギリスよりもフランスでよりよく味わわれているのは、おそらくこのためであろう。イギリスの偉大な小説は形がなくて不格好である。イギリスの読者は、こういう巨大で長々と続くこまごました作品に読み耽るのを楽しむ。緊密性のない構成、漫然としただらしのない語り口、主題とあまり関係のない人物の出入り、こういうことがイギリスの読者に独特の真実味を感じさせてきた。しかし、フランス人にはこれらの特徴が大きな不快感を与えたのである。ヘンリー・ジェイムズが小説は形式が大事だと説き、イギリスの作家はそのことに関心を持ったけれど、実際上は何の影響も及ぼさなかった。実は、イギリスの作家は形式に疑いの目を向けている。形式に息苦しさを感じる。形式の束縛にうんざりする。作家が自分の素材に勝手な形式を押しつけると、生命が指の間からすり抜けてしまうと感じる。フランスの批評家は、小説には初め、真ん中、終わりがあるべきだと主張する。また、主題は論理的な結末に至るまで明確に発展されるべきであり、ある問題について大事なことは全て読者に伝えられるべきだ、と主張する。私は若い頃からモーパッサンについて学んだし、劇作家としての修練も積んだ。それに、おそらく個人的な性向もあったので、フランス人好みの形式感覚を身につけたのであろう。とにかく彼らは私を感傷的とも冗漫とも思わないようだ。

57

人生が作家に既製《レディ・メイド》の物語を提供してくれることはめったにない。実際、事実というのは扱いが厄介である。事実は作家の想像力を刺激するようなヒントを与えてくれるのだが、一方で作品に有害でしかない権威を行使しがちなのである。その古典的な例は『赤と黒』である。偉大な小説であるが、最後の部分は不充分であるというのが通説になっている。理由は容易に見つけられる。スタンダールは、この作品の着想を当時たいへん評判になった事件から得たのであった。若い神学校の学生が愛人を殺害し、裁判にかけられ、死刑になる。しかし、スタンダールは主人公のジュリアン・ソレルの中に自分自身の姿だけでなく、自分がなりたいと思っているが遺憾ながら実際にはなれないと気付いている理想像をたっぷり投入して、小説の人物の中でも最も興味深い人物を創造した。著者は、全編の四分の三の間はジュリアン・ソレルを読者が納得できる一貫した人物として行動させている。その後、着想のもとになった事件の事実に戻らなければならないと思ったが、そのためには主人公に性格と知性に矛盾するような行動を取らせざるを得なかった。このショックがあまりにも大きいので、読者は信じられなくなってしまうのだ。作品をもはや信じられなくなったら、心が離れてしまう。ここから得られる教訓は、作家は事実が作中人物の論理に合致しなくなったら、事実を棄て去る勇気を持たねばならない、ということである。『赤と黒』の最終部分をどのようにしたらよかったかは私には分からないが、スタンダールが選んだのは最も不充分なものであった。

私は作中人物を実在の人物をモデルにして描いたというので非難されてきた。私の読んだ批判によると、まるでそういうことをした作家は誰もいないかのようだ。だが、そんな馬鹿な話はない。世界中の作家がやっている習わしである。文学の誕生以来、作家は創作にモデルを使った。古代ローマのペトロニウスがトリマルキオを描いたとき、何という名前の金持の大食漢をモデルにしたか、研究者は調べたと思う。シェイクスピアの研究者は、『ヘンリー四世』のジャスティス・シャローのモデルを知っているであろう。高潔で正直なスコットは、実父について、ある本では辛辣に描いているが、別の本では年月の経過で辛辣さを和らげ、感じのよい人物像にしている。スタンダールは原稿の一つに作中人物のヒントとなった実在の人物の名前を書いている。ディケンズがミコーバーの中に実父を、『荒涼館』のハロルド・スキンポールの中に友人のリー・ハントの肖像を投影したのは、よく知られている。出発点として誰か実在の人に想像力を集中させなければ作中人物など到底創作できない、と言ったのはツルゲーネフだ。私の考えでは、実在の人物を利用することを否定する作家は、思い違いをしているのか(あまり頭がよくなくても一流の小説家にはなれるのだから、思い違いは充分ありうる)、嘘をついているのだ。作家が嘘でなく本当に特定の人を利用していないと言う場合、よく調べてみると、創作力でなく記憶力に頼ったことが判明すると思う。私たちは名前も服も違うけれど、ダルタニアン、ミセス・プラウディー、グラントリー大執事、ジェイン・エア、ジェローム・コワニャールにそっくりの人に、何度となく出会うではないか。

私の意見では、作中人物を生きたモデルから描く慣習は、普遍的であるのみならず、必要である。自分もそうしていることを認めるのを、何ゆえ恥じるのかが私には分からない。ツルゲーネフの言った通り、頭に特定の人物がいることによってのみ、作家は創作した人物に活気と個性を付与できるのだ。

それが創作である点を強調しておきたい。人は、自分が最も身近に知っている人のことも実はほとんど分かっていないのだ。一冊の本の中に移し、人間らしい存在に出来るほど充分には知ってはいない。実在の人はあまりに捉えがたく、あまりに漠然としていて、丸写しにするのは不可能である。あまりにも支離滅裂、矛盾だらけである。作家は実物をそのまま写すのではない。実物から取りたいところだけ、注意を引いた癖とか、想像を掻きたてる特質とか、そういうものを取り、それを材料にして人物像を作ってゆくのだ。元の人に似たかどうかには関心がない。自分の目的に適う納得の行く調和ある人物が書けたかどうか、それだけに関心がある。作品として仕上がった人物が、モデルにした人からあまりにもかけ離れてしまい、作家が念頭に置いていたのとはまったく違う人になってしまったのに、実物通りに描いたと非難されるのは、多くの作家の経験することである。また、作家が身近な人からモデルを選ぶか否かはささいな偶然による。

喫茶店でちょっと見掛けたとか、船中の喫煙室で十五分だけ言葉を交わしただけで、作家には充分だということさえある。作家に必要なのはいわば土台だけであり、それさえあれば、後は自分の人生経験、人間性についての知識、生来の勘などを用いて作品を作って行けるのである。

これで作家の仕事はうまく運ぶところなのだが、モデルに使われた人たちが敏感すぎるという難点がある。人間の自己中心癖は途方もなく大きなものなので、作家と会ったことのある人は、作家の作品の中に自分の姿がないか鵜《う》の目《め》鷹の目で探す。そして、これこれの作中人物のモデルは自分だと思い込むと、欠点のある人物として描かれている場合にはひどく怒り出す。人々は友人のことは無遠慮にけなし、馬鹿だといって笑うのだが、虚栄心がとても強いため自分もまた欠点があり愚かだという事実を素直に受け入れられないのだ。ことに周囲の友人が同情を装い、こんなに悪い人に描かれてお気の毒だ、と作家に怒りを向けるので、事態は面倒になる。無論へつらって、そう言うのだ。私以外にも迷惑を蒙った作家はいるだろうが、以前こんなことがあった。私が泊まりがけで招かれた邸の女主人が、私が彼女のことを書くことで親切を仇《あだ》で返した、と非難したのだ。真実は、私はその邸には招かれておらず、それどころか彼女なんか知りもしなければ噂すら聞いたこともなかったのだ。おそらく、その困った女は自惚れが強く、空虚な毎日を送っていたので、小説に出てくる悪女のモデルは自分だと言い張って、それを周囲に吹聴して話題の人になろうとしたのであろう。

時にはごく普通の人をモデルにして、気高く、自制心があり、勇気もあるという人物を創造することがある。この人に周囲の知人などが見逃している意義を発見したからである。このような場合、奇妙なことに、この人がモデルだという話は絶対に出てこないのだ。欠点とか愚かな短所のある人物を登場させた場合だけ、直ぐさま誰々のことだろうと名前が出てくるのだ。このことから判断すると、人は友人をその長所でなく短所によって覚えているのである。作者は、人を怒らせたいと思うことはまずないので、モデルが誰であるか極力隠そうとする。作中で別の土地に置いてみたり、職業を変えてみたり、出来れば所属する階級さえ変えてみるのだ。しかし簡単には変えられないものがあり、それは外観である。人の肉体的な特徴は性格に影響し、逆に性格は、少なくとも大まかなところでは外観に出る。背の高い人を低く描き、それ以外は高いときと同じというわけにはいかない。人の背丈は周囲を見る態度を変え、それ故に性格を変えるのである。同様に、モデルを誤魔化すために、ブルネットで髪の少ない女性を豊かな金髪の人に変えるわけにはいかない。作家はモデルとした人の外観は元のままにしなければならない。さもないと、その人をモデルにしようとした動機が失われてしまう。しかし、本の中の人物を指して、これは私を書いたのだと言う資格は誰にもない。言いうるのは、せいぜい私がこの人物を創作するヒントを与えた、ということくらいである。もしその人が常識を持つ人であれば、困惑するより興味を持つであろう。自分を描くに際して、作者がどう工夫したかとか、どういう直感を働かせたかを知れば、他人の目に映る自分の姿を知るのに役立つであろう。

58

私は自分の文学的地位について幻想をいだいてはいない。わざわざ私を真面目に取り上げてくれた一流の批評家はイギリスには二人しかいないし、利口な若手が現代文学について論じるときには、私のことなど考察しようとも考えない。憤慨しているのではない。ごく当然のことだからだ。何しろ私は宣伝が嫌いだ。この三十年間に本を読む人の数は急激に増加し、あまり労せずに知識を仕入れたいと望む多数の無知な人が存在する。作中人物が今日の焦眉《しょうび》の諸問題について意見を述べるような小説を読むと、何かを学んでいると思うのだ。小説だから、あちこちに惚《ほ》れた腫《は》れたの話も書かれているため、楽しみながら勉強が出来るというわけである。かくして小説は思想普及のための便利な宣伝の場とみなされ、多数の小説家が進んで自らを思想の指導者だとみなそうとした。だが、彼らの書いた小説は文学作品というよりジャーナリズムであった。それは新しい考え方を伝える役目を果たした。欠点としては、しばらくすると昨日の新聞と同じく誰も読まなくなるということだ。それでも、知識を求める多数の新しい読者の要望に応えて、科学、教育、社会福祉その他もろもろの共通の関心事を、専門用語以外の言葉で論じた本が最近は多数出ている。売れ行きは上々で、そのため純粋に宣伝だけを目的とする本は出なくなったくらいだ。しかし、この種の本が流行《はや》っている間は、実際以上に意義深いものと思われて、それ故、人間や事件を描く小説よりも論じるのにふさわしい対象だと、批評家たちが考えたのは明らかである。

この種の本の次に、知的な批評家や真面目な小説の読者は、小説の技法の面で何か新しい試みをする作家に注目するようになった。これは理解できることである。実験的な技法によって使い古された題材に新鮮味が生まれ、あれこれ論じれば実りある成果が得られそうに見えたのだから。

理解はできるものの、こういうことにあまりに注目するのは奇妙である。ヘンリー・ジェイムズが考案し完成させた、一人の登場人物の視点から物語を進めるという形式は、ジェイムズが小説に持ち込もうとした劇的効果を与える妙案であった。その形式によって、フランスの自然主義作家の影響下にあったジェイムズは有難い真実味を得ることが出来るし、全知全能の語り手という姿勢を取る小説家が直面する困難を多少とも回避することが可能となった。視点人物が知らないことは秘密のままにしておけばよいというのも好都合である。しかしこのジェイムズの手法は、同じような利点がいくつもある自伝的な小説の亜流に過ぎないのであって、これをあたかも美的大発見であるかのように語るのはいささか滑稽である。この他の実験的な手法のうちでも最も重要なのは「意識の流れ」の使用である。作家は情緒の面で役立ち、しかもあまり苦労せずに理解できる哲学者に惹かれてきた。ショーペンハウアー、ニーチェ、ベルクソンなどに、代わる代わる心を惹かれてきた。だから、精神分析学に心を奪われたのも自然な成り行きであった。それは小説家に大きな可能性を与えると思われた。小説家は自分の書いた最善のものが、どれほど多く自分の無意識のお陰であるかを知った。自分が創造した作中人物の無意識を描き出すことで性格の深層部にメスを入れられるというのは、心惹かれるものがあった。それ故、「意識の流れ」は頭のよい面白い技法ではあるが、だからといってそれ以上のものではない。作家がこの手法を、皮肉や劇的効果のためとか、説明のためとか、特定の目的のための工夫として時どき用いるのではなく、作品全体の基礎にしたときには、その手法は退屈なものとなった。私見では、「意識の流れ」だの類似の技法における有用な部分だのは小説作法一般の中に取り入れられて行くだろうが、その技法を最初に導入した作品自体はやがて関心を引かなくなるであろう。こういう奇妙な実験的手法に心を奪われた人が気付いていないことがあると思う。つまり、そういう手法の本で扱われている内容が極めてつまらぬものだということだ。この流派の作家たちは、自分の頭の中が空っぽであるのに気付いて不安に駆られ、それでこのような工夫をする羽目になったと思えるくらいだ。彼らが工夫をこらして描く人物は本質的に退屈で、扱われている問題はどうでもいいようなことばかりである。当然である。作家が技法に関心を示すのは、扱う内容が自分にとって差し迫っていない場合だけだからだ。自分が扱う問題に取り憑かれていれば、描く手法がどうだなどと考える余裕はない。文学の歴史を遡《さかのぼ》ってみると、十七世紀の作家はルネッサンスの知的努力で消耗していたし、かつ国王の暴挙や教会の支配のせいで人生の大問題を扱うことが出来なかったために、ゴンゴラ風の気取った文体、文中での奇妙な引用や故事の使用、その他類似の遊びに耽ったのである。ここ数年あらゆる実験的手法に関心が集まっているのは、我々の文明が崩壊しつつある証拠ではないだろうか。十九世紀の人々にとって重要だった諸問題は今や注目を集めなくなり、その一方、新しい世紀の文明を創る世代の人々が何に関心をいだくか、作家はまだ発見できないでいるのである。

59

イギリスの文壇が私のことを重要視しないのはごく当然なことだと思っている。劇作家として私は十七世紀以来の風俗喜劇の伝統の中で仕事をした。小説家としては、何世代も越えて時代を遡り、新石器時代人の住んでいた洞窟の焚火《たきび》を囲んで人々に話を語った語り部と同じ仕事をしてきた。常に何かしら語るべき話が頭にあり、それを語るのに興味を覚えたのだ。面白い話をするのは、それ自体で充分な目的であると私には思える。ここしばらく物語を語ることがインテリ層に軽蔑されているというのは、私にとって不運なことである。小説作法についての本はたくさん読んだが、どの本も筋を軽く見ている(ついでながら、「物語《ストーリー》」と「筋《プロット》」は明確に区別すべきだと主張する利口な理論家の言う意味が私には分からない。筋とは物語が配置されている型に過ぎない)。小説作法の本を読むと、筋とか物語というのは知的な作家にとっては邪魔物であり、愚劣な読者のためのやむを得ない妥協だと勘違いしそうになる。実際、こういう本が説くところが正しいとするなら、最上の小説家はエッセイストであり、唯一完璧な短篇小説はチャールズ・ラムとハズリットの書いたものだと考えねばならなくなる。

しかし、物語に耳を傾ける楽しみは、劇の起源である踊りとパントマイムを見る楽しみと同じく、人間にとって自然なものである。その楽しみが損なわれずに現存していることは、推理小説の流行で証明される。最高のインテリでも推理小説を読む。むろん多少低く見ているのだろうが、とにかく読む。これはきっと、インテリが好む心理小説、教養小説、精神分析小説では、物語を聞きたいという欲求が満たされないからに違いない。頭のいい作家で、いろいろと述べることが頭につまっており、生き生きとした人物を創造する才能もあるのだが、創造した後、その人物をどうしてよいかまったく分からない人が結構いる。それらしい話を思いつけない。作家の誰とも同じように(誰にもずるいところがあるわけだ)、彼らも自分の短所を長所のように見せかけて、読者に向かって、何が起こるかは自分で想像したらいいとか、あるいは、そんなことに興味を持つのは感心できない、とか主張する。彼らの言い分だと、人生においては話に終わりはないのであって、小説における話の展開も終わりがなく、結末は曖昧なままになる。だが、この主張は必ずしも正しくない。死によって話は全て終わるのであるし、仮にこの主張が正しいとしても、まともな主張だとは言えない。

というのは、小説家は芸術家ということになっており、芸術家は人生をそのまま写すのではなく、自分の目的に合うように人生をアレンジして提示するのである。画家が絵筆と絵の具で思考するのとまったく同じく、小説家は自分の話で思考するのである。自分では気付かないかもしれないが、彼の人生観とか人柄が一連の人間的な行為として存在する。過去の芸術を振り返ってみるならば、芸術家がリアリズムに大きな価値を与えたことはめったになかったことに気付く。芸術家は自然を形式的な装飾として用いたのであり、直接自然を写したのは、時どき想像力のために自然からあまりに遊離して自然回帰が必要に感じられた場合だけであった。絵画と彫刻の世界では、現実に肉薄するのは常にその流派の衰退を表わすものであったとさえ主張できるかもしれないのだ。古代ギリシャのフェイディアスの彫刻には既に「ベルベデーレのアポロ像」の退屈さが、またラファエロの「ボルサノの奇跡」には既に後年のブーグローの絵画の風味の欠如が、見られる。衰退期に入った芸術が新たに活力を取り戻すには、自然に対して新しい芸術の伝統を押しつけるしかない。

脇道にそれてしまった。

読者が作中人物に関心を持つように作者に仕向けられた以上、その身に何が起きるかを知りたがるのは当然のことである。この願望を満たす手段が筋である。面白い話を考え出すのは明らかに難しいが、難しいから物語を軽蔑するというのは理屈に合わない。物語は一貫性と主題の必要にとって充分な真実らしさを持つべきである。それは、現代小説の主要な関心事である人物の成長を表わすようなものであるべきだ。さらに、物語が終わったとき登場人物についてもはや疑問が湧かないように、完璧に描き尽くしたという印象を与えねばならない。それは、アリストテレスの悲劇論のように、初め、真ん中、終わりを持つべきである。筋の主たる効用に多くの人が気付いていないようだ。筋は読者の興味をある方向に導く。それが小説の場合おそらく一番大事なことである。というのも、読者の興味に方向を与えることによって、読者があるページから次のページへと読み進むように仕向けるからであり、読者の心に作者の望むような気分を醸し出すからである。作者は常にサイコロに仕掛けをしておくのであるが、そのことを読者に悟らせてはならない。筋を巧みに操ることによって、どういうふうに騙されたかを気付かせないまま、読者の注意を引きつけることが出来るのだ。私はここで小説の書き方を論じているわけではないので、作家がどのような工夫によって読者を引きつけてきたかを列挙する必要はない。だが、読者の興味を導くことがどれほど役立つか、逆にそれを怠るとどれほど危険かということは、オースティンの『分別と多感』やフローベールの『感情教育』の例でよく示されている。オースティンは単純な物語の筋に沿ってぐいぐい読者を引っ張ってゆくので、読者は本を置いて、エリノアが気取り屋であり、マリアンヌが愚か者であり、三人の男が生命のないでくの坊である、と考えたりすることはないのだ。一方、フローベールは厳密な客観性を狙っていて、読者の興味を導く気がないので、様々な人物の命運にまったく無関心である。このため、この小説は読むのが困難である。これくらい長所がありながら、これほど弱い印象しか残さない作品を私は知らない。

60

私は批評家たちから、二十代には残忍だと言われ、三十代には軽薄、四十代には皮肉、五十代には達者、六十代の今は皮相だと言われている。自分が思い描いた道に沿って進み、自分の人生模様を作品によって充実させようと努めてきただけである。自分に対する批評を読まないのは、作家として賢明でないと思う。褒められたときにも、貶《けな》されたときにも、あまり影響を受けぬように自分を鍛えておくのは役に立つ。天才だなどと煽《おだ》てられたとき肩をすくめるのは易しいが、自分のことを間抜けみたいに扱われたときに平静でいるのは困難だからだ。批評の歴史を見てみればすぐ分かるように、同時代の批評は誤りうるものだ。だとすれば、自分への批評をどこまで考慮に入れるべきか、どこまで無視すべきか、は微妙である。それに評価はあまりにもまちまちであるので、作家は自分の価値について判断がつきかねる。イギリスでは元来小説を軽蔑する傾向がある。取るに足らぬ政治家の自伝とか高級娼婦の伝記とかが真面目な批評の対象となるのに、半ダースの小説が一纏めで書評される。しかも書評子は、その本の犠牲において何か面白いことを述べようとする関心しかなさそうである。イギリス人は文学書よりも実用書に関心があるのだ。それもあって、小説家が成長するために役立つことを自分に対してなされた批評から学ぶのは困難である。

この国の現代文学界にとって、サント＝ブーヴ、マシュー・アーノルド、あるいは、せめてブリュンティエール程度の批評家がいないというのは、大きな不幸である。仮にいたとしても、その人が同時代の文学にはあまり関心を持たないのはまず確実である。そして、今名前を挙げた三人の批評家から判断する限り、たとえ同時代の文学に興味を持ったとしても、現代文学に直接役立つことはなかったであろう。サント＝ブーヴは、知っての通り、自分が追い求めたのに得ることの出来なかった種類の成功を妬《ねた》んでいたから、公正に同時代の作家を扱うことが出来なかった。マシュー・アーノルドは同時代のフランスの作家を批評したときに誤ってばかりいたから、同時代のイギリスの作家を対象にしてもよい仕事が出来たとは考えにくい。ブリュンティエールは寛容さに欠けていた。彼は作家を厳格な規範で裁定し、自分が共感しない目標を掲げる作家に美点を見つけることがまったく出来なかった。彼は性格が強いために、才能の割には大きな影響力を発揮したと言えよう。このような事情ではあるけれど、文学に真剣に関心を寄せる批評家がいれば、作家は得るところが大きい。たとえ批評家に反感をいだいても、その敵対心がきっかけで自らの文学の狙いが明確化することもある。批評家に刺激されてこれまで以上に努力することもあろうし、批評家の姿勢を見て、文学修業にもっと真剣に取り組もうとするかもしれない。

プラトンは対話篇の一つで、批評が不可能であることを示そうとしたらしいのだが、実際は、ソクラテス流の手法が時に常軌を逸することがあるのを示しただけだった。明らかに無益な批評というものがあり、それはごく若いころ屈辱的な経験をして、その埋め合わせをしようとするために批評する人の書いたものである。批評することで、自尊心を取り戻す手段を得たのである。学校時代に学校という狭い世界の基準に適合できなかったため周囲から殴られたり蹴られたりしたというので、その傷つけられた感情を鎮めるために、成人した今、今度は自分が蹴ったり殴ったりしようとするのである。この手の批評家は、批評している書物が自分に引き起こした反応ではなく、その書物に自分がどう反応するかに関心があるのだ。

いまだかつて、今日ほど権威ある批評家が必要とされる時代はない。あらゆる芸術が非常に混乱状態にあるからだ。作曲家が物語を書いたり、画家が哲学談義をしたり、小説家が説教をしたりするのを目にする。詩人が詩のハーモニーを嫌い、散文のハーモニーを自分の韻文に合致させようとしたり、小説家が韻文のリズムを自分の散文に押しつけようとしている有様だ。誰か、それぞれの芸術の特性を定義し直し、邪道に逸れて行く者に向かって、君たちの新しい試みは君たち自身の混乱を招くばかりだ、と指摘してやる者がぜひとも必要である。芸術のあらゆる分野で同じような資格で発言できる人などいるわけがないという考えもあろうが、需要が供給を生み、そのうちに、サント＝ブーヴやマシュー・アーノルドがかつて占めていた地位に上《のぼ》る批評家が現われることを期待しよう。もし権威者が現われれば、してもらうことは多い。最近、厳密な批評科学なるものを打ち立てるべきだと主張する本を二、三冊読んだ。しかし、それを読んでも、そんなことが可能だとは納得できなかった。私には批評は個人的なものだと思えるが、もし批評する者がすぐれた人格を持っていれば、個人的なもので構わないと思う。批評家が自分の仕事を創作的なものだとみなすのは危険である。その任務は、案内し、評価し、創作の新たな道を指示することである。もし自分の仕事が創作だと考えると、創作は人間活動の中で最も魅力的なものなので、それに心を奪われて本来の任務をなおざりにする危険がある。批評家が小説なり劇なり詩なりを一点くらい書いたことがあるのは、もしかするとよいことかもしれない。文学作法を知るには、そういう経験に勝るものはないからだ。しかし、創作することは自分の本来の仕事ではないと自覚していなければ、偉大な批評家にはなれない。現代批評がこれほど無益である理由の一つは、作家が副業としてやるからである。こういう人が、作家として自分自身の作風が最善だと思うのは当然である。偉大な批評家は、知識が広いと同時に、幅広い作風に共感できなければならない。その共感は、自分には興味がないものだから寛容になれるというような無関心に基づくのではなく、多様性への活発な喜びに基づくべきだ。偉大な批評家は心理学者と生理学者でなくてはならない。文学の基本的な要素がどのように人間の精神と肉体に関連しているかを認識すべきだからである。彼は哲学者でなくてはならない。澄んだ心、公平さ、人間のはかなさは、哲学から学べるからである。自国の文学のみに通じているのでは足りない。過去の文学についての知識に基づく基準を持ち、外国の現代文学を学ぶことで、文学がどの方向に向かって発展してゆくかを見届けられるであろう。そのうえ、自国文学の進むべき道を指示するという有意義な役目を果たせるであろう。伝統は一国の文学の抜き差しならぬ特質の表現だから、彼は伝統を尊重しなくてはならないが、それに留まらず、伝統の自然な発展を促すためにあらゆる努力を傾けるべきである。伝統は案内者であって、看守ではないからだ。彼は忍耐心、厳しさ、熱意を持たねばならない。彼が読む本の一冊一冊は新しいスリルに満ちた経験であらねばならない。本を評価するに際しては、広範な知識と性格の強さを用いて行なうべきである。実際、偉大な批評家は偉大な人であるべきだ。自分の仕事が、大事なものではあるが束の間の価値しか持ち得ないのを、仕方ないと納得できるほど偉くなくてはならないのだ。彼の取柄は自分の世代の要求に応え、自分の世代に進むべき道を指示することなのだから、未来永劫の価値はないのである。別の要求を持つ新しい世代が登場し、その行き先に新しい道がのびる。そうなれば、彼は発言できなくなり、彼の仕事は全てゴミ箱行きとなる。

このような目的で人生を過ごすのに価値がありうるのは、文学が人間の営みの中でも最も重要なものの一つだと考える人の場合に限る。

61

文学についてのこういう主張を作者は常にしてきたものだが、それに加えて、もう一つこんな主張もする。即ち、作者というのは普通の人とは違うのだから、普通の人の守る規則に従わなくてもいい、と主張するのである。世間の人は、この主張に非難と軽蔑と嘲《あざけ》りをもって応じた。それに対して、作者はその個性によって異なる反応をしてきた。時には一般人との違いを片意地張った奇行で宣伝することもある。ブルジョワを驚かすためと称して、赤いベストをこれ見よがしに着たのはテオフィル・ゴーチエであった。ロブスターにピンクのリボンを付けて通りを引っ張ったのはジェラール・ド・ネルヴァルであった。逆に普通人と同じ人種だと見せかけることに皮肉な楽しみを見出した者もいる。裕福な銀行家を装って内部の詩人魂を隠したのはブラウニングであった。人間というものは誰しも相互に矛盾する複数の分身を束ねた存在かもしれないが、作家、画家は特にそのことに気付いている。一般人の場合は、送っている人生によって分身の一つが支配的なものとなり、意識下での心理を無視すれば、最後には一つの分身が全人格になる。ところが、画家、作家、聖人は常に自分の内奥を覗き込み、新しい分身を探す。同じ自分の繰り返しを嫌い、我知らず、一つの分身にならぬように努力するのである。芸術家が自己矛盾のない、首尾一貫した人間になる機会はない。

芸術家の人生と作品の間に乖離《かいり》があるのを世間の人が発見して――よく発見することがあるのだが――腹を立てることがある。例えば、ベートーヴェンの音楽における理想主義と彼の卑しい根性、ヴァーグナーの音楽における神々しい恍惚《こうこつ》と彼の身勝手や不正直、セルバンテスの文学における道徳面の曖昧さと彼のやさしさや寛大さ、などを調和させるのは不可能である。世間は怒りのあまり、こういう芸術家の作品には期待しているような価値がないのだと時には考えようとした。純粋で偉大な詩人が死後卑猥《ひわい》な韻文をたくさん残したと知り、世間はあっと驚いたことがある。全てが偽りだったという不安な気持に襲われたのだ。「何とひどいペテン師だったことか！」と世間は思う。だが、作家の本質は一個の人ではなく複数の分身の集合体、あるいは多数の人だということである。多数の人であるが故に多数の人間を創造できるのであり、その偉大さの尺度は何人の分身を包含しているかである。作家がある人物を創造して、読者がその人物に納得できない場合、それはその人物らしい分身が作家の内部にいないためである。他人を観察して創造したのであって、ただ描いただけであり、自分から生み出してはいないのだ。作家は「共に感じる」のではなく、「内部で感じる」のである。しばしば感傷主義に陥る同情ではなく、心理学者が感情移入と呼ぶものを持っているのだ。シェイクスピアは感情移入の能力を膨大に持っていたからこそ、あれほど生命力に溢《あふ》れ、同時に少しも感傷主義に陥らない作家だったのである。作家の多重人格に最初に気付いたのはおそらくゲーテであり、彼はそのことで一生悩んだ。作家としての自分と人間としての自分とを常に較べて、二者間の不一致を解消できなかった。しかし、芸術家の目的と普通人の目的は違う。芸術家の目的は創作であり、普通人の目的は正しい行動である。それ故、芸術家の人生態度はある意味で独特なものになる。心理学者は、普通人の場合、心象は感覚より不鮮明だと言う。心象は、感覚の対象について情報を与えるのに役立つだけの薄弱な経験であり、感覚の世界では行動の案内をする。普通人の白日夢は感情的な要求を満たし、現実世界で阻止された欲望を満足させる。だが、白日夢は実人生の淡い影であり、普通人の心の奥には、感覚の世界の要求が別の正当性を持つという認識が潜んでいる。ところが、作家の場合は逆なのだ。心象、即ち心に充満する自由な観念は、行動の案内などではなく、行動の素材なのだ。心象は感覚と同じ鮮明さを持っている。作家の白日夢は作家にとって非常に大切なので、感覚の世界が淡い影に思えて、意志の力で感覚の世界に至るべく手を差し伸べなくてはならないほどである。作家の築く空中楼閣《ろうかく》は基礎を欠く建物などではなく、彼が住む現実の城である。

芸術家の自己中心主義はひどいものである。生来独我論者であり、世の中は自分が創造力を行使するためにのみ存在すると思っている。彼は自分の一部だけで人生に参与し、人類共通の感情を全身で感じることが決してない。というのも、いくら必要に迫られても、彼は観察者であって行為者ではないからだ。そのため彼は非情に見えることが多い。女性は勘が鋭いので、芸術家を警戒する。彼女らは芸術家に惹かれるのだが、彼を完全に支配できないと本能的に感じる。支配したいと願うのだが、何故か逃げられると知っているのだ。他ならぬ大恋愛家のゲーテがこんなことを言っているではないか。自分は愛人の腕の中で詩を作り、彼女の形のよい背中を軽く叩きながら六歩格の詩の韻律を整えた、と。芸術家は一緒に暮らすのには向いていない。彼は作品を創造しようという気持では真剣そのものだが、彼の内部には別の彼が潜んでいて、その真剣さをからかっていることもありうるのだ。芸術家は信用できない存在だ。

神は人間に才能を授けるに際して、決まってマイナスのおまけもつける。作家は多重人格のお陰で、まるで神のように様々な人物を創造できるのだが、創造した人物を完璧に真実の存在にすることはどうしても出来ないのだ。リアリズムは相対的である。どんなにリアリズムの作家でも、自分自身の関心のあり方によって人物像を歪めてしまうのだ。彼は人物を自分自身の目で見る。結果として、人物を実際以上に自意識過剰にしてしまう。実際以上に内省的にし、複雑にしてしまう。作中人物の中に身を投じ、彼らを普通の人にしようと努めるのだが、うまく行かない。というのは、才能があり、作家をしていられるという特別の人間であるが故に、普通の人がどういうものであるか正確には把握できないからだ。彼が達成できるのは、真実ではなく、自分自身の性格の写しに過ぎない。彼が才能豊かであり、個性が強ければ、それだけいっそう彼が描く人生図は幻想的になる。もし後世の人が今日の世の中がどのようなものであったかを知りたいと思えば、個性的だと同時代人が感心している作家ではなく、凡庸な故に正確に周囲の様子を描写した平凡な作家を読むべきだ、と私は時に思ったものである。平凡な作家の名前を私はここでは挙げない。後世で尊重されるのが確かであっても、平凡だと言われるのは誰だって好まぬからだ。だが、チャールズ・ディケンズの小説よりも、アントニー・トロロプの小説において、人生のより正確な姿が見られるということは、述べても許されよう。

62

作家たるもの、自分が書いたものが自分以外の者にとっても価値があるかどうか、時には自問すべきである。この疑問は、世界が、少なくともそこに住む我々にとって歴史上いまだかつてなかったほど不安と惨めさの状態にあるように感じられる昨今なので、差し迫ったものと言えるだろう。私個人にとっては、とりわけ意味のある疑問と言わねばならない。というのも、私は作家だけでありたいと思ったことが一度もないからだ。私は人生を完全に生きたいと望んだ。どれほど僅かでも、世界をよくするために役割を果たすのが自分の務めだということに気付くと、落ち着かなかった。自分の生来の好みとしては、あらゆる種類の公《おおやけ》の活動から離れていたいのだ。これまでにもその時々の問題を考える委員会に出たことがあるが、非常に気が重かった。一生の全てを用いても、うまい文章が書けるようになれないと思ったから、時間が惜しくて執筆以外の活動には時間を使いたくなかった。執筆以外のことも大事だと心底から納得したことは一度もない。そうはいうものの、世界では何百万もの人が飢餓線上にあり、地球上の広い部分で自由が死につつあるか既に死んでいる状態にある。恐ろしい戦争が数年おきに繰り返され、その間は無数の人にとって幸福は手の届かないところにあるのだ。人生に価値を見出せぬ人がいるし、また、何世紀もの間、苦難に耐えることを可能にしていた未来への希望がはかない夢に終わりそうだと知って、呆然となった人もいる。こういう厳しい世界を思うと、芝居や物語や小説を書くのは、いかにも無益ではないかと自問せざるを得ない。私の考えうる唯一の答えは、作家の中には書く以外のことが何も出来ないように生まれついた者もいる、というものだ。書きたいから書くのでなく、書かざるを得ないから書く。世の中にはもっと差し迫ってすべきことがあるのかもしれないが、魂を創造の重荷から解放せねばならないのだ。たとえローマが燃えていても書いているのだ。世間の人は、消火のためにバケツ一杯の水も運ばないからと軽蔑するだろうが、仕方がない。バケツの運び方を知らないのだから。それに、火事を見ると心が躍り、様々な表現で頭が一杯になるのだ。

けれども、作家が現実の政治に関与したことも時々はあった。それは作家としての活動に悪影響を及ぼした。作家の助言が事態の処理に役立ったようには見えない。私が思い出せる唯一の例外はディズレーリであろうか。だが彼の場合は、執筆それ自体は目的ではなく、政治家になるための手段であったと言っても不当ではあるまい。現代は専門化の時代なのだから、靴屋なら靴屋をやり通したほうがいいと私は思う。

ドライデンが英語の書き方を十七世紀のティロットソンを研究して学んだと聞いたので、この宗教家のある一節を読んだところ、この件に関する次の文章に出くわしてほっとした。「政治の才があり政界に招聘《しょうへい》された人が進んで責務を背負うとき、吾人は喜ぶべきである。その人が政治を執り行ない、公人として生活することに耐え、忍耐心を発揮するのであれば、まったくもって大いに感謝すべきである。それ故、政治に参与すべく生まれ、育てられた人が存在し、慣れによって重荷に我慢できるというのは、世間一般の人間には幸いである……このような人とは違って、献身的な、引き籠もった、瞑想的な生活を送る者にとって有難いのは、多くの事柄に心を煩わされずに済むことである。

こういう者の知性と感情は一つのものに集中する。その感情の流れも力も全て一定の方向に向かう。その思考と献身は一つの偉大な目標で結ばれ、それ故、その人生は首尾一貫したものとなり、最後まで矛盾がないのである」

63

本書を書き出したとき読者に断ったように、私は何事にも確信をいだいてはいない。確かなのはそれだけである。様々な問題について自分の見解を整理しようとしたのであり、誰にも私の意見に同意してくれとは頼まなかった。書いたことを書き直すに当たって、「私の意見では」という表現を多くの箇所で削除した。自然にそのように書いたのだが、うるさいと感じたからだ。けれども、本書における私の全ての見解に、「私の意見では」が付くものと理解して頂きたい。本書の最後の部分に差し掛かった今、これまで以上に、ここで述べるのはあくまでも私の個人的な見解なのだということを繰り返しておきたい。皮相な見解かもしれない。相互に矛盾するものもあろう。あらゆる種類の偶然の経験から生まれ、特定の個性で色づけられた思考、感情、欲望の結果である意見が、ユークリッドの公理のような論理的な正確さに合致するなどということはあり得ない。劇と小説を論じたときは、これは作家として身近に知っていたことだったが、今や哲学者が扱う諸問題を取り上げるとなると、長年忙しく多様な人生を送ってきた者が取得した以上の特別な知識など、私にはない。人生も哲学を学ぶ学校であるが、その学校は当世風の幼稚園に似ている。そこでは子供は好き勝手にやらされ、自分が興味を持った課目だけを学ぶのである。子供の注意は自分に意味があると思えることのみに引きつけられ、自分に関心のない事柄には見向きもしない。心理学の実験室では、ネズミは迷路で目的地に辿り着く訓練を受け、やがて試行錯誤によって欲しい食べ物に至る道筋を学習する。これから論じようとしている問題において、私は複雑な迷路の道を走り回っているネズミと同じである。だが、欲しいものが得られるゴールがあるのかどうか、私には分からない。私の知る限り、どの道も行き止まりになっているようなのだ。

私はハイデルベルク大学でクーノー・フィッシャーの講義に出て初めて哲学に触れた。当時彼の大学での評判はたいしたもので、その冬学期はショーペンハウアーに関する講義をしていた。教室は混んでいて、いい席を確保するには早めに並ばねばならなかった。先生はお洒落で、背は低く、小太りだったが、きちんとした身なりをしていた。丸いとがった頭をしていて、短く刈り込んだ白髪で、赤ら顔だった。小さな目はよく動き、キラキラ光っていた。滑稽な獅子鼻《ししばな》は押しつぶされているように見え、哲学者というよりも年配のボクサーのようだった。ユーモア感覚のある人で、機知についての本を書いているくらいであるが、当時この本を読んだものの、中味は覚えていない。先生が冗談を言うと、聴講している学生から大きな笑いがよくわき上がった。声は力強く、はっきりしていて、感銘を与え、心躍らせるような話し方をした。講義を充分に理解するには、私は年若く無知であった。それでも、ショーペンハウアーの奇妙で独特な人柄は非常に鮮明に印象づけられたが、その学説の劇的価値とロマンティックな性格については混乱した印象を受けただけだった。もうずっと昔のことで、感想を述べるのは躊躇《ためら》われるが、フィッシャー教授は、ショーペンハウアーの学説を形而上学へのまっとうな貢献というより芸術品として扱っているような感じだった。

それ以来、ずいぶん哲学書を読んできた。読んで面白かった。実際、読書が大好きで中毒になっている者にとって、様々な書物の中で、哲学書くらい種類が豊富で分量が多く、かつ満足のゆくものは他にない。読書の対象として考えると、古代ギリシャは夢中になれるほど面白いけれど、資料が少ない。残っている僅かな文学作品や、古代ギリシャについての文献を全て読み切ってしまう時がやがて来る。イタリア・ルネッサンスも魅力的だが、話題としては小規模だ。根幹にあるアイディアは数少ないし、その芸術はずっと以前から創造的な価値を失ってしまっているので、退屈する。つまり、優雅、魅力、左右対称という印象しか受けなくなり、いつしか見飽きるのである。そして芸術を生み出した偉人たちは、全員が揃って多才なので型にはまった感じがする。イタリア・ルネッサンスに関しては資料が多くあり、永遠に読み続けられるけれど、読むべき資料が尽きる前に興味が失せる。フランス革命も興味津々の対象であり、その影響は現実的であるという点でも魅力がある。時間の点で身近であり、少し想像力を働かせれば、革命を起こした男どもの立場に自分の身を置くことも出来る。ほとんど同時代と言ってもいい。彼らがなしたこと、考えたことは、今日の我々の生き方に影響を与えている。ある意味で我々は皆フランス革命の子孫である。それに読む資料は無尽である。関係文献は数え切れないし、しかも、まだ決定的なことが言われていない。読むべき新しいもの、面白いものが常にある。だが満足は出来ない。革命を直接題材にした絵画や文学は取るに足りないので、革命を起こした男どもの研究に向かう。彼らについて読めば読むほど、その卑俗さと人間の卑小さに一層うんざりする。世界史上最大の劇の一つであるのに、役者が惨めなほど役にふさわしくない。このトピックからは結局、かすかな嫌悪の情をいだいて離れることになる。

その点、形而上学は決して失望させない。終わりに到達することはあり得ない。人間の魂と同じように多種多様である。まさに全分野の知識を扱うのであるから、形而上学はすごい。宇宙、神、不滅、人間の理性の特性、人生の目的、人間の力と限界を扱うのである。人間が暗い神秘的な世界を旅している間に襲ってくる様々な疑問に形而上学は直接答えられないとしても、人間に対して自らの無知を冷静に耐えるよう促す。諦念《ていねん》を教え、勇気を植え付ける。それは知性とともに想像力をも刺激する。そして玄人よりは素人に、人が退屈を紛らす最も甘美な喜びである、あの夢想の材料を与えてくれる。

クーノー・フィッシャーの講義に刺激されてショーペンハウアーを読みだして以来、偉大な古典的哲学者の主要な著作をあらかた読んだ。私が理解できなかった箇所は多くあったし、もしかすると、自分では理解したつもりでも、実際にはちゃんと理解できていなかったのかもしれない。それでも夢中で読み耽った。いつ読んでも退屈だったのはヘーゲルだけだった。これは私がいけないのであろう。十九世紀の哲学思想に及ぼしたヘーゲルの影響は、彼の重要性を示している。私は彼をひどくくどいと思ったし、彼がその気になれば何でも証明してしまうときの手品も不快だった。ショーペンハウアーがヘーゲルを軽蔑する口調で語っていたのに影響されて、私は偏見を持っていたのかもしれない。しかし、プラトン以降の全ての哲学者を読み、私は未知の国を旅する旅行者の喜びを覚えて、一人また一人と夢中になった。批判的に読んだのではなく、小説を読むのと同じように、興奮と快感を求めて読んだのである(私が小説を読むのは知識を求めてではなく楽しみのためであるのは既に告白した通りであり、その点、読者の寛恕《かんじょ》を願う)。人間性を研究している者であるから、私は哲学者が見せてくれる赤裸々な姿から多大の喜びを得た。哲学の背後の人間を見て、崇高さに心が高揚することもある一方、奇妙さに笑ってしまうこともあった。プロティノスが「一者《ト・ヘン》」から「一者」へと飛翔する際に、その姿をめくるめく思いで追いながら素晴らしい歓喜を覚えた。デカルトは立派な前提からとんでもない結論を引き出すとその後知ったけれど、最初は表現の明晰さに魅せられた。デカルトを読むのは、底が透けて見えるくらい澄んだ湖で泳ぐのに似ていた。あの水晶のような水は驚くほどさわやかだった。スピノザを初めて読んだときは、生涯で最も記念すべき経験だった。何だか高い山脈を目にしたときのような高揚した気分で満たされた。

それからイギリスの哲学者たちに辿り着いたのだが、実は私にはもしかすると偏見があったのかもしれない。ドイツにいたとき、イギリスの哲学者はヒュームを除けば皆とるに足らない、と聞かされていたのだ。そのヒュームでさえ、カントが論破したので注目に値するだけだという評判だった。ところが、いざ読んでみると、彼らは哲学者であるとともに稀にみるほど文章の達人であることを知った。彼らは思想家としてはすぐれていないのかもしれないが、もとより私には判断する資格などない。しかし、とても風変わりな人間であるのは確かである。例えば、ホッブズの『リヴァイアサン』を読めば、彼の人格がぶっきらぼうな生粋のジョンブルであるのに心を奪われない者はいないだろうし、バークリの『対話』を読めば、この愉快なアイルランドの聖職者の魅力に酔わぬ者はいない。さらにヒュームの説はカントが粉砕したのかもしれないが、哲学書をヒュームほど優雅に上品に明確に書くことは誰にも出来ないことである。彼ら全て、その点ならロックも入れてよいだろうが、英語の文体を学んでいる者が真似したらいいような英語を書いた。私は執筆するときは、それに先だってヴォルテールの『カンディード』を読み返して、明瞭、優雅、機知の試金石を頭の奥に入れるようにするのだが、今日のイギリスの哲学者も、執筆に取りかかる前にヒュームの『人間知性の探究』を熱心に勉強しても悪くないと思う。というのは、現代のイギリスの哲学者はよい文章を書く人ばかりではないからだ。もしかすると、彼らの思想は先輩の哲学者よりずっと複雑になっているので、自分たちの間で使う専門用語を使わざるを得ないという事情があるのかもしれない。だが、専門用語の使用には気をつけるべきだ。ものを考える一般人にとって差し迫った問題を扱うような場合、読んだ人が理解できるように平明に表現できないのは遺憾である。ホワイトヘッド博士は、今日の哲学者の中でも最もすぐれた頭脳の持主だと聞いている。だとすれば、博士が意味を明確にするために骨を折らないのは遺憾である。スピノザは物の本性を説いたとき、彼が用いる用語の意味が普通の人が使う意味にあまり反しないよう心掛けたのであるが、これはいい方針だ。

64

哲学者が文人でもあってはならない理由などない。だが、いい文章を書く能力は生来のものではない。苦労して身につける技術である。哲学者は仲間の哲学者や学位を取ろうと勉強している学生のために語るだけではない。未来の世代の思考を直接形成する文人、政治家、ものを考える人などにも語るのだ。こういう連中は、当然ながら、心に響き、しかも理解するのが難し過ぎないような哲学に惹かれる。ニーチェの哲学が世界の一部にどういう影響を及ぼしたかは誰しも知っているが、その影響が有害でなかったと主張する者はまずいない。それが流行したのは思想の深さのせいだと思うかもしれないが、そうではなく、生き生きとした文体と表現形式のせいであった。自分の思想を明確に伝える努力をしない哲学者は、自分の思想が学問的な価値のみだと考えているとしか思えない。

哲学者でもお互いに理解できないことが時にはあると気付くのは、私には慰めであった。ブラッドリーは、今論争している相手の言う意味が分からないと、しばしば言った。またホワイトヘッド博士は、ブラッドリーのある発言は自分の理解力を越えていると、あるところで述べている。名高い哲学者が相互に必ずしも理解できているわけではないのであれば、しばしば素人が理解できないことがあっても仕方ないと言わざるを得ない。むろん形而上学は難しい。それは覚悟している。素人は、体のバランスを取る竿《さお》なしで綱渡りをしているのであり、うまく安全な地点まで何とか辿り着けば感謝すべきである。それでもこの芸当は、転げ落ちる危険を賭してもいいほど胸が躍る。

哲学は高等数学の一分野であるという主張があちこちでされているのに気付き、狼狽した。私には信じがたかったけれど、もし知識が、それも人間すべての安寧に必須の知識が、進化論が説くように生存競争における実際的な理由でごく限られた特殊な才能を持つ者のみ享受できるというのであれば、数学の頭のない私の出る幕はないと思った。たまたま運良く、ブラッドリーが自分は数学の頭がまるでないと認めているのを発見しなかったら、せっかく楽しみにしていた哲学研究を断念するところだった。ブラッドリーといえば一流の哲学者である。味覚には個人差があるが、味覚がなければ、人類は滅亡する。高等数学者でなければ、宇宙や、そこにおける人の地位、悪の神秘、リアリティの意味などについて、まっとうな考えを持てないなどというのは奇妙だ。二十のクラレット酒について、一年の誤差なしに製造年代を当てられなければワインを楽しめないと言うのと同じくらい奇妙だ。

そもそも哲学は哲学者や数学者とだけ関係があるのではない。人間全体に関係する問題である。大多数の人が、哲学が扱う問題に関する考えを又聞きで鵜呑みにしているのは事実であり、大部分の人は自分が哲学らしきものを持っているのを知らない。しかし、最も無思慮な人でも、口には出さずとも、何らかの哲学を持っている。この世で最初に「覆水盆《ふくすいぼん》に返らず」と言った老婦人は、それなりの哲学者だったのだ。後悔は無益だという思想を述べたのであるから、一つの哲学体系が窺《うかが》われる。決定論者に言わせれば、人が人生で踏み出すどの一歩も、今の自分のありようで決まっていることになる。ありようには、筋肉、神経、内臓、頭脳だけでなく、習慣、意見、思想も含まれる。こういうものは、本人はほとんど意識しなくても、また、どれほど矛盾し、理不尽で、偏見があっても、現に存在して行動や反応に影響している。言葉で表明したことがなくても、それらが哲学なのである。大多数の人が自分のありようの全てを哲学のように体系化しないというのは、却って好都合であろう。それは思想、少なくとも意識的な思想ではなく、一種の漠然たる感覚である。生理学者が少し以前に発見した「筋肉感覚」のような感覚で、自分の暮らしてきた社会の通念であり、それを自分の経験で僅かに修正した程度のものに過ぎない。大多数の人は決まり切った人生を送り、混ぜこぜの考えや感じなどから成るこの感覚があれば、それで充分生きて行ける。大昔からの知恵なども含まれているから、日常生活にはまことに適切な感覚である。しかし私は違う。自分ならではの人生模様を描いて生きたいと望み、若いときから、自分が考慮すべき人生の諸要素が何であるかを見定めたいと思った。宇宙の全般的な構造についての知識も可能な限り得たいと望んだ。現世しかないのか、それとも来世もあるのか、その点をはっきりさせたかった。自分が自由な行為者であるのか、それとも自分の意志に従って自分を形成しているという感情は幻想であるのかを知りたかった。人生に意味はあるのか、それとも、自分が人生に意味を付与するように努力すべきなのかを知りたかった。こうして私は哲学書を手当たり次第に読み出した。

65

最初に私の目を引いた問題は宗教だった。自分が今暮らしている現世だけを考慮して行動すればいいのか、それとも現世は来世に備えて自分を鍛錬すべき試練の場とみなすべきなのかを見極めることが、この上もなく重要であるように思えた。『人間の絆』を書いたとき、主人公が信じて育ってきたキリスト教の信仰を失う経緯を述べるのに一章を当てた。この本をタイプ原稿の段階で、当時私に親切な関心を寄せてくれていた大変賢い女性が読んだ。この章は不適切だと彼女は言った。私は書き直したが、あまり改善できなかったと思う。というのも、私自身の経験を描いたのであり、キリスト教について私が辿り着いた結論の理由が不適切なものであるのは疑いなかったからだ。何しろ無知な少年の理由だったのだ。しかも頭でなく心の理由だった。両親が亡くなったとき、私は牧師の叔父に引き取られた。叔父は五十歳で、子供がいなかったから、今思えば、小さい子供の世話を押しつけられて、さぞかし迷惑だったに違いない。叔父は朝夕に祈りをあげ、みんなで日曜日には二度教会に行った。日曜日は忙しい日だった。教区の中で一週間に七日働くのは自分ぐらいのものだと、叔父はいつも言っていた。しかし実際のところは、信じられないほど怠け者で、教区の仕事は副牧師と教区委員に任せていたのだ。それでも、感化されやすい子供であった私はまもなくとても宗教心が厚くなった。最初は牧師館で、後には学校で、教えられたこと全てを何の疑いもなく信頼しきって受け入れた。

私が個人的にとても気になっていたことが一つあった。学校に入ってまもなく、自分がどもりであるのはとても大きな不運であると分かった。学校で周囲のみんなに嘲笑され、いつもひどい屈辱感を味わった。聖書には信仰心があれば山をも動かせると書いてあった。叔父に聞くと、文字通りの真実だと言った。明日は学校へ戻るという日の前夜、どうかどもりを治してくださいと必死で神に祈った。信仰心が厚かったから、翌朝起きれば他の人のように口が利けると確信して床《とこ》に就いた。クラスメイト(まだ予備部門に在籍していた)が、私がもうどもらないと知って驚く姿を想像した。歓喜に溢れて起床したが、前と同じくどもっていたのを発見して、どんなにひどいショックを受けたことか！

年長になり、キングズ・スクールに進んだ。先生たちは牧師だった。愚かで怒りっぽかった。私のどもりに苛立ち、ほうっておいてくれればいいのに、そうはしないで私をいじめた。どもるのは私の落ち度だと思っているようだった。まもなく、叔父が自分の安楽しか考えぬ身勝手な人だと発見した。近隣の牧師たちが時に牧師館にやって来た。その一人は牛を餓死させたといって裁判で罰金を課されたし、もう一人は泥酔の罪で有罪になり牧師職を辞めざるを得なかった。教会では、人間は神の面前で生きているのであり、人間の主たる任務は自らの魂を救済することである、と教えていた。ところが、こういう牧師たちが自分の説くことを誰一人として実践していないのは明白だった。私の信仰心は厚かったけれど、家でも学校でも無理やり教会通いをさせられてうんざりしていたから、ドイツに行ったときは、教会に行かなくてもよいのでほっとした。それでも数回、好奇心からハイデルベルクのジェズイット教会の荘厳ミサに出てみた。叔父は生来カトリックに共感を持っていたが(叔父は高教会派であり、そのため選挙のときは庭の塀に「この道はローマに通ず」と落書きされた)、それでもカトリック教徒は死後地獄で火あぶりにあうと信じていた。叔父は永劫の責め苦を盲目的に信じていた。教区にいる非国教徒が大嫌いで、国がこの連中を大目に見ているのを恥ずべきことだと思っていた。連中は永遠に地獄に堕《お》ちるのだと考えて、慰めとしていた。天国は英国国教徒のために取ってある、というのだった。私は自分がその信徒仲間の間で育てられたのを神の大いなる慈悲であるとして受け入れた。それはイギリス人に生まれるのと同じく素晴らしいことだった。

しかしドイツに行くと、ドイツ人が、私がイギリス人であるのを誇っているのと同じようにドイツ人であるのを誇っていることを発見した。イギリス人は音楽が分からないとか、シェイクスピアのよさはドイツでのみ理解されているとか、そんな話も聞いた。イギリスは商人の国だとか言っていた。きっと、ドイツ人は芸術家、科学者、哲学者としてイギリスよりもはるかに上だと思っていたのだ。これにはショックを受けた。そんな気分のときにハイデルベルクの荘厳ミサに出たのだが、戸口まで溢れんばかりに教会に集まっている学生たちがとても敬虔であるように見えた。実際、彼らは、私が英国国教を信じているのと少しも変わらぬ熱烈さでカトリック教を信じているのは明白だった。これは奇妙だった。彼らの宗教はむろん偽りであり、私の宗教は真実であるのだと堅く信じていたからだ。だが、私には生まれつき強い信仰心はなかったのだと思う。あるいは、若者らしい不寛容のせいで、知っている牧師たちが説いていることと実際が違うのでひどくショックを受けたに違いない。とにかく私は既に疑問をいだいていたと思えるのだ。そうでもない限り、あのとき頭に浮かんだちょっとした考えが、私にとって非常に重要な意味を持つ結果にはならなかったであろう。頭に浮かんだのは、もし私が南ドイツで生まれていたら、当然カトリック教徒として育ったということである。自分のせいではない誕生地のために永劫の責め苦にあうというのは納得できなかった。無邪気な私は不公平に反発した。次の段階は楽だった。ひとがどういう宗教を信じようと、少しも問題ではない、スペイン人だろうと、ホッテントットだろうと、それを理由に神が地獄に落とすはずはないという結論に達した。この段階で留まってもよかったところである。私にもっと知識があれば、十八世紀に流行《はや》っていた理神論のような考え方を採用してもよかったところだ。しかし私の頭にそれまで注ぎ込まれていたキリスト教に関する様々な教えが一緒くたになっていたので、その一つが理不尽に思われ出すと、他の教えも不当に思えてきたのである。こうして、そもそも神への愛でなく、地獄の恐怖に基づいていたその恐ろしい全体系は、トランプの家のようにはかなく崩壊してしまった。

少なくとも頭では神を信じなくなった私は、新しい自由の歓喜を覚えた。しかし、人は頭だけで信じるのではない。魂の奥底では以前の地獄の業火への恐怖心がまだくすぶっていて、そのため、歓喜はその先祖以来の恐怖の影のせいで長いこと薄められていた。もう神は信じていなかったが、骨の髄では悪魔を信じていた。

66

医学生として新しい世界に入ったときに追放したいと望んだのは、まさにこの恐怖心だった。たくさんの本を読んだ。本には、人間は機械の法則に支配される機械であり、機械の電池が切れれば人間は死ぬのだ、と書いてあった。病院で人の死を目撃し、そのあっけなさに愕然《がくぜん》としつつ、本が教えた通りだと確信した。宗教や神の観念は、人類が生きてゆく便宜上、徐々に作り上げられてきたものであり、かつては人類の生存のために価値のある何かを表わしていたが(今でも価値ありという意見もあろう)、その点は歴史的に解明するしかなくて、とにかく現在はそれに対応するものが何もない、と信じて満足した。私は自分を不可知論者と称したが、心の奥底では、神は理性的な人間が拒否すべき仮定だとみなした。

だが、もし私を地獄の業火に落とす神も存在しないし、落とされる魂もないのだとすると、そして、私が機械的な力の玩具《おもちゃ》であり、ただ生存競争に駆り立てられているのだとすると、善というものに私が教えられてきたような意味があるとは思えなくなった。そこで倫理学の本を読み出した。何巻ものひどく長い大著を丁寧に読んだ。そして私の得た結論は、人は自分の快楽のみを追い求め、他者のために自己犠牲を払ったときにも、自己満足以外の何かを求めているというのは幻想に過ぎないというものだった。そして未来は不確実なので、今可能な快楽に飛びつくのが常識に過ぎないのだ。正しいとか不正であるというのは単に言葉であり、行動の規則は人間が身勝手な目的のためにでっち上げた慣習に過ぎない。自由人は自分の都合に合う場合以外はそんな規則に従う理由はない、と思った。そのころ私は警句が好きだったし、世間でも流行《はや》っていたので、自分の考えを警句仕立てにして、「街角の警官に気をつけながら、自分の好みに従うべし」と述べた。二十四歳までに完全な哲学体系を作り上げてしまった。「物事の相対性」と「人間の周辺性」という二つの原理に基づくものだった。前者はあまり独創的なものでないと、その後知った。後者は深遠なものだったかもしれないが、どう頭をしぼってみても、どういう意味であったかは思い出せない。

あるとき、とても気に入ってしまった短い話を読んだ。それはアナトール・フランスの何巻かの『文学生活』のどこかの巻にあるはずだ。ずいぶん前に読んだのだが、ずっと頭に残っている。およそこんな話だ。東方の若い王が即位したとき、王国を正しく治めるために賢者を集めて、世界の知恵を収集して王が読んで最善の身の処し方を学べるように書物にまとめよ、と命じた。賢者たちは各地を訪ね、三十年後に五千冊の本をラクダの隊列に運ばせて来た。人間の歴史と運命に関して私どもが学んだ全てがここにあります、と賢者は言った。ところが王は国事に忙しく、そんなにたくさんの本は読めなかった。そこで王は賢者たちに、その知識をもっと少ない冊数に減らしてくるように命じた。十五年後、ラクダは五百冊を運んで戻って来た。世界の全ての知恵がここに詰まっております、と賢者は王に言った。しかし、これでも多すぎたので、王は再度命令した。十年が過ぎ、今度はたった五十冊にして賢者は戻った。だが王は既に年を取り疲れていた。そんな少ない冊数でさえ読む時間がなかった。そこで賢者たちに、王が知るべき最も大切なことが何であるかが分かるように、全世界の知識を一冊に要約してくるように命じた。賢者たちは去り、仕事をして五年後に戻って来た。最後に賢者たちが戻って来たときには、王はもう老人になっていた。王の手元に努力の結晶である一冊を置いたが、王は瀕死の状態にあり、最後の一冊さえ読む時間がなかった。

私が探し求めていたのは、まさにこのような本だった。私を悩ますあらゆる問題をきっぱり解決してくれ、全てが永久に片づいたというので、何の支障もなく自分の人生設計通りに生きていけばよい——そんなことを可能にしてくれる本が欲しかったのだ。そのために万巻の書を読みあさった。古典的哲学者を読み終えると、現代の哲学者にも向かった。もしかすると、私の求めているものは現代の哲学者の中に見つかるかもしれないと思ったのだ。しかし彼らの間に見解の一致はあまり見られなかった。彼らの本にある他の哲学者を批判している部分は納得できると思ったが、建設的な部分は、これという欠陥はないものの、どうも賛成できぬと感じざるを得なかった。哲学者たちは、その学識、論理性、分類能力にも拘わらず、みな理性に導かれてそれぞれの信念をいだくようになったわけではなく、生来の気質によって信念を押しつけられたのだという印象を受けた。そうでなければ、こんなに長い年月をかけたのに、いまだにこれほど深く見解が隔たっているのは理解できない。どこで読んだか忘れたが、フィヒテが、人がどういう哲学を信じるかはその人の人間性による、と言ったそうである。そうだとすれば、私は見つけられないものを探していたことになるのかもしれない、と思った。もし哲学には万人が信じうるような普遍的真理はなく、個人の気性に合致する事実しかないのであれば、私は探求の範囲を狭めて、気質の類似のせいで考え方も似ている哲学者を探すしかない、と思った。私を悩ます問題にその哲学者が出す解答こそ私の気質に合う唯一可能な解答であるので、きっと満足できるだろう。

一時期、実用主義者《プラグマティスト》に心惹かれた。その前に読んだイギリスの有名大学の哲学者の書いたものからは期待したほどに得るところがなかった。彼らは非常にすぐれた哲学者であるにはあまりにも紳士的すぎるように思えた。議論を論理的結論まで展開させないことがあり、それが親しい関係にある学者仲間を怒らせたくないという気遣いのせいであるという疑いを時に棄てることが出来なかった。その点、プラグマティストは活気があった。とても生き生きしていた。彼らの中で一番重要な学者は文章が上手だった。私には見当もつかない問題を彼らは難なく処理しているように見えた。それでもやはり、真理は我々の実際的な必要に見合うように我々が形作るものだという彼らの説をいくら信じたいと思っても、信じることが出来なかった。また、全ての知識の基礎である感覚与件《センス・データ》は、外から与えられるものであり、便宜に合うか合わないかとは無関係に受け入れるべきものだという主張も、私には受け入れがたかった。さらに、我々が神は存在すると信じて心が癒《いや》されるならば、神は存在するという議論も納得できなかった。私はプラグマティストに次第に興味を失った。ベルクソンを読んで面白いとは思ったが、ひどく納得できない議論を展開すると感じられた。ベネデット・クローチェにも私の目的に合致するものが見出せなかった。一方、バートランド・ラッセルは、私の好みに合う文章を書く哲学者だと思った。平易な文章で理解しやすいし、英語が素晴らしかった。感心しながらラッセルを読み進めた。

ラッセルを私の探しているガイドとして受け入れてもいいと思った。彼は世間を知っているし、常識もあった。人間の弱みに寛大だった。しかしまもなく彼が道をあまり知らないのを発見し、思いとどまった。彼の心は落ち着きがなかった。こんな具合だ。家を建てたいと言うと、レンガ造りがいいと勧め、それから石造りがよい理由を提出してくる。こちらが同意すると、次は鉄筋コンクリートに限るという根拠を述べ出す。この議論の間中こちらの頭上には屋根がついていないのだ。私の求めていたのは、ブラッドリーの哲学のように首尾一貫して独立していて、各部が必然的に繫《つな》がり、一部が変わると全体の組織がばらばらになるような哲学体系であった。ラッセルはこのようなものを与えてくれなかった。

遂に私は、一冊で完全に満足のゆく本など、いくら求めても見つからぬという結論に達した。そういう本は私自身の表現でしかあり得なかったからだ。そこで慎重さを棄て、勇を鼓して自分で一冊書くしかないと決心した。そこでまず大学生が哲学の学位を取るために読まねばならぬ書物を調べて、一所懸命読み出した。それで私の書く本の少なくとも基礎作りは出来ると思った。これと、四十年の生涯(そのような本を書こうと思いついたとき四十歳だったのだ)で獲得した世間についての知識と、さらにこれから数年かけて哲学書をせっせと勉強すれば、目指す本が書けそうに思われた。私以外の人には価値がないことには気付いていた。ただ、玄人の哲学者とは違う種類の充実した経験をしてきた内省的な男の魂《ソウル》(より正確な語がないので魂と呼ぶが)の一貫した肖像として、少しは価値があるとも考えた。自分に形而上学的な思索の才がないのは自覚していた。私の心積もりでは、私の頭だけでなく、頭より大事な本能、感情、根深い偏見(自分の一部になっていて本能に近い偏見)などの総体を満足させる学説を様々な哲学書から取ってきて、それらを利用して、以後の人生行路を進むうえで役に立つ体系を作り上げる予定だった。

ところが、読めば読むほど問題はますます複雑に思えるようになり、自分の無知を痛切に思い知らされた。とりわけ失望したのは哲学雑誌を読んだときで、そこでは、どうやら重要なことらしいが、事情に疎《うと》い私には些細と思える問題が長々と議論されていた。問題の扱い方、論理の仕組み、各論点が論じられるときの慎重さ、予想される異議への対応、論者が専門用語を最初に用いる際の定義の仕方、引用する場合の典拠の示し方などを見て、哲学というのは、少なくとも現代では、専門家間でのみ取り扱われるものだと考えるしかなかった。微妙なところは素人には分からない。予定した本を書く準備に二十年くらいは要るし、たとえ完成できたとしても、アナトール・フランスの物語の王のように私は瀕死の状態になっていて、せっかくの労作も自分自身にさえ無益に終わるであろう、と思った。

それで考えを断念した。そのときの努力の跡は、以下のページにある僅かな纏まりのないメモに示されている通りである。このメモに対してはもちろん、そこで用いた言葉に対してすら私の独創だと主張する気はない。まるで浮浪者が慈悲深い農夫の妻が恵んでくれたズボン、案山子《かかし》から盗んだ上着、ゴミ箱から持って来た片方だけの靴、道で見つけた帽子で身なりを整えたようなものである。ボロ着に過ぎないが、何とか気持よく着ていて、見栄えは悪くても自分には丁度いいと思っている。もし格好いい青いスーツ、新品の帽子とよく磨いた靴という出で立ちの紳士に道ですれ違えば、立派だとは思う。

でも、そんな服装では自分はあまりくつろげないし、むしろボロ着のほうが合っていると思っている。

67

カントを読んだときは、若いころ好んだ唯物論およびそれに伴う生理学的決定論を破棄せざるを得ないと感じた。その当時はカント哲学をこき下ろした反対論を知らず、カント哲学には感情的に満足した。カントの未知の物自体《ディング・アン・ジッヒ》を考えるのは胸が躍ったし、「現象」から構築した世界に満足を覚えた。妙な解放感を味わえた。しかし、人は己の行為が普遍的規則となるように行為すべきだという教えには、たじろいだ。私は人間が多種多様だと強く確信していたので、こんな教えが理屈に合うとは思えなかった。ある人には正しいことも、他の人には正しくないということが充分ありうるのだ。私自身について言うと、構われないのが好みだったが、そういう人は少なく、私が構わずにいると、意地悪だ、身勝手だと文句を言われた。観念論の哲学者を長く研究していると、どうしても独我論に触れざるを得ない。観念論はともすると独我論に移行しがちである。哲学者はバンビのように怯《おび》えて独我論から身を引くけれど、論を進めるとまた独我論に行き着く。私の見るところ、独我論に移行せぬ理由は論議を最後まで推し進めないからに過ぎない。独我論は小説の作家を惹きつけざるを得ない説であり、その説くところは、小説家が日常的に行なっていることである。独我論には完璧さと優雅さがあって、それなればこそ非常に魅力的なのである。ところで、本書の読者が様々な哲学体系に通じているとは限らないので、よく通じている読者にお許し願って、ここで独我論の説明を簡単にしておこう。独我論者は自己と自己の経験のみを信じる。彼は自分の活動の舞台として世界を創造する。彼の創造する世界は、彼自身と彼の感じたり考えたりすることで成り立っていて、その他には何も存在しない。知りうるもの全ても、経験一つ一つも彼の頭にある観念であり、彼の頭なしでは存在しない。彼自身の外に何かを想定する可能性も必要性もない。彼にとって、夢と現実は同じである。人生は夢であり、その夢の中で彼は目の前に現われる対象を創造する。それは、首尾一貫した整合性のある夢であり、彼が夢を見なくなったら、美や苦悩や悲哀や想像を絶する多様性などを有する世界は終わる。まさに完璧な哲学である。ただし欠点が一つある。それが信じられないということだ。

こういうことに関して一冊の本を自分で書くという野心をいだいたとき、私は最初から始めようと思って認識論を勉強した。しかし当たってみたどの学説にも納得できなかった。どの説についても、その価値を判断する能力のない素人は、自分の先入主を最も満足させる説を自由に選んでもいいに違いないと、私は思った(ついでながら、素人というと哲学者は軽蔑するけれど、たまに素人の見解が哲学者のそれと一致する場合もあり、そういうとき哲学者は妙に素人説に価値があるような態度を取る)。素人は判断できないなどと遠慮せずに思い切って述べれば、次の説がもっともらしいかなと思う。私が言うのは、所与《ザ・ギヴン》と称するある基本的な材料と、類推可能な他者の理性の存在と、これら以外には人間が確信しうるものは皆無であるという説のことである。その他の人間の知識は、生きて行く便宜のために頭で作り上げた虚構である。進化の過程において、始終変化してやまぬ環境に自らを適合させねばならないので、人間はあちこちから自分の目的に合うというので集めて来た断片を使って一つの世界像を作った。これが人間の知る現象の世界である。実在とは現象の世界の根拠として人間が思いついた仮定に過ぎない。もしかすると、人間が別の断片を集めて来て組み合わせ、別の世界像を作ってもよかったのかもしれない。しかもこの別の世界像も、我々が知っている世界像と同じく首尾一貫し、真実であったかもしれないのだ。

肉体と精神の間には密接な関連などないと作家に説こうとしても難しいだろう。フローベールがエンマ・ボヴァリーの自殺を描写したとき、彼自身が砒素《ひそ》中毒を患《わずら》ったということはよく知られているが、これは全ての小説家が経験して来ていることの極端な例に過ぎない。執筆中に作家はたいてい風邪をひいたり、熱を出したり、痛みや苦痛、時には吐き気を覚えたりする。その一方、すぐれた作品の多くが書けたのは、肉体の病的な状態のお陰であることにも気付いている。作家というものは、自分の最も深い感情や霊感によって浮かんだような素晴らしい考えの多くが、実は運動不足や調子の悪い肝臓のお陰であると自覚しているので、自分の霊的体験を多少皮肉に眺めるのは否めない。そのように眺めれば霊的体験をうまく扱えるから、皮肉な見方をするのは具合がよい。私自身について言えば、物質と精神との関係について哲学者が素人でも分かるように述べた諸説のうちで、スピノザの考えが今でも一番満足がゆくと思う。彼は「考える実体」即ち精神と、「広がった実体」即ち物質と、この二つが実は同一だと説いた。しかしもちろん、今ではこれをエネルギーと呼ぶほうが便利である。バートランド・ラッセルは、私の誤解でなければ、このスピノザの説を彼なりの現代風の言い方で、精神界と物質界の生《なま》の素材である「中性的素材《ニュートラル・スタッフ》」という言葉を用いて表現していると思う。物質と精神の関係を自分なりに分かりやすく頭に入れたいと思って、精神を物質のジャングルの間をどんどん押し進む川に喩《たと》えてみた。しかし川はジャングルであり、ジャングルは川である。というのは、川とジャングルは同一だからである。生物学者が将来実験室で生命の創造に成功するというのはありうることである。そうなれば、こういう問題がもっとはっきりするだろう。

68

ところで、素人の哲学への関心は実際的である。人生の価値は何か、どのように生きるべきか、宇宙にどういう意味を付与すべきか、などへの答えを求めているのである。もし哲学者が尻込みして、このような質問に対する暫定的《ざんていてき》な答えすら拒むのであれば、社会的責任を回避していることになる。ところで、一般人が直面している最も差し迫った問題は悪の問題である。

哲学者が悪について語るとき、例として歯痛を持ち出す人がかくも多いのは妙なことである。他人の歯痛は分からないと指摘するわけだが、まあそれはその通りではある。哲学者は人生の苦労など知らずに安楽な生活を送っているので、まるで歯痛が彼らの経験する唯一の苦痛ででもあるかのようである。しかし悪が歯痛並みのものなら、いずれアメリカ流の歯科技術が世界中で向上すれば、悪の問題は万事解決だと思ってしまうではないか。哲学者に大学教員として若者に哲学を教える資格を与える前に、大都市の貧民街で社会奉仕を一年やらせるとか、肉体労働で生活費を稼がせるとか、そういう義務を課せばいいと、私は何遍も考えたことがある。もし彼らが子供が脳膜炎で死ぬところを見たなら、自分が関心を持つ問題のいくつかに違った見方で付き合うことであろう。

問題がさほど差し迫っていなければ、ブラッドリーの『現象と実在』の悪を論じた章を読んで、誰もが皮肉な薄笑いを浮かべるに違いないと思う。呆れるほど紳士ならではの論じ方なのだ。悪を重要な問題として取り上げること自体、いささか品を欠くことであり、悪の存在は認めなくてはならないが、大騒ぎするのは理性的ではない。いずれにせよ、悪の存在は誇張されているのであり、悪にも多くの善の部分があるのは明白だ。だから全体としてそう気にすることはない、と彼は主張する。「絶対者」は対立があればあるだけ、また、対立で生じる多様性が増せば増すだけ、それだけ豊かになる。機械において、部分の抵抗や圧力が予想外に役立つことがあるが、「絶対者」においても、はるか高い次元で似たようなことがありうるのだ。そうであれば、悪も間違いなく意味を持つ。悪と過失は大きな仕組みに仕え、仕組みにおいて意義を与えられる。悪は高い次元の善において役割を果たし、この意味で、それと気付かずに善となる。要するに、悪は人間の感覚の勘違いであり、それ以上のものではない。これがブラッドリーの見解である。

この問題について他の流派の哲学者がどう言っているか、それも知ろうと試みた。だが、それほど多くの収穫は得られなかった。悪については論ずべきことが多くないのかもしれないし、哲学者が自分たちのたっぷり論じうるような問題を重要視するのも無理からぬことなのかもしれない。それにしても、彼らが述べた僅かばかりの発言の中で私を納得させるものはさらに僅かである。人が耐え忍ぶ悪は、ひょっとすると人を教育し向上させるのかもしれない。しかし、世間を見れば、それが一般に通用する原則とは思えない。勇気と同情は素晴らしいものだが、危険と苦難なしでは生じ得なかったであろう。目をつぶされた人を救うために命を賭した兵士に与えられるヴィクトリア勲章が、視力を失った本人にどういう慰めをもたらすのか、私には分からない。施しをするのは慈善心の現われであり、慈善は美徳である。だが、その美徳は、貧しさの故に施しを受けた不具者がいるという悪の埋め合わせとなるだろうか。悪はどんな所にも存在する。

苦痛、病気、愛する者の死、貧困、犯罪、罪、裏切られた希望など、いくらでもある。哲学者たちはどのような説明をするのだろうか。ある者は、悪は我々が善を知るために論理的に必要なのだと言う。また、世界の性質の故に善と悪の対立があり、一方はもう一方にとって形而上学上必要なのだと説く者もいる。神学者はどう説明しているのであろうか。ある者は、神が人間を鍛えるために地上に悪を置かれたと言う。ある者は、罪の故に人間を罰するために神は悪を人間にもたらされたのだと説く。だが、私は子供が脳膜炎で苦しんで死んで行く姿を見たのだ。その私の感性と想像力に納得のゆく説明は、たった一つしか見付からなかった。それは輪廻《りんね》、魂が生まれ変わって行くという考えである。誰もが知っているように、この説では、人の生は誕生で始まって死で終わるというのではなく、不定の長さのいくつもの生の連鎖の一部であり、それぞれの生は前世になした行為次第で決められる。前世での善行によって天の高さまで引き上げられる一方、悪行によって地獄の底に落とされることもある。全ての生命は、神々の生命でさえいずれ終わりになり、生の連鎖から解放され、「涅槃《ねはん》」に達して休息と幸福を得るのである。自分の人生における悪が、前世で自分が犯した過誤の必然的な結果だと考えうるならば、耐え忍ぶのが少しは楽になるであろう。もし来世における別の人生で今より幸福になれるのなら、現世で善行を積むべく努力するのが楽になろう。しかし、人は自分の災難を他人のそれよりも身近につらく感じるけれど(哲学者の言うように、他人の歯痛は分からないというわけだ)、憤慨するのは他人が災難を蒙っている場合である。自分の不幸は諦めることも可能だが、「絶対者」の完全さに心を奪われている哲学者以外は誰も、不当と思えることの多い他者の災難を平然とは見ていられない。しかし「業」が真実であるなら、他人の災難を気の毒に思いはしても、辛抱して眺められるであろう。また災難に対して反発するのは見当外れであろうし、人生にとって苦痛は無意味だという厭世《えんせい》論者《ろんじゃ》の根拠は失われるであろう。ただし、私が残念なのは、輪廻説も先刻論じた独我論と同じく、信じがたいということである。

69

しかし、私はまだ悪の問題に決着をつけていない。神は存在するのかどうか、もし存在するのなら、どういう性質を付与すべきか、それを考えるとき、悪の問題は差し迫ったものとなる。読者諸君も同じだろうが、物理学者の書いた本を読んで魅了される時代が私にもあった。天体と天体を隔てる無限の距離と、光が地球に届くまでに費やす膨大な時間とを考えて、畏敬の念に打たれた。星雲の想像を絶する広がりに我知らず呆然とした。書いてあることを私が理解したところでは、全ての初めには宇宙の引力と反発力とが均衡していたから、宇宙は計り知れぬ年月のあいだ完全な平衡状態が保たれていた。それから、ある時期に均衡が破られ、宇宙はバランスを崩して、天文学者が話題にする宇宙と我々の知る小さな地球が誕生したのである。だが、根源の創造の行為をなしたのは何であったのか、何が平衡を破ったのか。創造者を想定するのは避けがたいことのように思えたし、宇宙のとてつもない大きさを考えれば、全能な存在以外には考えられなかった。しかしこの世には悪が存在するため、この存在が全能かつ全善であるはずはないという結論に至らざるを得ない。全能である神は、世の悪の存在を許したことで責められて当然であり、そういう神を尊敬し、礼拝するのは不合理である。だが、全善でない神を想定することに対しては、頭も心も反発する。そこで結局、全能でない神を想定することを認めざるを得なくなる。ただし、こういう神は、神自身の存在も、神の創造した宇宙の存在も、説明するものを自分のうちに何も持たない。

世界の大宗教の基盤をなしている教典を読むと、後の時代の者が経典に書いていないことまでたっぷり読み込んでいるのに気付いて驚く。経典にある教えや戒《いまし》めが水増しされて、元のものを越えるような理想が示されている。大部分の人間は、美辞麗句を連ねたお世辞を言われると当惑するのが普通だ。信心深い人が、恭《うやうや》しく神を大袈裟な言葉で褒め称えれば神が喜ぶと思っているのは、奇妙である。私の若い頃、年配の友人がいて、彼の田舎《いなか》の家によく泊まりがけで招かれた。宗教心の厚い男で、毎朝家族全員を集めてお祈りをした。しかし、祈禱書《きとうしょ》にある神を崇《あが》める言葉を全て鉛筆で消していた。面と向かって褒めるなんてとても品がないことだ、自分は紳士だから神が褒められて喜ぶほど非紳士的だとは信じられない、と言うのだった。当時は変わっていると思ったものだが、今は、この友人は良識を発揮していたと思う。

人間というのは、情熱的で、弱く、愚かで、哀れである。こういう人間に「神の怒り」などという恐ろしいものを下すというのは妙に場違いに思える。他人の罪を許すのは、たいして難しくはない。他人の立場に立ってみれば、ひとが罪を犯した理由がまず容易に分かり、弁解がすぐ見付かる。むろん、自分に害が加えられれば当然怒りの本能が働き、復讐的な行為をする気になるので、超然とするのはなかなか難しい。それでも、ちょっと考えれば、事情を外から眺められるし、慣れてくると、自分が害を受けた場合も他人が受けた場合も、許すのは難しくなくなるものだ(一方、自分が害を加えた相手を許すほうがずっと困難であり、それには特別強い精神力が要る)。

芸術家は誰も自分の差し出すものを信じてほしいと望むけれど、受け入れられなくても怒りはしない。しかし、神はそのように物わかりがよくはない。神は自分を信じるようにとあまりにも強く望むので、自分の存在を納得するために信者を求めるのかと勘ぐってしまう。神は神を信じる者に褒美を約し、不信心者を恐ろしい罰で脅す。私としては、私が信じないからというので腹を立てるような神は信じることが出来ない。私ほどの寛容ささえ持たぬような神など信じられない。ユーモア感覚も常識も持たぬような神を信じるのは不可能だ。かつてプルタルコスがこの件について簡潔に述べている。「プルタルコスは不節操で、移り気で、すぐ激昂し、些細な挑発で報復心を燃やし、瑣事《さじ》で狼狽すると言われるくらいなら、プルタルコスは今も昔も存在しなかったと人に言われるほうがずっとましだ」と。

しかし、人間が、自分にあったら遺憾と思うような欠点が神にもある、と考えたからといって、それで神は存在しないことを証明できたわけではない。証明されるのは、人間が受け入れた宗教が奥深いジャングルに切り開いた行き止まりの小道に過ぎず、大きな神秘の中核へと至る道は一つもない、ということである。神の存在を証明するために様々な議論が提示されてきた。ここでその整理をしてみるので、読者には辛抱してお付き合いを願う。議論の一つは、人間は完全なるものを期待し、完全さは存在を包含するので、完全なるものは存在しなくてはならない、とする。別の見解は、あらゆる出来事には原因があり、宇宙は存在するのだから原因があるに相違なく、この原因が造物主だとする。第三の意見、目論見からの議論で、カントはそれが最も明瞭で、最も古く、最も人間の理性に適していると述べたが、その意見は、ヒュームの『対話』に登場する人物の一人によって次のように述べられている。「自然の秩序と配列、目的因の入念なる調整、各部分及び各器官の明白なる効用と意図。これらは理性の根拠、即ち造物主の存在を極めて明確なる言葉で語る」と。だがカントは、第三の意見が他の二つの見解に勝って支持すべきものであるというのは誤りだと、確実に証明した。カントは以上の三説の代わりに自説を唱えた。それは要するに、こうだ。神が存在しなければ自由で実体を持つ自我を前提とする義務感が空想ではないという保証がなくなる、それ故に、神の存在を信じるのは道徳的に必要である、という説である。この説は、カントの精密な知性から生まれたというよりも、愛想のよい性質から生まれたのだと一般には考えられてきた。これら四つの説よりも納得できるように私に思えるのは、「万人の同意による《エ・コンセンス・ゲンティウム》論証」

として知られる説であるが、近頃はあまり支持されていないようだ。あらゆる人間は太古の昔から何らかの神への信仰を持っていたのであり、人類とともに育ってきた信仰、最も賢い人たち、即ち東方の賢者、ギリシャの哲人、偉大なスコラ派の学者などに受け入れられてきた信仰が、根拠がないはずはないという説である。神の存在は多くの人には本能的なものと思われてきたのであり、おそらく(確実ではないのだから「おそらく」と言うべきだ)本能というものは、納得できる可能性がなければ存在しないであろう、という説である。しかし経験から分かることだが、あることをどれほど長期にわたって人々が信じてきたからといっても、信じていることが真実である保証にはならない。それ故、神の存在説はどれ一つとして有効ではないようだ。しかし、もちろん証明できないという理由で、存在は誤りだとは主張できない。恐れ、無力感、自分と宇宙全体との間に調和を得ようという願い、こういうものは人間に残っている。自然崇拝、先祖崇拝、魔法、道徳というよりは、こういうものが宗教の起源である。自分の願うものは存在すると信じる理由はないが、証明できないものを信じる権利はないと言うのは厳し過ぎる。自分の信じるものが証明されていないと気付いている限り、信じてはならぬという理由はない。試練にあって慰安を欲しがり、支え励ましてくれる愛を望むような性質の人なら、証拠など求めないし、必要ともしないであろう。

神秘主義は証拠を超越していて、実際、内面的な信心以上のものを何も要求しない。宗教の種類にはとらわれない。あらゆる宗教に支持者を持ち、非常に個人的なものなので、どんな気質の人をも満足させうる。神秘主義は我々が住む世界は精神的な宇宙の一部に過ぎないという感覚であり、そこから存在価値が生じてくる。神秘主義は我々を養い慰めてくれる神が身近に存在するという感覚である。神秘家たちは神秘体験を非常にしばしば、かつ非常に類似した表現で語ってきたので、体験の真実性を疑うことは出来ないと思う。実は、私自身があるときある体験をしたのだが、それを描写するには、神秘家が恍惚状態を語るのと同じ言葉を使うしかない。私は、カイロ近郊のさびれた回教寺院に坐っていたとき、突然イグナチウス・ロヨラがマンレサ村の川の畔《ほとり》で恍惚となったのと同じように恍惚となった。宇宙の力と価値を感じて圧倒され、さらに宇宙と交流しているような親密で揺さぶられるような感覚に襲われた。神の存在を感じた、と言えなくもなかった。こういう体験はそう珍しいものではないらしく、その影響がはっきり結果に認められた場合にのみ、有意義なものと神秘家は認めるのである。体験は宗教以外の要因でも起きることがありうると私は思う。他ならぬ聖人自身が、芸術家がそういう体験をするかもしれないと認めている。誰もが知るように、男女の愛が類似の状態を引き起こすので、神秘家は法悦状態を表現するのに愛人の用いる言葉を気づかずに用いている。心理学者はまだ説明していないことだが、我々は今経験していることを以前にも経験したことがあるという感じを鮮明に持つことがある。法悦状態がこれより神秘的であるかどうかは私には分からない。神秘家の法悦は充分に真実であるが、本人自身だけに意味がある。神秘家も懐疑論者も、人間のあらゆる知的努力の末に、大いなる神秘が残るという点では意見が一致している。

私は、宇宙の大きさに畏怖し、哲学者や聖人の説明に納得しないという状況に直面して、マホメット、キリスト、仏陀を越え、ギリシャの神々、エホバ、バール神を越え、ウパニシャッドのブラフマンにまで教えを求めたことがある。霊《スピリット》というものが――霊という呼称がよいかどうか分からないが――自らを創造し、あらゆる存在から独立し、生きとし生けるもの全ての唯一の生命源として万物に宿っているという考えには、少なくとも想像力を満足させる荘厳さがある。だが、霊の話となると、あまりに長い論義となるので、疑わしいと思ってしまう。私自身がここに書いた文を読み返しても、その意味は不明瞭だと思わざるを得ない。宗教においては、何よりも役立つことは客観的真実である。役立つ唯一の神は、人格を持ち、最高で、善であり、その存在が二足す二が四であるように確実であるような神である。私には神秘を解き明かす能力はない。私は不可知論者のままである。不可知論者であることの実際的な効果は、あたかも神が存在しないかのごとく振る舞うことである。

70

神への信仰のためには、不死を信じることが不可欠というのではないが、この二つを分けるのは難しい。肉体から離れた個人の意識が共通意識に融合するのを期待する、漠然たる生き残りを考える人々ですら、この共通意識に神の名を与えたがるのだ(そんなものは無意味で無価値だと主張するなら話は別であるが)。実際問題として、この二つは分かちがたく結びついているので、「死後の生命」は神が人間を扱う際に、神の持つ最も有力な手段だと常に目されてきた。つまり、善人に報いる喜びを慈悲深い神に与え、悪人を罰する満足を復讐に燃える神に与えるのである。不死を認める説はごく単純なものであるが、神の存在を認めるという前提がなければあまり説得力を持たない。それでも、いくつかの説を紹介してみる。ある説は人生の不完全さに基づく。人は自己の全ての可能性の実現を願うが、自分には限界があり、また様々な事情もあって、挫折感が残る。これを補ってくれるのは、死後の生においてだというのである。そこでゲーテは、生前にも多くを実現したのだが、死後もまだなすべきことがあると考えた。この説に似ているのが願望説である。人が死後の生を思い、しかもそれを願うのであれば、それは死後の生が存在するからではないか。来世への憧れは満たされる可能性があって初めて理解できる。別の説は、現世にはびこる不正、不公平を考える人がいだく憤怒《ふんぬ》、不安、困惑などに基づく。世間を見れば、悪しき者どもが緑の月桂樹のように元気一杯ではないか。来世で悪人が罰せられ、善人が報いられるのが公正というものだ。悪は、来世で善によって補償されるのでない限り許されない。神も来世がなければ、自分の人間への処遇を弁護できないはずだ、というのである。さらに観念論の立場からの説もある。意識は死で消滅などしない。意識の消滅など、消滅を思いつくことが出来るのは意識のみであるから、考えられない。価値は精神のためにのみ存在し、価値は至上の精神、即ち神を目指し、神の中で完全に具現化する。それ故、もし神が愛であるなら、人間は神にとって価値であり、神にとって価値あるものが消滅するのを神が許すはずがない。これが観念論の説である。ところが、ここまで論じたところで観念論者はある躊躇《ためら》いを吐露する。哲学者の経験によると、人間の大多数は決して大物ではない。死後の生命というのは、一般の取るに足らぬ人間どもとの関連で考察するにはあまりにも高尚な観念である。彼らはあまりにも無価値な連中なので、永劫の罰には値しないし、また、永遠の至福にも値しない。そこで哲学者は次のように考えたようである。精神的な成長の可能性のある人間だけ、一定期間生き残って天国入りにふさわしい完璧な存在に達し、そこで幸せな死を迎え、一方、こうした可能性のない人間どもは慈悲深くも速やかに消滅させられるのである、と。しかし、限られた期間の生き残りを許される少数の選ばれた者の持つべき条件が何かを調べてみると、哲学者のみがその条件に適《かな》っていることが判明して、鼻白む思いだ。ところで私は、美徳のお陰で生き残りを許された哲学者が、どのようにしてこの一定期間を過ごすのだろうかと考えてしまう。というのも、地球上にいたあいだ頭を占めていた諸問題は既に適当な解答が得られているのであろうから、すべきことがないのではないか。ベートーヴェンからピアノを教わるとか、ミケランジェロから水彩画を習うとか、それくらいしか思いつかない。この二人の巨匠があまり変わっていなければ、さぞ怒りっぽい教師になっていることだろう。

自分が信じていることを支える理屈の価値は、同程度のウエイトの理屈で何か大事で実際的な行為に自分が踏み切るか否かで分かる。例えば、家を買うとき、弁護士に不動産権利証書を調べてもらわず、下水の調査を鑑定士に依頼せず、噂だけで買うだろうか。死後の生命を支える諸説は一つずつ考えると薄弱であるが、全部合わせてもやはり薄弱であることに変わりはないのだ。それらの諸説は新聞の不動産屋の広告のように心をくすぐるが、少なくとも私には少しも納得が行かない。私としては、意識が肉体の基盤の消滅した後にどうして残りうるのか、見当もつかない。それから、私は自分の心と体が互いに結びついていると確信しているので、肉体を離れた意識が生き残ったところで、いかなる意味でも、それが私の生き残りだとはとうてい思えないのだ。一歩譲って、個人の意識が共通意識の中で生き残るのだという考えには真実味があると納得したところで、たいした慰めにはならない。同じく、人は自分が現世で生み出した精神力において生き残るという考えで満足するというのも、無駄な言葉で自分を欺くに過ぎないと思う。多少とも価値のある生き残り方は、個体として完全に存在を続けることだけだからである。

71

こうして神の存在と来世の可能性を、自分の行動に何らかの影響を与えるには疑わし過ぎるとして退けるならば、人生の意味と役割は何であるかについて、心を決めなくてはならないだろう。もし死が全てを終わりにするのなら、また、もし善を望み悪を恐れる必要がなければ、何のために自分がこの世にいるのか、そうした状況でどのように身を処すべきか、しっかり考えなくてはならない。こういう質問の一つに対する答えは明らかであるが、不快なものなので大抵の人は直面するのを避ける。人生には理由などなく、人生には意味などない。これが答えである。我々は、数限りない星雲の一つである銀河系に属する小さな恒星の一つである太陽の、そのまた周囲を回転している小さな惑星である地球に、ごく短期間の間だけ生きている存在である。地球だけが生命体を住まわせているのかもしれないし、宇宙の別の部分では他の惑星が膨大な時間の間に徐々に人間が創造されてきた原素材を生むのに適当な環境を形成する可能性を持ったのかもしれない。もし天文学者が真実を述べているとすれば、地球はいずれ生物がもはや存続できない状態に達する。その時が来れば、ようやく宇宙はもはや何も起こり得ないという最終段階の平衡状態に達することになる。この何兆万年前に人類は姿を消してしまっているだろう。そのとき、人類が存在したことに意義があったなどと考えることがあり得ようか。宇宙の歴史においては無意味な一章だったことになろう。太古の地球に生息した奇妙な怪物の生息史が書かれている章と同じように無意味である。

こういうことが自分にどういう違いをもたらすのか？　自分の人生を最大限に活用するには、こういう環境にどう対処すべきか？　自分自身に問いかけなくてはならない。ここで問いかけているのは私ではない。私の中だけでなくあらゆる人の中にある、自分の存在を保ちたいという渇望が問いかけているのである。エゴイズムの声である。最初にボールを転がし始めた、遠い太古の昔のエネルギーから人間すべてが相続したエゴイズムである。換言すれば、どの生物にもあり、生物を生かしている、自己実現の欲求の声である。人間の本質と言ってもいい。その欲求の充足は、スピノザが人間が望みうる最高のものであると言った自己充足である。というのは、「それ以外の目的のために自己を保存しようと努めぬからである」。意識というものは、本来は人が環境に対処するための道具として与えられたものであろう。歴史の長い期間、意識は環境に対処するのに必要な程度しか深まらずに推移したようである。しかし、意識はその後直接の必要を満たす程度を越えて発達し、想像力の登場とともに人は環境を広げて目に見えぬものまで包含するようになった。人がそのころ自分に問いかけた質問にどのような答えをしたかは分かっている。即ち、自分の内部で燃えているエネルギーが激しいので、自分の意義に疑いをいだくことが出来ない、と言うのであった。自分のエゴイズムがあまりにも包括的であるので、自己の消滅の可能性など考えられない、と言うのである。多くの人は、いまだにこういう解答で満足しているように思える。その答えが人生に意味を与え、虚栄心に喜びを与えるのだ。

大抵の人はものを考えることをしない。この世における自分の存在を当然と受け入れる。頑張って生きるのだと自分に言い聞かせ、生来の衝動を満たすために、あちこち引きずり回され、年を取り力がなくなればロウソクの火のように消えて行く。彼らの生き方はまったく本能的だ。もしかすると、そのほうが賢い生き方なのかもしれない。だが、自分の意識が発達したため、常にいくつかの質問に追いかけられ、しかも従来の解答では満足できない場合は、一体どうしたらいいのだろう？　どういう解答をしたらいいのだろう？　こういう問いの少なくとも一つに対して、歴史上の最高の知性を持った二人がそれなりの解答をしている。その答えを吟味してみると、二人とも大体同じようなことを述べているのだが、私にはあまり立派な答えとも思えない。アリストテレスは人間の活動の目的は正しい行為であると言い、ゲーテは人生の秘密は生きることだと言った。

ゲーテの発言は、人間は自己実現に達したとき人生を最大限に生かしたことになるというものであろう。ゲーテは移り気とか抑制できぬ衝動に支配される人生をあまり尊重しなかった。自己実現とは、自分の持つあらゆる能力を最大限まで伸ばして、人生から得られるあらゆる楽しみ、美、感情、興味を味わうことであるが、他人の要望と始終衝突するので、なかなか難しい。道徳学者は自己実現が妥当だと思いつつも、その結果に恐れをなして、人間は犠牲と無私において完全な自己実現が可能になることを立証するために多くのインクを用いた。それはゲーテの意味したことではないし、真実とも思えない。自己犠牲に独特の喜びがあるのは誰も否定しないだろうし、それが新しい活動の場と、自我の新しい面を開発する機会を与える限りにおいて、自己犠牲にも価値はあろう。だが、他人の欲求の邪魔にならぬように遠慮しながら自己実現を図るのであれば、たいして成果は得られない。自己実現は多くの無慈悲さと自分への没頭を要するので、他人には不快であるし、それゆえ恥を曝すことにもなる。我々がよく知るように、ゲーテと接触した多数の人が彼の冷酷なエゴイズムに憤慨したのであった。

72

私が自分よりはるかに賢い人たちの生き方を真似て生きることに満足しなかったのは、思い上がっていると思えるかもしれない。しかし、人間はお互いにかなり類似しているけれども、まったく同じではないのだから(指紋だってみんな違うではないか)、私が自分で自分の生き方を決めてもよいではないかと思った。私は自分の人生を一つの模様に仕上げようと思った。これは、旺盛な皮肉のセンスで弱めた自己実現の一種とでも述べたらいいのかもしれない。この世に生きるという割に合わぬ仕事に耐え、少しはましな成果を挙げる、という意図であった。だが、ここで、本書の冒頭でこの話題に触れたときには回避した、ある疑問が浮かび上がってくる。これ以上避けられないのであるが、尻込みせざるを得ない。自由意志のことだ。本書の随所で、あたかも自由意志が当然あるかのように述べたことには気付いている。自分の意図を実行し、気分次第で行動する力が自分にあったかのように私は書いた。一方、別の場所では決定論を認めているかのような言い方をした。哲学書を書いているのなら、こんなあやふやな姿勢は嘆かわしい。しかし私にはそんな大それた気はない。私のような素人が、哲学者の先生方がいまだに合意に至っていないような問題に、決着などどうしてつけられようか。

この問題はほうっておくのが賢明なのかもしれないが、これは小説家として特に関心を持たざるを得ない問題である。作家として読者に明確な態度を示せと求められているのだ。劇を取り上げた章で、観客は登場人物が衝動で行動するのを受け入れないと指摘した。衝動で行動するというのは、本人が動機を意識しないで行動を取る際、その行為を駆り立てた力である。それは、人が根拠に気付かずに下す判断である直感に似ている。衝動的な行動にも動機はあるのだが、観客は動機がはっきり見えないと納得しない。劇の観客も、本の読者も、作中人物の行動の理由を知ることを求め、理由が納得できないと、その行動を取るのを認めようとしない。作中人物は全て性格に合った行動を取らねばならない。つまり、どの人物も、観客や読者がその人物について既に知っていることから予想されるように行動しなくてはならないのだ。実生活では何の疑問もなく受け入れる偶然の一致や突発事故などを読者や観客に受け入れさせるには、よほど工夫を凝らさねばならない。要するに、彼らは一人残らず決定論者であり、彼らの頑固な偏見をいい加減に扱う作家は自滅する。

しかしながら、自分の生涯を振り返ってみると、私に多大の影響を及ぼしたことが、単なる偶然と思わざるを得ない状況のせいであったことに気付く。決定論によれば、選択に際して人は、抵抗が最も少ない道か、動機が最も強い道を選ぶという。私は自分が抵抗の最も少ない道を選んだとは思わない。また、動機が最も強い道を選んだとしても、それは以前からいだいていた私自身の独自の考えであった。チェスの比喩は、何度も擦《す》り切れるほど使われてきたが、やはり適切である。コマは決まったものを与えられ、それぞれのコマの特徴である動き方を受け入れねばならなかった。さらに、勝負相手の指し手も受け入れるしかなかった。それでも自分には、おそらく私の好みなり頭に描く理想なりに従って、自由意志で選んだ指し手をさす力があると思えた。決められた運命ではない選択を自分の努力でしたと思えることも時々あった。それが幻想であったにせよ、それなりの効果を生む幻想であった。今振り返ってみると、私の選択が時に誤りであったのが分かるが、選んだ行為はいろいろな点で私の目指した目標へと向かっていたと思う。多数の過ちを犯さなければよかったとは思うが、後悔はしていないし、取り消したいとも思わない。

宇宙のあらゆることが組み合わさって人の行動の一つ一つを引き起こしていると考えるのが不合理だとは、私は思わない。行動だけでなく意見や欲望も含まれるのである。しかし、一旦なされた行為が大昔から避けがたく定められていたかどうか、それはすっかり定められているのでない出来事――これをブロード博士は「原因的原事件」と呼んでいる——がこの世に存在するか否かをまず決めてからでないと、決められない。ヒュームはずっと以前に、原因と結果の間には人間の頭で感知しうるような内的関係はないと証明した。また最近、物理学者のハイゼンベルクの「不確定性原理」が、一見これという原因が特定できない出来事を明るみに出すことで、これまで科学の基礎となっていた法則の普遍妥当性に疑問を投げかけた。どうやら、偶然が再び考慮されなくてはならないようである。もし我々が因果律に縛られていないのが確実であれば、もしかすると自由意志も妄想ではないのかもしれない。不確定性原理が発表されると、高位の聖職者はそれに飛びついた。まるで、それが悪魔の尻尾《しっぽ》であり、それをひっつかんで昔の悪魔を再びこの世に引っ張り出せるとでも思ったかのようである。とにかく、天国の法廷ではどうであったかは不明だが、少なくとも高位聖職者の館《やかた》では大歓迎であった。だが、もしかすると神への賛美の歌をうたうのは時期尚早だったのかもしれない。今日の最もすぐれた二人の科学者がこの説を疑問視しているのは覚えておいたほうがいい。プランクはさらに研究を続行すれば異常現象は一掃されるだろうと述べたし、アインシュタインはこの原理を基礎にした哲学思想を「文学」と呼んだ。どうやら「ナンセンス」と言う代わりにそう言ったらしい。物理学者たち自身も、最近の物理学は猛烈なスピードで進歩しているので、学会誌を丁寧に勉強していないと遅れを取ると語っているくらいだ。それほど不安定な科学が提示した原理に基づいて説を唱えるというのは明らかに軽率である。物理学の大御所であるシュレーディンガーは、この問題の最終的、包括的な判断は今のところ不可能だと述べた。素人が決定論と自由意志の間の垣根に坐っていても無理はないが、決定論側に両足をぶら下げておくほうが、もしかすると賢明かもしれない。

73

生命力というものは強いものだ。そこから生じる喜びで、人間が直面するあらゆる苦痛や困難は埋め合わされてしまう。生命力によって人生は生きるに値するものとなる。この力は内面から作用し、各々の人の環境を明るい炎で照らすので、どれほどつらい環境でも耐えられるものとなる。悲観に陥る原因は、多くの場合、ある状況で自分なら感じるであろう感情が他人にもあると考えることによる。小説が作り物だと思うことがあるのは、このせい(他にも理由はあろうが)である。小説家は自分の個人的な世界を素材にして小説世界を創り、その登場人物に自分と同じ感受性、自省力、情緒を付与する。ところが、世間の大抵の人はあまり想像力がなく、想像力に富む者には耐えがたいような環境にあっても平気である。例えば、極貧の人が暮らしているプライヴァシーのない環境は、プライヴァシーを尊重する者には恐ろしいことだが、極貧の人は違う感じを持つ。孤独を嫌うので、仲間に囲まれていると安心に感じる。貧民の間で暮らした経験のある者なら知っているのだが、彼らは金持をあまり羨ましがらない。実は、彼らは私たちには必要欠くべからざると思えるものの多くを欲していないのだ。これは裕福な階層には好都合である。誰の目にも明らかなように、大都会の貧民の生活は全てが悲惨と混乱の状態なのだから。何の仕事もなく、あればあったでとても惨めな仕事であり、夫、妻、子、全て飢餓状態にあり、一生の最後でさえ貧困が待っているのみである、というような現実を受け入れるのは難しい。仮に革命がこれを直せるというなら、今すぐ革命が起きたらいい。文明国と称されている国においてでさえ、いかに残酷に人間が扱われているかを知ると、昔より今はましだと言うのは軽率かもしれない。それにも拘わらず、歴史が示す過去に較べると、現在のほうが世の中はよくなっている、そして、一般大衆の運命は、つらいにしても昔よりはましである、と考えても愚かとは思えない。今後、知識が広まり、多くの残酷な迷信や役立たずの習慣が棄てられ、多くの人が慈愛心を持てば、いまだに人が蒙っている諸悪は排除されると希望しても誤りではあるまい。それでも多くの悪は残るであろう。人間は大自然に翻弄《ほんろう》される。地震が災害をもたらし、旱《かん》魃《ばつ》で収穫物は失われ、予想外の洪水で骨折って建てた建造物が破壊される。残念ながら、人間の愚かさは相変わらずで、今後とも戦争が国家を荒廃させ続けるであろう。生きて行くのに不適切な人が生まれることは変わらないであろうし、彼らには人生は重荷であろう。世に強者と弱者がいる限り、弱者は窮地に陥れられる羽目になる。人間が所有欲を持つ限り（おそらく人間が存在する限り変わらないだろう）、人は弱者から奪うであろう。自己主張の本能があれば、他人の幸福を犠牲にして自分勝手な主張を通すのに躍起となるだろう。要するに、人間が人間であり続ける限り、耐えうる限りの苦しみに直面する覚悟が要る。

悪を説明することは出来ない。宇宙の秩序の必須な一部と見なければならない。悪を無視するのは子供じみているし、嘆くのは無意味である。スピノザは憐れみの情を女性的だと言った。この形容詞は、あのやさしい、禁欲的な人の口から出ると無情に響く。おそらく、自分の力で変えられないことについて強く感じるのは、感情の無駄遣いに過ぎないと思ったのであろう。

私は悲観主義者ではない。もしそうだったとしたらナンセンスである。これまで幸運に恵まれてきたのだから、自分の運のよさにしばしば驚いたくらいだ。私よりも運に恵まれるに値する人が、私にもたらされた幸運を得なかったのを私はよく知っている。生涯のいくつかの時期に何か事件などが起きていたら全ては変わり、私も挫折を味わっていたに違いない。才能の面で私と同じ、あるいは私より上の人が、同じ機会があったのにたくさん挫折している。もしそういう人が本書のこの部分を読まれたら、私が幸運だったのを傲慢にも自分の長所のお陰だなどとは決して言っていないことを信じて頂きたい。単に私自身も説明できない予想外の状況が連続的に生まれたからに過ぎない。私には肉体の面でも、精神の面でも、いろいろ限界があったにも拘わらず、今まで楽しく人生を過ごしてきた。しかし、同じ生涯を繰り返したいとは思わない。そんなことには意味がない。過去に味わった苦悩をもう一度経験するのもご免だ。私の性質の欠点なのだが、人生の楽しみを味わうよりも苦しみを気に病む傾向があるのだ。しかし、もし肉体的な欠陥がなく、体ももっと丈夫で、頭ももっとよければ、再び人生を送るのも満更でもないかと思う。これから未来にのびる歳月は面白そうだ。今では若者は私の世代の若者には否定されていた様々な知識や情報を持って人生を送り始める。昔のような因習に縛られることも少ないし、若さの価値が大きいことも心得ている。私が二十代だった頃は、世の中は中年者が支配していて、若さというのは、中年に達する前に出来るだけ早く通過してしまうべき期間であった。今日の若者、少なくとも私の属する中産階級の若者は、世の中に出て行くのに役立つことをいろいろ教わっているが、私たちの頃は自ら手探りで身につけなくてはならなかった。男女の関係も今は正常になった。若い女性は若い男の相棒になれるようになった。私の世代に女性解放が起きたのだが、そのため私の世代の男が直面する問題も生じた。昔の女性は主婦および母として男とは別個の生活を営み、自分の趣味なり関心事があったのだが、それとは違い、私の世代の女性は主婦と母になるのをやめ、その能力もないのに、男の仕事に参加しようと試みたのである。昔の女性は自らを男性より劣る存在と見ることに甘んじていた代償として大事に扱われていたのだが、私の世代の女性は、昔の女性と同じく男から親切と世話を要求し、さらにそのうえ、男性的な活動の全てにおいて邪魔になる程度の知識しかないのに、新たに獲得した参加の権利を要求した。もはや主婦ではないのだが、その一方、男のよい相棒となるまでの器量は身につけなかった。しかし、こういう私の世代の女性と較べると、今の女性はすっかり変わった。現代の若い女性は、有能で自信を持ち、事務所を取り仕切ったり、テニスの試合に勝ったり、政治に知的な関心をいだき、芸術を鑑賞し、自分自身の足でしっかりと立ち、冷静で賢く、寛容な目で人生に相対している。年配の紳士にとって、これほど見ていて楽しい姿はない。

予言者のマントを身にまとうのは私の柄ではないが、今舞台に登場しつつある若者が文明を変革するような経済上の変化を待ち望んでいるのは、誰の目にも明らかだろう。大戦前に人生の盛りにあった人々は、よく昔を懐かしがる。それはフランス革命を生き延びた人々が「旧制度《アンシャン・レジーム》」を懐かしむのと同じである。大戦前ののんびりした庇護《ひご》されたような生活、フランス語の「甘い生活《ドゥスール・ド・ヴィーヴル》」を、今の若者が知ることはないであろう。我々は今大革命の前夜にいる。プロレタリアートが次第に自らの権利に目覚め、遂に様々な国で権力を掌握するのは疑いない。今日の支配層は、敵《かな》わぬ勢力に無駄な抵抗をするのをもうやめたらいいと思う。そんなことより、今後財産を剥奪《はくだつ》される事態になったとき、一般人がかつてのロシアにおけるような悲惨な目にあわぬよう、国民に準備させる努力をしたほうがいい。それをしていないのは不思議でならない。何年か前に、ディズレーリはこのようなときにどうすべきか発言していた。私個人としては、今のままの体制が自分が死ぬまでは続いてほしい。でも急速な変化の時代であるから、西洋諸国が共産主義の支配に屈するのをこの目で見るかもしれない。私の知人であるロシアからの亡命者に聞いたのだが、土地財産をなくしたときには絶望に打ちひしがれたが、二週間もすると落ち着きを通り戻し、自分の奪われたものについて全然考えなくなったそうだ。私は自分の様々な所有物に対してそう強い執着心を持たないので、奪われても長くは嘆かないと思う。このような事態がもし私の生きている間にやって来たら、私はそれに適応すべく努力するであろう。それから、もしも人生に耐えられなくなったら、満足が行くように自分の役割を演じられない世の中から消える勇気を発揮すると思う。自殺というとどうして多くの人が驚いてそっぽを向くのか私には分からない。卑怯だというのはナンセンスだ。人生が苦悩と不幸以外に何も与えないとき、自分の意志で自分の命を絶つ人を私は是認するのみである。自分の好きなときに死ぬ力は、人生の全ての苦悩の最中《さなか》に神が人間に与えた最善のものだと言ったのは、大プリニウスではなかったか。自殺は神の掟を破ることだから罪だと言う人はともかくとして、自殺にひどく腹を立てる人が多い理由は、どうやら自殺が生命力を蔑《ないがし》ろにするためのようだ。人間の最も強い本能である生命力を無に帰することにより、自殺は生命力が人間を保護する力を本当に持つかどうかに恐ろしい疑問を投げかけるのだ。

本書を書くことで、私は自分に命じた、人生を一つの模様にするという作業を充分な形で完了したことになる。生きていれば、自分の楽しみのためにも読者の楽しみのためにも他の本を書くだろうが、それで人生模様に大きな追加があるとは思わない。家はもう建ったのだ。追加工事で、きれいな景色を見るためのテラスとか、夏の暑さの中で考え事をするための四阿《あずまや》などが増築されるかもしれない。しかし死によって追加工事が行なわれなくても、私の名前が死亡欄に出た次の朝に取り壊し屋が現われても、家はもう建ったのだ。

私は老齢を怖じけることなく待っている。アラビアのロレンスが死んだとき、友人が寄せた記事で読んだが、ロレンスが猛スピードでオートバイを飛ばすのが趣味だった理由は、事故で命を失えば、元気一杯のときに死ねて、老齢の恥を曝さなくて済むからだったという。これが本当なら、あの一風変わった、目立ちたがり屋の大きな弱点だったセンスのなさを示している。完全な一生——人生模様の完成——のためには、若さ、壮年だけでなく、老年も入れなくてはならないのだ。朝の美、昼の輝きもよいが、夕べの静寂を閉め出すためにカーテンを閉め、明かりをつける者がいるとしたら、実に愚かである。老年には楽しみがあり、その楽しみは若い頃の楽しみとは違うけれど、決してそれに劣るものではない。哲学者は、人間は情熱の奴隷であると常に教えてきたわけだが、情熱の支配から解放されるのは、果たして取るに足らぬことだろうか。愚か者の老年は愚かしいものであろうが、その人は若い頃も愚かだったのだ。若者が老年にこわごわと尻込みするのは、老齢に達してからも若者を奮い立たせるようないろいろなことを欲しがるものと想像するからである。それは間違っている。老人はアルプスには登れないし、可愛い女をベッドに押し倒すことも出来ない。異性の情欲を掻きたてることも出来ない。それはその通りである。だが、報いられぬ恋の苦しみとか嫉妬の責め苦から自由になれるのは大きな利点だ。若者を毒することの多い嫉妬心が、欲望の消滅によって和らげられるのは大きな利点である。しかし、以上は消極的な埋め合わせである。老年には積極的な利点もある。逆説的に響くだろうが、老年には時間がある。大カトーが八十歳になってギリシャ語を学び始めたとプルタルコスが述べているのを若い頃に読んで驚いた。今は驚かない。老人は、若者が時間がかかり過ぎるからというので避ける仕事を進んで引き受ける。老年になると趣味がよくなり、絵画や文学を、若者の判断を歪める個人的な偏見もなく、じっくり楽しめる。老人には老人なりの充足の満足がある。老年は人間的なエゴイズムの束縛から解放されている。ようやく解放されて、魂は移りゆく一瞬一瞬を愛《め》でる。だが、とどまれとは命じない。模様はもう完成している。ゲーテは、生前展開できなかった自分のいろいろな面を実現したいからと死後の生を願った。だが、ゲーテ自身、何事にせよ、達成したいと願う者は限界を心得るべきだとも言っている。ゲーテの伝記を読むと、つまらぬことに時間を無駄遣いしているのに驚く。生前もっと注意深くなすべきことを限定していたならば、彼しか出来なかった全てを達成できていたかもしれない。そうすれば死後の生は必要なかったであろう。

74

スピノザは、自由な人は死のことをくよくよ考えないものだ、と述べた。確かに、死についてくよくよ考える必要はない。しかし、死についての考察は一切避けるという人も多いが、これは愚かである。死についての考えを決めておくのはよいことである。自分が死を恐れるかどうか、それは死に直面するときまでは分からない。医師に、あなたは不治の病《やまい》だからもう長くは生きられないと告知されたら、自分がどう思うか、私はこれまで何度も想像してみた。想像したことを自分の作中人物の口から言わせたこともある。だが、それは創作の世界であり、いざ自分のことになったときに同じことを言うかどうかは分からない。自分が特に命にしがみついているとは思わない。これまで重病になったことは何度もあるが、あと少しで死の瀬戸際というところまで行ったのは一度だけである。そのときは、あまりに疲れ果てていて恐怖を感じることが出来なかった。早くもがくのをやめたいと思っただけだった。死は避けがたく、人がどのようにそれに立ち向かうかはあまり問題ではない。死が迫っているのに気付かず、苦痛なく死ねるように希望しても許されると思う。

私はいつも未来に向かって生きてきたので、未来が短くなった今も、その習慣から抜け出せないでいる。そして何年後かははっきり知らぬが、やがて私の目論んだ人生模様が完成するのを平静な気持で待っている。時には衝動的に死にたいという願望を覚えることもあり、その瞬間には愛する人の胸に飛び込んで行くように死にたくなる。かつて生が私に与えたのと同じ強烈なスリルを、今の私に死が与えるのだ。死を思うと、酔い心地になる。そういうときは、死が最後の絶対的な自由を与えてくれるような気がする。それにも拘わらず、医師が私を我慢できる健康状態に保っていてくれる間は喜んで生き続けて行こうと思う。世の中の動きを眺めるのが楽しみだし、これから何が起きるかに関心がある。私とだいたい同い年の多くの人が死ぬと、それが反省や思考の絶えざる糧《かて》となるし、時には、私がずっと前に思いついた理論の確証にもなる。私は友人と別れるのを淋《さび》しく思うだろう。自分がこれまで導き、世話してきた者たちの幸福に無関心ではいられない。だが、彼らもこれほど長く私に頼ってきたのだから、今度は自由を楽しんだらいいのだ。自由が彼らをどこに導くかは知らぬ。世の中で私自身は長い間ある地位を占めてきたから、私に代わって他の人がその地位についてもらって構わない。結局のところ、模様に大事なことは、完成されるということである。何か付け加えて模様が損なわれるようになったら、画家はキャンバスから離れるのだ。

ところで、その模様がどういう意味があり、どのように役立つのか、と問われたら、何もない、と答えるしかない。小説家であるが故に、人生は無意味なのだから、自分の楽しみにせめて人生を模様にしようと考えたに過ぎない。自分の満足と楽しみのためと、それから内面的な必要を満たすために、自分の一生を、初め、真ん中、終わりのある意匠に従って形作ってきた。あちこちで出会った人々を活用して、劇、小説、短篇小説を創作してきたのと同じである。人間は性格と環境に支配されている。私の人生模様は、私が最善と思ったものでもないし、理想としたものでもない。これなら自分に可能だと思ったものに過ぎない。おそらくもっとよい模様があるのだろう。私の考える最善の模様は農民のものだ。土地を耕し、収穫し、労働を楽しみ、余暇を楽しみ、愛し、結婚し、子供をもうけ、死ぬ。文人にありがちな幻想に影響され過ぎてこのように考えたのではないと思う。過度の労働なしに土地が豊富な収穫を生み出してくれる恵まれた土地で働く農民を観察すると、そこでは個人の喜びと苦しみが人類共通のものであり、そういうところでこそ完璧な人生が営まれているように思えたのである。そこでは一生が、出来のよい物語のように、初めから終わりまでしっかりと途切れぬ一つの線に沿って過ぎてゆく。

75

人間はエゴイストだから、人生が無意味だという考えを受け入れたがらない。自分がその目的に奉仕していると自惚れていたその神をもはや信仰できないと気付くと、人間は人生に意味を与えるために、身近な幸福をもたらす価値よりも最高の価値を考え出した。長い歳月の知恵から、三つの価値を最も意義あるものとして選び出した。これらの価値の一つ一つをそれ自体のために目標とすることが、人生にある種の意義を与えるように思えた。この三つの価値も生物的な実用性を持つのは疑いないけれど、表面的には個人の利害に無関係であるような外観を呈しているので、これらの価値を通して人間の束縛から逃れるという幻想を人に与えるのである。三つの価値の崇高さが、人間の精神的な弱さに力を与え、それらの価値の追求は、結果がどうであれ、努力を正当化するように見える。人間存在の砂漠におけるオアシスに見えるのだ。人生の旅の目的地が何も見えないので、とにかくあのオアシスには辿り着く価値があるし、そこでは休息と疑問への答えが見つかるであろう、と人は自分を納得させるのである。三つの価値とは、「真」「美」「善」である。

「真」がこのリストに入っているのは、修辞学上の理由からだと私は考えている。人は真実に、勇気、名誉、独立心などの倫理的な性格を付与している。これらの性格は確かに真実を主張することによってしばしば示されるが、実際には真実とは何の関わりもないのだ。真実に自己主張の絶好の機会を見つけると、人は真実がどんな犠牲を要求しても、それには知らん顔である。人の関心は自分自身にあり、真実にはないのだ。もし真実が価値であるのなら、それが真実だからであって、真実を語るのが勇敢だからではないはずだ。だが真実は判断の真実性を問う。それ故、真実の価値はそれ自身というより判断が正か否かにかかっていると人は思うところであろう。二つの大都会を結ぶ橋のほうが、不毛な平原と別の不毛な平原を繋ぐ橋より大事だという判断が正か否か、それで真実の価値は決まるのであろう。

もし真実が最高の価値の一つであるのなら、真実が何であるかが誰にも正確に分からないというのは奇妙だ。哲学者は真実の意味に関していまだに争っていて、対立する学説の信奉者は互いに皮肉ばかり言い合っている有様だ。こういう状況にあっては、素人は哲学者に議論させておき、素人なりの真実論でよしとするしかない。私の意見はこうだ。真実とはそれほど大袈裟な価値ではなく、個々の存在物について何事かを主張するに過ぎない。ただ事実をそのまま述べるだけである。もしこれが価値だとすれば、これほど無視されている価値はない。倫理学の本は、真実を発表しないほうが適切な場合を長ったらしいリストにして挙げている。こういう本の著者は、そういう面倒なことをわざわざするまでもなかったのだ。というのは、長い歳月の知恵は昔から、「たとえ真実であっても、自分の知っていることを喋ってもいいとは限らぬ」と教えているからだ。人間は自分の虚栄心、快適さ、利益のために真実を犠牲にしてきた。人は真実ではなく偽りによって生活している。私は時どき思うのだが、いわゆる理想主義とは、人が自惚れを満足させるために作り出したフィクションに真実の威光を与えようとする努力に過ぎないのではなかろうか。

76

「美」はこれよりはましな扱いを受けている。長いあいだ私は、人生に意義を与えるのは美のみであり、地球上に次から次へと出現する各世代に与えるべき唯一の目標は、時々でいいから芸術家を世に送り出すことだと、考えていた。芸術作品は人間の活動の頂点に立つ産物であり、人間のあらゆる悲惨さ、終わりなき労苦、裏切られた努力もこれによって遂に正当化される、と考えていた。つまり、ミケランジェロがシスティーナ礼拝堂の天井にある人物像を描くためなら、シェイクスピアがある長ゼリフを書くためなら、キーツがいくつかのオードを書くためなら、無数の無名の人々が生き、苦しみ、死ぬだけの意味はあったと思ったのだ。それのみが人生に意味を与えうる芸術作品の中に美しい生き方も含めることで、私はこの極端な考えを後になって修正したけれど、それでもなお私が尊重したのは美であった。しかし、このような考えを、私はかなり以前に全て放棄してしまった。

第一に、美は終止符だと分かった。美しいものを見ていると、私はただただ感心して眺めているしかないのだった。それが与えてくれる感動は素晴らしいが、感動は持続しないし、無限に感動を繰り返すことも出来なかった。それで、この世の最高に美しいものも結局私を退屈させた。試作品からならもっと長続きする満足が得られるのに気付いた。完璧な出来ではないので、却って私が想像力を働かせる余地があった。あらゆる芸術作品の中で最高の作品においては、あらゆるものが表現されているので、私が出来ることは何もない。そこで私は落ち着きを失い、受身で眺めているのに飽きてしまう。美は山の頂上のようだと思った。そこまで辿り着いたら、後は下りるしかない。完璧というのはいささか退屈である。誰もが目標としている最高の美は完璧に達成されないほうがいいというのは、人生の皮肉の中でもかなりひどいものだ。

人は美という言葉で、審美感を満足させる精神的ないし物質的なもの——大抵は物質的なものだが——を意味していると思う。だが、これでは、水が意味するのは濡《ぬ》れたもの、と言うに等しい。美とは何かをもう少しはっきりさせるべく、私は権威者がどう言っているかを知ろうとしてたくさんの本を読んだ。私は芸術に熱を上げている多くの人とかなり親しく付き合った。こういう連中からも、本からも、私の目を開かせてくれるようなことはあまり学べなかったと思う。私が気付いた奇妙なことは、美の評価には永続性がないという点だった。どこの美術館へ行っても、ある時代の最高の目利きが美しいと判断したのに、現代の我々には無価値と思える作品で一杯である。私の生涯の間でも、少し以前まで最高とみなされていた絵画や詩から、美が日の出の太陽の前の白霜のように蒸発するのを見た。どれほど自惚れが強い者でも、自分の判断が最終的であるなどと考えることはまず出来ない。今我々が美しいと考えるものが次の世代ではきっと軽蔑され、我々が軽蔑しているものが名誉を獲得するかもしれないのだ。得られる結論はただ一つ、美は各時代の要求に関わるものであり、我々が美しいと思うものを調べて、絶対的な美の本質を探すのは無駄だということである。美が人生に意味を与える価値の一つであるにしても、それは常に変化しているものであり、それゆえ分析できない。先祖が嗅いだバラの香りを我々が嗅げないのと同じように、先祖が感じた美を感じることなど出来ないからである。

私は美学を論じる著者から、美という情緒を感じるのは人間のどういう性質によってなのか、この情緒は正確に言うといかなるものであるのかを知ろうとした。よく美的本能という言葉を口にする。美的本能という表現は、美に性本能や食欲と並ぶ人間存在の根源の一つとしての地位を与えるように響き、思想家たちに是が非でも美を論じようという欲望を掻きたてるようである。そこで、美学が、表現の本能、生命力の横溢《おういつ》、絶対の神秘的感覚その他を起源として誕生した。だが私の意見ではそれは本能などではない。一部はいくつかの強い本能に基づいているけれど、進化の過程で生じた人間の性質や人生のありふれた状況と結びついた、肉体および精神の一つの状態に過ぎない。それが性本能と大いに関係があることは、異常なほど美的感覚を持つ人が性的に極端に、しばしば病的なまでに常態から逸脱するという、一般に認められた事実によって明らかである。人間の肉体および精神構造の中には、ある音、あるリズム、ある色彩を特に魅力的だと思ってしまう要素があるのかもしれない。そうだとすれば、我々が美しいと思うものの要素には生理学的な根拠があるのかもしれない。しかしながら、我々はまた、かつて愛したとか、時間の経過で感傷的な気分を誘うとか、そういう人、物、場所を思い出させるものを美しいと思う。見覚えがあるので美しいと思うときがある。その一方、珍しさに驚いて美しいと思うものもある。これらを総合してみると、類似あるいは対照による連想が美の情緒に大いに関係しているようだ。醜いものの美的価値を説明できるのは、連想だけである。美の創造に及ぼす時間の影響を研究した人がいるかどうかは知らない。それは、物の美はよく知るとともにさらに美しいと思うようになる、というだけではない。後の時代の人々が、あるものに喜びを見出していると、その美が次第に増してくるということである。今では美しさが明白だと思える作品が、最初世に出たときはあまり注目されなかった場合があるのは、それで説明できよう。例えば、キーツの抒情詩は今では彼が書いた時代よりさらに美しいと私は思う。彼の詩の美しさに慰めと力を見出した全ての人々の情緒によって豊かさを増したのである。それ故、美的情緒を特別でシンプルなものだと考えるどころか、様々なしばしば矛盾する要素から成り立つ非常に複雑なものだと考える。絵画を見、交響曲を聴き、エロティックな興奮を覚えたり、長く忘れていた情景を思い出して涙したり、あるいは、連想によって神秘的な歓喜を味わったりするのは、感動のあり方としてよくないと美学者は説くが、これはおかしい。これは充分にありうるのであって、これらの現象も、作品の均整と構造に対する冷静な満足と同じく美的情緒の大事な部分なのである。

人の偉大な芸術作品に対する反応は正確に言うとどういうものであろうか。例えば、ルーヴル美術館にあるティツィアーノの『埋葬』を見たら、あるいは『マイスタージンガー』の五重唱を聴いたら、どう感じるのであろうか。私は自分がどう感じるかは分かっている。それは、知的ではあるが、官能の喜びもある高揚感、力強い感覚と人間の束縛からの解放を伴う幸福感を与える興奮である。同時に、人間への共感に富むやさしさを自分の内部に感じる。心は休まり、穏やかな気分なのだが、どこか精神的に超然としている。事実、ある絵画や彫刻を眺め、ある音楽を聴いていると、時どき非常に強烈な感情を覚えたので、それは神秘家が神との結合を述べるときと同じ言葉でしか表現できなかった。こんな体験があるものだから、大いなるものと交流したという意識は、宗教家の特権ではなく、祈りと断食以外の方法でも得られると思ったのだ。ところで、この意識は果たして何かの役に立つのだろうか。もちろん、それは楽しいものであり、楽しいことはそれ自体結構であるが、他のどんな楽しみより(楽しみなどと呼ぶのは失礼かもしれない)すぐれているのは、一体どういう点か。ジェレミー・ベンサムは、どんな種類の幸福も同じであり、楽しみの程度が同じなら子供の鋲《びょう》遊びも詩もどちらも優劣はない、と言ったが、彼は愚か者だったのだろうか。この問題についての神秘家の答えは明白である。神秘家曰《いわ》く、歓喜は、もし性格を強め、人間に正しい行為をなさしめるのでなければ、無価値である。歓喜の価値は人がいかなる仕事をするかによるのだ。

これまで私は美的感受性のすぐれた人と付き合う機会が多くあった。といっても創作者のことを言っているわけではない。私が考えるに、芸術の作り手と受け取り手とではかなり大きな違いがある。創作者は、内なる自己を表現したくて堪らぬという衝動に突き動かされて作品を作るのである。作ったものに美があっても、それは偶然だ。美が特別の目的であることはめったにない。彼らの目的は重荷となっているものを魂から解放することであり、その手段として、生来の才能次第で、ペン、絵の具、粘土などを使う。私が言うのは、美を眺め鑑賞するのが人生の主たる仕事である人のことである。この連中には、尊敬すべき点はほとんどない。虚栄心が強く、自己満足の輩《やから》である。人生の実務的な仕事には不向きであり、経済的な理由から地味な仕事を黙々としている人を馬鹿にする。自分はたくさんの本を読み、たくさんの絵画を観たからというので、他の人より偉いと思っているのだ。現実から逃避するために芸術を楯《たて》にし、人間の生活に必要な活動を否定するために平凡なものには何であれ愚かしい軽蔑の目を向ける。麻薬常用者並みというか、いやもっと悪い。麻薬常用者なら、お山の大将になって仲間の人間を低く見たりはしないから。芸術の価値は、神秘主義者の考える価値と似て、どんな効果があるかにかかっている。単に楽しみを与えるというのであれば、どれほど精神的な楽しみであっても、あまり価値はない。せいぜい一ダースの牡蠣《かき》と一パイントのモンラシェ酒くらいの価値しかない。もし美が癒し効果を持つなら、それはそれで結構。世の中は回避できない悪ばかりだから、人が一休み出来る避難所みたいなものがあれば有難い。

ただし、悪から逃れるのではなく、休んでから力を盛り返して悪と対決しなくてはならない。というのは、芸術が人生における大きな価値の一つであるのなら、人間に謙虚、寛容、英知、雅量を教えるべきなのだ。芸術の価値は美でなく正しい行為である。

美が人生の大きな価値だというのなら、美がそれを味わうことの出来る美的感覚を持つ階級のみの特権だというのは信じがたいことだ。エリートだけが分かち持っている感性が人生の必需品だと主張するのは変だ。だが、美学者はそのように主張する。白状するが、愚かな若造だった私は、芸術(そこに私は自然美も入れていた。これも絵画、交響曲と同じく、明確に人が作ったものだと思っていたし、今もそう思う)が、人間の努力の最高の成果であり、人間存在を正当化すると考えていて、芸術が分かるのはエリートだけだと思うと、言うに言われぬ満足感を覚えたものだった。その後、かなり以前からこの考えは変だと気付いている。美が一部の人の専有物だとは信じられない。特殊な教育を受けた人にしか意味を持たないような芸術作品は、それを好む一部の連中と同じく、くだらないと思いたい。芸術は皆が楽しめる作品である場合にのみ偉大であり、意味を持つ。一部の限られた一派の芸術は遊びである。ところで古代芸術と現代芸術の間にどうして区別をつけるのかが、私には分からない。あるのは芸術のみであるのに。芸術は生き物である。芸術作品の歴史的、文化的、考古学的な曰く因縁を考察することによって、作品に命を与えようとする試みは無意味である。ある影像を作ったのが古代ギリシャ人であろうと現代フランス人であろうと、そんなことはどうでもいい。大事なのは影像が今ここで人に美的感動を与え、感動によって人を仕事へと駆り立てるということである。もし芸術作品が、自己耽溺《たんでき》や自己満足の機会を与える以上のものであろうとするのなら、人の性格を強め、人を正しい行動に一段と適するようにさせなくてはならない。とすると、そこから得られる結論は、私の好まぬものだが、次のように認めざるを得ない。即ち、作品は成果によって価値を問われるべきであり、成果が上がらなければ価値はないのである。芸術家がよい成果を得るのは、成果を狙わないときだという。このことは事実として認めるしかないらしいが、奇妙な話であり、私には何故だか不明である。芸術家は、彼が説教していると気付いていないときに最も印象的な話をする。ミツバチも自分の目的のためにロウを作るのであって、人間が様々な目的に利用することには気付いていない。

77

どうやら「真」も「美」も本質的な価値を持つとは言えそうもない。では「善」はどうだろうか。だが善の前に愛について語りたいと思う。愛は他の全ての価値を包含すると考えて、愛を人間のあらゆる価値の中で最高のものと認めている哲学者がいるのだ。プラトン主義とキリスト教が共に愛に神秘的な意義を与えてきた。愛というといろいろな連想があるせいで、平凡な善よりも心をときめかす人は多い。これに較べると善は地味である。だが愛には二つの意味がある。つまり、素朴な愛、性愛が一つで、もう一つは慈愛《ラヴィング・カインドネス》である。プラトンですら両者を混同していると思う。彼は性愛に伴う歓喜、力強い感覚、高まる生命力をもう一つの愛から派生するとしているようだ。もう一つを彼は天の愛と呼び、私は慈愛と呼ぶのである。プラトンは、混同のせいで、天の愛を地上の愛の根深い悪によって汚染させてしまった。性愛は過ぎ、消え去る。人生の最大の悲劇は、人が死ぬことではなく愛が死ぬことだ。人生における不幸の中で決して小さくない不幸、誰にも救えない不幸は、こちらが愛している人がもう愛してはくれないことである。ラ・ロシュフコーは「二人の恋人の間には愛する者と愛される者がいる」ことを発見したとき、人間が愛において完全な幸福を得るのに障害となる不一致があることを、警句の形で述べたのであった。人がその事実にどれほど腹を立て、それをどれほど激しく否定しようとも、愛が生殖腺の分泌に根ざすのは疑う余地がない。生殖腺は、大多数の人にあっては同じ対象によって無限に刺激され続けるものではなく、加齢により衰える。人はこの点ではとても偽善的で、事実を直視しようとしない。人は自分を欺くことで、次第に愛が弱まり、言うところの安定した長続きする愛情に変わっても、平然としている。それでは、まるで愛情が愛と同一であるみたいではないか！　両者はまるで違う。愛情は習慣、利害の一致、便宜、相手欲しさから生じる。それは歓喜というより慰安である。我々は変化する生物であり、変化は我々が吸う大気である。そうだとすれば、人間の本能の中で二番目に強い性欲が変化の法則から逃れるはずがあるだろうか。誰しも去年と同じ人ではない。こちらが愛する者もそうだ。もし我々が、自分は変わっているのに、変わってしまった相手を愛し続けるとしたら、幸せな偶然でしかない。大抵の場合、こちらは変わっていても、変わってしまった相手のうちにかつて愛した人の姿を見つけて、愛そうと必死の哀れな努力をするのだ。愛の力に捕らえられたときは、それがあまりに強力なので、愛は永遠に続くと勘違いする。愛が衰えると、恥ずかしくなり、思い違いをして、自分の弱さに自責の念を覚える。しかし、我々は心変わりを人間の自然な成り行きとして受け入れるべきなのだ。人間はいろいろ経験して、次第に愛を複雑な感情で眺めるようになったのである。疑いの目を向けるようにもなった。称賛する一方で呪《のろ》うようにもなった。人の魂は、常に自由になるべく奮闘しているので、愛が要求する自己犠牲を、僅かな期間を除くと、神の恩寵からの堕落だとみなしたこともある。愛のもたらす幸福は人間が味わいうる最高のものかもしれないが、めったに純粋ではない。愛の物語は常に悲しい終わりを迎える。愛の力に怒り、その重荷から解放されることを怒りながら神に祈った者は多い。人は自分を縛る鎖《くさり》を抱きしめたが、それが鎖だと知ると憎んだ。愛は必ずしも盲目ではなく、愛に値しないと分かっている相手を全身全霊で愛するほど惨めなことはない。

しかし慈愛は、性愛の除去し得ぬ欠陥である移ろいやすさに侵されていない。慈愛にも性愛の要素が全然ないわけではない。その点、ダンスに似ている。リズミカルな動きが楽しくてダンスをするので、ダンス相手とベッドを共にしたいと思う必要はない。だが、そうするのが不快でないような相手であったら、ダンスが一段と楽しくなる。慈愛では性本能は昇華されているが、そのお陰で暖かい精力が慈愛を活気づけることになる。慈愛は善の大半を成す。慈愛は、善の中味である厳しい徳目に穏やかさを与えて、自制、忍耐、規律、寛容などを心明るく実行できるようにさせる。これらは、本来なら、受身的であまり楽しくない善の要素であるのだ。善はこの現象界において、それ自体が目標だと主張できそうに思える唯一の価値である。美徳の報いはそれ自体にあり、と言う。こんなありきたりの結論に達したことを私は恥じる。効果を狙うのが好きな私なので、本書を何かはっと思わせるような逆説的な宣言で締めくくりたかった。あるいは、読者がいかにも私らしいと笑いながら認めるような皮肉を締めくくりとしたかった。どうやら私の言いたいことは、どんな人生案内書ででも読めるような、どんな説教壇からでも聞けるようなことだったらしい。ずいぶん回り道をしたあげく、誰でも既に知っていたことを発見したのである。

私には尊敬心が乏しい。世間には尊敬心が多すぎる。尊敬に値しない多くの対象に尊敬が求められる。尊敬といっても、我々が進んで興味を示したくないものへの形ばかりの敬意である場合が多い。ダンテ、ティツィアーノ、シェイクスピア、スピノザといった過去の偉人に敬意を表するよい方法は、尊敬することではなく、彼らが同時代人であるかのように親しみの態度で接することである。それが我々の示しうる最高の賛辞である。親しみを示すというのは、彼らが我々にとって生きた存在だと認めることなのだ。しかし、時たま本当の善に遭遇すると、私は心の中に自然に尊敬の念が湧いてくるのに気が付いた。そういうときは、珍しくも善を所有する人が、私が期待するほどの知性に恵まれていなくても構わないような気がした。私がまだ幼い子供で、学校で不幸せだったとき、この学校での生活は全て夢であり、目を覚ませば、母のいる家にいるのだと、毎晩夢想したものだった。母の死は五十年経った今も癒えない傷である。その夢を見なくなってもう久しいが、自分のこの人生が夢まぼろしであるという感覚をすっかり失ったわけではない。夢の中で、私は行きがかり上あれやこれやのことをしているのだが、そうしている間にも、その姿を別の自分が遠くから眺めていて、夢なのだと分かるのだった。自分の生涯を振り返って、成功、失敗、無数の間違い、欺瞞《ぎまん》、充実、喜び、悲惨などを思い浮かべるのだが、何だか妙に現実感を欠いているような気がする。影のようで実体がない。もしかすると、私の魂はどこにも休息を見出せず、そのため私の理性の認めぬ神や不死への先祖代々の深い渇望をいだいていたのかもしれない。善については、他にましなものが見出せなかったが故に、私が人生途上で出会った多数の人物に見出した善(思い出すと予想外に多くの善の実例を目撃できたのである)には実体があると、自分に思い込ませようしてもよいという気がした。もしかすると我々は善に、人生の理由や説明ではなく、人生の悪を軽減する役目をしてもらうのかもしれない。このお粗末な宇宙では、我々は揺籠《ゆりかご》から墓場まで悪に取り囲まれているのだが、善は挑戦でも答えでもなく、我々が独立した存在であるのを確認するのに役立つであろう。善は運命の悲劇的な愚劣さに対するユーモアの仕返しである。善は美と違い、完璧であっても退屈なものとはならない。また、美より勝っているのは、時間が経っても喜びが色褪せぬことだ。しかし善は正しい行為において示されるのであるが、この無意味な世界で何が正しい行為であるかは、いったい誰に言えようか。それは幸福を目指す行為ではない。もし幸福が得られたとしても、幸せな偶然である。よく知られているように、プラトンは賢者に、平穏な思索の生活を棄てて実務の喧噪《けんそう》のただ中に飛び込み、それによって義務を幸福より優先させるよう勧めた。我々も皆、その道がそのときも未来も自分に幸福をもたらさないと分かっているのに、正しいと信じられる道を選んだ経験があると思う。では、正しい行為とは何か。私としては、十七世紀スペインの修道僧ルイス・デ・レオンの答えが最上のものだと考える。この教えに従うことは、弱い人間が自分の力では無理だとして尻込みするほど困難だとは思えない。この言葉で本書を終える。曰く、人生の美はこれに尽きる、即ち、各人は自らの性質と仕事に応じて行動すべし、と。

解　説

本書は二十世紀前半を代表するイギリス作家の一人であるサマセット・モーム(一八七四―一九六五)の回想録『サミング・アップ』(一九三八年)の全訳である。モームは日本で紹介されてから既に七十年近くなり、一般読者にもかなりよく知られている。特に本書はある理由で、その名を知っている人が多い。本書について述べるのに先立って、半世紀以上に及ぶモームと日本の関係を振り返ってみよう。そうすることで本書を含めたモーム文学全体の特質を語ることにもなろう。

日本での最初の翻訳である中野好夫氏による『雨 他二篇』が岩波文庫の一冊として出たのは、一九四〇(昭和十五)年一月のことだった。さらに同年八月には『月と六ペンス』も同氏の訳で中央公論社から出たものの、第二次世界大戦のために英米文学の紹介は中断され、本格的にモームが紹介されたのは大戦後であった。一九五〇年には三笠書房からモーム選集が刊行されだし、二、三年の間に代表作が出揃った。同じ時期に大学の英語のテキストとして、「雨」「赤毛」「大佐の奥方」「物知り博士」などの短篇小説や『サミング・アップ』の一部などのエッセイが数多く使用された。当時の大学の教養課程の英語教育は講読が主流であり、そのテキストが日本のどこの大学でもモームだという現象が見られた。大学入試でも毎年多くの大学でモームの文章が出題され、当時の受験生にとってモームは必読の書であったし、当然予備校でもモームは引っ張りだこであった。「サミング・アップ」という耳慣れない言葉が日本で比較的よく知られているのは、このような事情による。

数年前に『人間の絆』の新訳を出したとき、私はそれを勧めていた大学の理事長に進呈した。スポーツマンで文学に関心がない人なのだ。ところが、モームと聞くと、急に目を輝かせて、「たしか『月と六ペンス』の作者でしょう？　あれ大学受験のとき読まされましたよ。懐かしいです」と語り出した。現在六十代、七十代の人にとってモームは受験英語と結びついてではあるが、鮮明に記憶されている。そのような英米作家は彼の他には少ない。

一九五四年にモーム全集が新潮社から刊行され始めた。全三十一巻から成り、小説の他、短篇、紀行、戯曲、エッセイなど全ジャンルを網羅し、日本の英文学紹介では画期的な出来事であった。戦後の混乱も収まり、文化的なことにも関心が生じてきたので、この頃から各出版社が競い合って世界文学全集を出し始めた。それらにはモームが、シェイクスピア、ゲーテ、トルストイ、スタンダールなどの大物作家と肩を並べてたいてい入っていた。一九五九年の十一月にモームは日本にやって来て約一カ月滞在し、モーム・ブームに拍車がかかった格好で、彼が姿を見せた東京日本橋の丸善は、翌一九六〇年に日本モーム協会の設立を図り、新潮社もこれを支援した。会長には中野好夫、顧問には阿部知二、西脇順三郎、評議員・幹事には朱牟田夏雄、上田勤、木下順二などの著名人が就任した。

このように、二十世紀中葉の二十年間は日本におけるモームの最盛期であった。その当時を今振り返ってみて、あれほどの人気はどこから生まれたのか、ここで考えてみたい。まず、外国文学を身近なものにしたという功績を忘れてはならない。外国文学というと、戦前の日本の読者は肩に力を入れて読んだものであった。総じて日本文学に較べれば翻訳物は読むのに努力が要るし、内容も自分の住む世界とはかけ離れていて、容易には理解できないことが多かった。ところが、モームは文章も中味も、すぐれた訳者のお陰もあって、日本文学を読むときとあまり変わらずに、すらすらと読めるのであった。

巧みな語り手。小説を読む楽しさを味わえる。モームの小説は一度読み出したら、次々にページを繰り、途中でやめられない。モームはジェイン・オースティンについて「これという事件も起きないのに、ついページをめくらされる」と言って、彼女の語り口を称《たた》えているが、モームの場合は興味深い事件が起きるため物語に引き込まれるのである。中野氏はモームの主要作品のほとんどを素晴らしい翻訳で紹介しただけでなく、純文学がこんなに面白くてよいのか、と疑問視する読者を安心させた。曰《いわ》く、「モームの作品は一切の通俗性の皮を剝《は》ぎとってしまった最後に、人間の不可解性という、常に最後の核にぶつかる」、「永遠の謎なるものとしての人間の魂を描くこと。これが彼の一生を通じて歌いつづけている唯一の主題であるといってよい」。人間とは何かという謎を追求するのだけは絶対に忘れぬ点を、モーム文学の特質と説いたのである。

翻訳者、紹介者に恵まれた。モームを初めて日本に本格的に紹介した中野好夫氏は、一九五二年に東大教授を辞めているが、その後は翻訳を継続すると共に幅広い評論家として活動した。モームの翻訳や批評には中野氏の同僚や弟子などが全面的に参加した。アメリカ文学研究の第一人者まで翻訳に参入した。モーム自身は、自分の文学を真面目《まじめ》に取り上げる批評家はイギリスでは二人だけだと不満を述べているが、日本で英文学界の重鎮が積極的に論じていると知ったら、さぞや満足したことであろう。翻訳物の読者はどうしても訳者や紹介者の評価に頼りがちであり、その点、モーム人気は中野氏とその同僚たちに負うところが大きい。

人間を見る目。モームは、人間は誰も五十歩百歩であまり変わらない、と考えている。誰も彼も矛盾した要素をたっぷり持っていて、首尾一貫した人などいない。彼曰く、「中央刑事裁判所の判事閣下《かっか》が判事席の花束の傍らに、一束のトイレット・ペーパーを置いておけば……自分も世間の人と同じ人間なのだということを思い出すだろう」。このような考えから、彼は多くの作品で善人の持つ悪と悪人の持つ善を描いた。尊敬していた人に騙《だま》されたという思いをいだいていた戦後の日本人が、こういう人間観に共鳴したのも当然であった。

人生いかに生きるべきか。欧米の読者と較べると、日本の読者には、文学に生き方の指針を求めようという気持が強いようだ。その点、『人間の絆』で主人公が様々な体験と思索の後に到達する「ペルシャ絨毯《じゅうたん》の哲学」は、日本の読者、とりわけ混乱した戦後に生きる読者に強く訴えかけた。人生には意味などない、そうだとすれば、どのように生きようと各個人の自由であるとし、「ペルシャ絨毯の織り手が精巧な模様を織り上げてゆく際に意図するのは、単に自らの審美眼を満足させるだけであるのと同じように、人もまた人生を生きればよい」という考えである。つらいことや悲しいことも絨毯の模様を複雑で豊かなものにするのに役立つ、という考えは、戦後の厳しい時代を生きる日本人には歓迎すべきものだった。

以上、戦後の日本でのモーム人気の理由を考察してみた。ところが一九六五年末に彼が亡くなった頃から、急速に忘れられていった。戦後に限らず、今の日本の読者がモームに魅力を感じてもよい理由は多くあると思うのだが、人気の低迷は否定のしようもなかった。何故だろうか。一つには、過剰なほどであったブームへの反動があっただろう。飽きられたということもあろう。他にもっと面白い、心に訴える作家が登場したからでもあろう。作家に限らず、人気や流行には、はっきりとした理由が特定しにくいものだ。

むろん、ブームの去った後も、今日に至るまで、新訳が出たり、訳されていなかった作品が訳されたりするようなことはあった。そして二〇〇六年四月、モーム没後四十一年を記念して講演会が催され、新聞で報じられたこともあって、三百人近くの観客が集まり、往年の人気が潜在的に生きていることを窺《うかが》わせた。この講演会を切っ掛けとして、日本モーム協会が復活し活動を開始した。二〇〇七年二月には、モーム作品の久し振りの映画化として、『劇場』を原作とする『華麗なる恋の舞台で』が日本でも上映される予定だ。

この解説の冒頭で『サミング・アップ』を回想録と記したが、内容を一口で言うのは難しい。作者自身は「本書は自伝ではないし、また回想録というのでもない」と述べているわけで、確かにいろいろな要素が混じっている。モームという人と文学について知るのに、これくらい適切な書物はない。上述した中野氏の同僚であった朱牟田夏雄氏などは、モームを知るのに読むべきものとして、『人間の絆』を含む小説数点と「雨」、「赤毛」を含む短篇数点、それに『サミング・アップ』を挙げているほどだ。

本書はモームが六十四歳のときに発表されたが、それは、当時の『タイムズ』の死亡欄で六十代が最も危険な年齢だと知り、少し以前からぜひこれだけは書き残したいと念願したことを、誰にも気兼ねせず、洗いざらい、死ぬ前に整理したいというので執筆したものである。やや慌《あわ》てて書いたと思われるふしはあちこちに見られる。書きたいことは頭に熟しているのだが、書き方について周到な準備をしていない。話題があちこちに飛んだり、繰り返しがあったり、過去と現在が混じったり、章によって矛盾する見解を述べたり、論理に飛躍があったり、と指摘するのは容易である。その一方、著者にはそもそも首尾一貫した論考を書く意図などないのだと悟れば、自由奔放な書き方でも充分に楽しめる。人間、人生、文学、道徳、宗教などについて、これくらい思い切って自説を述べた書物は少ないだろう。

巻末の「モーム略年譜」でも明らかなように、モームは一九三八年までに代表作のほとんど全てを刊行し、劇作家としても小説家としても確固たる地位を築き、豪壮な邸宅を南仏リヴィエラに所有し、著名人をしばしば招待していたのであった。その多数の小説や短篇や劇の登場人物の口を通じて、彼は自分の見解を述べてきたのであった。しかし、まだ言い足りなかったことを、直接自分の口を通して、生涯を締めくくる《サム・アップ》意味も込めて、全部吐き出してしまいたかったのである。本書についてモーム自身は、「本書を書く目的の一つは、長いあいだ心に取り憑《つ》いていて落ち着けなくなっていたいくつかの思いから、自分を解放することである」と述べている。この言い方は『人間の絆』を執筆した動機を想起させる。つまり、常に読者を楽しませるのをモットーにしている作家にしては異例なのだが、まず自分自身の魂の平穏のためというのが、執筆の第一の動機だったのだ。ところが皮肉なもので、本書の場合にも、かえってそういう本が読者を喜ばせるのだ。広く人間について関心をいだく者にとって、これほど興味深く読める本はめったにあるものではない。冷静な目で自己の人生を振り返り、自分を含めた人間を観察し、真・美・善の理想を論じ、文章のあり方を探り、小説の方法を分析し、文壇における自分の地位を推測するなど、モームはかなり赤裸々《せきらら》な姿を読者に見せていると思える。中野氏のもう一人の同僚であった上田勤氏は、モームとその文学について書かれた内外の文章が大同小異なのは、『サミング・アップ』一巻の存在のせいだと看破した。批評家が述べるべきことを、作者自身が先回りして本書で述べてしまった、と言うのである。

しかし、本書が出てから既に七十年近く経った今では、特に彼の性癖に関して、本書で隠していた事実がいくつも出て来たのは否定できない。それを思って本書を検討すると、「自分の胸のうちを全て公開する気はない。読者に私の心のどこまで入って来てもらうか、限度を設けさせて頂く。自分の胸中に留めおくことで足りている事柄もあるのだ。誰でも自分についての全てを語ることは出来ない」(第4章)と告白しているのに気付く。全てに開けっぴろげな現在と七十年前とでは、正直、率直さに違いがあることを認める必要があろう。モームは「雨」などで見られるように、ヴィクトリア朝のエトスに反逆した作家であるけれど、反面、生まれ育ったヴィクトリア朝の礼節、慎み深さから抜け出せなかったと思える部分もあったようだ。

本書を読んで今日の読者がショックを受けなくても、発刊当時の読者はあまりに露骨すぎる、正直すぎると感じた部分が多くあったのは、当時の書評から明らかである。また、本書で初めて作者の正直な告白を読んで、共感を覚えたり、感動したりした人も多数いた。アメリカの代表的な批評家であるマルカム・カウリー（一八九八―一九八九）は、本書を読んで初めてモームの謎が解けた、と述べている。カウリーはモームの小説の価値を全体としてアーノルド・ベネット（一八六七―一九三一）やシンクレア・ルイス（一八八五―一九五一）より上だと評価しているのだが、『人間の絆』を英米文学での稀《まれ》にみる傑作だと考え、他の作品がどうしてその高みにまでとうてい達していないのか、それを「モームの謎」として、長年疑問をいだいてきた。そして、本書の第51章の『人間の絆』執筆の動機を読んで初めて納得できた、と述べている。

読者の中には、本書を通読している間に何度も「これは前に読んだことがある」と思う人もいるかもしれない。内容に印象を受けて記憶していた表現の出所が本書だと発見して、驚く人もいるだろう。本書ほど日本で大学入試問題や予備校の模擬テストに出題された本も少ないのだ。本書の約四分の一ほどを対訳版にした本が一九五六年に出て、受験生必読の書として三十年以上にわたって毎年版を重ねていた。モーム語録というような本を編集するとすれば、多数の小説、短篇、劇をおさえて『サミング・アップ』が全体の半分を占めることになるに違いない。

若い読者の中には、本書で述べられている人間観、人生観が自分にとって目新しくないと感じる人がいるかもしれない。だが、そういう読者には、シェイクスピアについての次の話を知っているだろうかと問いたい。イギリスのある男が生まれて初めて『ハムレット』を観たのだが、不満そうな顔をしているので、友人が感想を聞いてみた。すると、「シェイクスピアは言葉の天才だと聞いていたんだが、おれの知っている言葉ばかり使っているじゃないか」と答えたという。むろん、シェイクスピアが劇で初めて用いた表現が素晴らしくて、次第に一般の人も真似《まね》して使い出した、というのが真相である。モームをシェイクスピアと同列に置くつもりはないが、彼が数世代前に説いたことが、時間を経て一般人に受け入れられ、次第に常識にまでなったのかもしれないのだ。現代の若者の一代あるいは二代前の日本人がモームを読んで得たものが、子孫である若者に知らず知らずに継承されている可能性だってある。時代に先んずるというのは、あるいは独創的であるのは、常に相当の勇気を要することに思いを致してほしい。

参考までに、ここで英文学ではない分野の専門家の本書に対する見解を紹介しておく。古代ギリシャ哲学研究の第一人者であった田中美知太郎(一九〇二―一九八五)氏は、新潮社のモーム全集で本書の翻訳を読んだ直後に「モームの哲学勉強」という比較的長文の文章を書き、とりわけ第63章から第77章に及ぶ哲学談議について非常に肯定的な見解を述べている。曰く、「わたしの驚くことは、かれが気軽に、多量の古典哲学書を読んでいることである」、「一人のシニカルとも評される近代作家が、専門の哲学者と同じように、ひろく哲学書を読んでいて、古色蒼然《こしょくそうぜん》たる哲学の問題に、意外なくらいの熱意をもって取り組んでいる」。本書のこの部分については、これまで「本人は結構真剣なようだ」などと揶揄《やゆ》されてきたので、田中氏のような碩学《せきがく》の好意的な批評があるのをもしモームが知ったとしたら、さぞや感激したことであろう。他にも、ロシアの大ピアニストであったゲンリッヒ・ネイガウス(一八八八―一九六四)が本書に好意を寄せている。彼は日本での知名度は低いが、リヒテルやギレリスの師でありブーニンの祖父でもあった巨人で、数カ国語を自由に使いこなす教養人であった。その彼が本書を原語でもロシア語訳でも読んで感銘を受けたようで、彼自身が自伝的な書物を執筆する際に「モームの『サミング・アップ』にならって自分の人生を総括する……一般の自伝とは異なる精神的自伝として書く」と述べているほどである。

＊

『サミング・アップ』は全七十七章から成っており、先に述べたように、決して体系立てて章別に書かれているとは言えないのだが、読者の便宜のために、ここで全章をグループ分けし、その内容を要約しておく。


I（第1章—5章）序に当たる部分で、執筆の動機や姿勢、題名の説明。

II（第6章—7章）祖父のこと。両親の思い出。

III（第8章—10章）文章修業。スウィフト、ドライデン、アディソンの散文。

IV（第11章—14章）文章論。明快、簡潔、響きのよさを狙《ねら》うべき。欽定訳聖書の文体による悪影響。

V（第15章—17章）人生、人間観。本書の圧巻で、最もしばしば引用される部分。

VI（第18章―21章）独自の人間観の確立過程の説明として、小学校時代から中学校、特に医学校での体験談。

VII（第22章―23章）自己の長所と短所の分析。恋の至福を味わったことは一度もない、という告白。

VIII（第24章―27章）読書論。流行に釣られてペイター、メレディスを熟読したこと。

IX（第28章―29章）若い頃の旅行の経験。ドイツ、イタリア旅行。外国語学習論。

X（第30章―42章）劇作の回想、演劇論。実験劇から大衆相手の芝居に転向した経緯。散文劇の限界、思想劇、役者、観客論。

XI（第43章―45章）『ランベスのライザ』執筆の思い出。

XII（第46章―50章）作家業の利点と難点、心構え。

XIII（第51章―55章）『人間の絆』執筆の動機。秘密諜報員《ちょうほういん》としての体験、肺結核の発病、治癒後の中国、南海諸島への旅行。

XIV（第56章―62章）文学論。「雨」執筆の回想から、短篇小説論を展開。文壇での自己の地位、実験小説批判。文学批評のあり方。

XV（第63章―77章）哲学談議。この部分はよく整理されているとは言いがたいが、独我論、観念論、神と悪の問題などのテーマが真剣に論じられている。最後に真・美・善を一つずつ取り上げ、善のみ肯定。

本書の翻訳としては、新潮社のモーム全集の一冊として、一九五五年に『要約すると』という題名で中村能三氏の訳が出ている。また既に触れた対訳本は一九五六年に金星堂から出ている。私の翻訳はこの先行する訳を参考にさせて頂いた。特に後者は、本来学生向けに書かれた対訳本であるが、著訳者は朱牟田氏であり、精緻《せいち》な注釈、正確で読みやすい訳語は他の追随を許さぬ出来ばえである。私事ではあるが、私の直接の恩師であり、今回の仕事では、昔の学生に戻った気分でいくつも教えて頂いた。先生が対訳本を書かれた年齢は今の私よりかなり下であるのに気付くと忸怩《じくじ》たるものがあるが、私としてはベストを尽くしたつもりである。

藤野文雄氏からは田中美知太郎のモーム評について、森松健介・皓子ご夫妻からはネイガウスについて、清水明氏からはフランシス・キングの自伝について教えて頂いた。また、田中一郎氏からはその膨大なモーム・コレクションの中から珍しい一九三七年版の仮綴じの原書を頂いた。以上の方々に厚くお礼申し上げたい。

いつものように、妻恵美子は原稿を徹底的に検討し助言してくれた。また編集担当の市こうた氏は校正の際に有益な助言を惜しまなかった。ここで感謝したい。

行方昭夫

二〇〇六年十一月二十八日

モーム略年譜

可能な限り最新の情報に基づいて作成したので，従来の年譜での年号，日付と違うことがあるが，現時点では，こちらのほうが正しいと考えて頂きたい．

1874年(明治7年)　1月25日，パリに生まれる．ヴィクトリア女王の君臨していた時代で，首相はディズレーリであった．父ロバート・モームは在仏英国大使館の顧問弁護士，母は軍人の娘であった．ウィリアムは5人兄弟の末っ子だった．兄の1人は後に大法官となった著名な法律家であった．

1882年(8歳)　母が41歳で肺結核により死亡．モームはやさしく美しかった母について懐かしい思い出を持っていて，『人間の絆』(*Of Human Bondage*)の冒頭に，その死を感動的な文章で描いている．

1884年(10歳)　父が61歳で癌により死亡．このため，イギリスのケント州ウィットステイブルの牧師だった父の弟ヘンリ・マクドナルド・モームに引き取られ，カンタベリーのキングズ・スクール付属の小学校へ入学．パリでの自由な楽しい生活から，突然，子どものいない厳格な牧師の家庭に引き取られたので，少年モームは孤独と不幸を感じる．叔母はやさしい人であったが，叔父は俗物で，その卑小な性格は『人間の絆』や『お菓子とビール』(*Cakes and Ale*)の中で辛辣に描かれている．

1885年(11歳)　キングズ・スクールに入学．フランス語訛りの英語と生来の吃音のため，いじめにあい，学校生活は楽しくない．彼はますます内向的な，自意識の強い少年になってゆく．しかし中等部から高等部に進学する頃には優等生となり，友人

も出来た.

1888年(14歳)　冬に肺結核に感染していることが分かり，1学期休学して南仏に転地療養する．短期間の滞在であるが，何にも拘束されない楽しい青春の日々を送る.

1889年(15歳)　春，健康を取り戻して帰国し，復学するが，勉強に熱が入らず，オックスフォードに進学し聖職に就かせようという叔父の反対を押し切ってキングズ・スクールを退学.

1890年(16歳)　前半の冬に再び南仏を訪ねて，春に帰国．ドイツ生まれの叔母の勧めでハイデルベルクに遊学する．風光明媚な古都で，再びのびのびと青春のよき日を楽しむ．正式の学生にはならなかったが，ハイデルベルク大学に出入りして講義を聴講し，学生たちと交際する．絵画，文学，演劇，友人との議論などの与える楽しみを満喫する．キリスト教信仰から完全に自由になったのもこの頃である．演劇ではイプセン，音楽ではヴァーグナーが評判であったので，その影響を受ける．また大学での講義から，ショーペンハウアーの思想に共鳴する．私生活では，慕っていた年長の青年ブルックスと同性愛の経験をする.

1892年(18歳)　春，ひそかに作家になろうと決意して帰国．2カ月ほど特許会計士の見習いとしてロンドンのある法律事務所に勤めたが失敗に終わる．10月，ロンドンの聖トマス病院付属医学校へ入学．最初の2年間は医学の勉強は怠けて作家としての勉強に専念する．2年の終わりに外来患者係のインターンになってからは，興味を覚え始める．虚飾を剝いだ赤裸々の人間に接し，絶好の人間観察の機会を与えられたからである．医学生としての経験はモームに，自己を含めて人間を冷静に突き放して見ることを教えた．人間を自然法則に支配される一個の生物と見る傾向が彼につよいのもこの経験の影響であろう.

1894年(20歳)　復活祭の休日に，イタリアにいるブルックスを訪ね，初めてイタリア旅行をする.

1895年(21歳)　初めてカプリを訪ね，その後もしばしば同地に行く．この年，オスカー・ワイルドが同性愛の罪で投獄された．

1896年(22歳)　『作家の手帳』(*A Writer's Notebook*)のこの年の項には次のような記載がある．「僕はひとりでさまよい歩く．果てしなく自問を続けながら．人生の意義とは何であろうか？　それには何か目的があるのだろうか？　人生には道徳というものがあるのだろうか？　人は人生においていかになすべきか？　指針は何か？　他よりすぐれた生き方などあろうか？」

1897年(23歳)　処女作，長篇『ランベスのライザ』(*Liza of Lambeth*)出版．医学生時代の見聞をもとにし，貧民街の人気娘の恋をモーパッサン流の自然主義的な筆致で描いた初期の秀作で，一応の成功を収める．聖トマス病院付属医学校を卒業，医師の免状を得るが，処女作の成功で自信を得，文学で身を立てようと決心して，憧れの国スペインを訪れる．セビリアに落ち着いてアンダルシア地方を旅行する．その後も毎年のようにスペインを訪れる．

1898年(24歳)　長篇『ある聖者の半生』(*The Making of a Saint*)出版．ルネッサンス期のイタリアを舞台にした歴史小説．『人間の絆』の原形といわれる『スティーヴン・ケアリの芸術的気質』(*The Artistic Temperament of Stephen Carey*)執筆．「腕は未熟だったし書きたい事実との時間的距離も不充分だった」とモームは告白しているが，ともかく，この原稿は陽の目を見ることがなかった．スペインからイタリアまで足を伸ばす．

1899年(25歳)　短篇集『定位』(*Orientations*)出版．戯曲『探検家』(*The Explorer*)を執筆．

1901年(27歳)　長篇『英雄』(*The Hero*)出版．

1902年(28歳)　長篇『クラドック夫人』(*Mrs. Craddock*)出版．相反する生活態度の夫婦の葛藤を描いたテーマ小説．最初の1幕物の戯曲『難破』(*Schiffbrüchig*)，ベルリンで上演．

1903年(29歳)　2月，1898年に書いた4幕物の戯曲『廉潔の人』(*A Man of Honour*)出版，舞台協会(グランヴィル・バーカーを指導者とする実験劇場)の手で上演．2日間しか続かなかった．『パンと魚』(*Loaves and Fishes*)と『フレデリック夫人』(*Lady Frederick*)の2つの喜劇を執筆するが，上演されない．

1904年(30歳)　長篇『回転木馬』(*The Merry-Go-Round*)出版．手法上興味深い作で，書評はよかったが，あまり売れず，作者は失望した．笑劇『ドット夫人』(*Mrs. Dot*)を執筆．

1905年(31歳)　2月，パリに行き，長期滞在をする．モンパルナスのアパートに住み，芸術家志望の青年たちと交際し，ボヘミアンの生活を知る．旅行記『聖母の国』(*The Land of the Blessed Virgin*)出版．アンダルシア地方への旅行の産物．

1906年(32歳)　ギリシャとエジプトに旅行．4月，『お菓子とビール』のロウジーの原型となった若い女優スーを知り，親密な関係が8年間続く．モームが心から愛した唯一の異性と言われる．長篇『監督の前垂れ』(*The Bishop's Apron*)出版．

1907年(33歳)　10月，『フレデリック夫人』がロンドンのコート劇場でほんのつなぎに上演される．経営者にとってもモームにとっても意外の大成功で，1年以上にわたり，422回も続演された．『作家の手帳』には次のような感想がある．「成功．格別のことはない．1つには予期していたために，大騒ぎの必要を認めないからだ．掛値のないところ，成功の価値は経済的な煩いからぼくを解放してくれたことだ．貧乏はいやだった．」戯曲『ジャック・ストロウ』(*Jack Straw*)を執筆．

1908年(34歳)　3月，『ジャック・ストロウ』，4月，『ドット夫人』，6月，『探検家』が上演され，『フレデリック夫人』と合わせて同時に4つの戯曲がロンドンの大劇場の脚光を浴びる．社交界の名士となる．ウィンストン・チャーチルとも知り合い，生涯の友となる．かくして求めていた富も名声も彼のものとなる．しかし，この商業的大成功のために高踏的な批評家からは

通俗作家の刻印を押される．長篇『探検家』(*The Explorer*)，長篇『魔術師』(*The Magician*)出版．後者はオカルティズムが主題．

1909年(35歳)　4月，イタリアを訪問．その後も毎年のように訪れる．戯曲『ペネロペ』(*Penelope*)，戯曲『スミス』(*Smith*)上演．

1910年(36歳)　2月，『10人目の男』(*The Tenth Man*)，『地主』(*Landed Gentry*)上演．10月，『フレデリック夫人』以下いくつもの劇が上演されていたアメリカを初めて訪問し，名士として歓迎される．

1911年(37歳)　2月，『パンと魚』上演．

1912年(38歳)　劇場の支配人がしきりに契約したがっているのを断って，長篇『人間の絆』を書き始める．

1913年(39歳)　秋にスーに求婚するが，断られる．この前後に離婚訴訟中の社交界の花形シリーを知る．クリスマスにニューヨークで，戯曲『約束の地』(*The Land of Promise*)上演．

1914年(40歳)　2月，『約束の地』がロンドンで上演．スーに拒否された反動でシリーと親密な関係になる．『人間の絆』を脱稿．7月，第1次世界大戦勃発．「戦争が始まった．私の人生の1章がちょうど終わったところだった．新しい章が始まった」とモームは記している．10月野戦病院隊を志願してフランス戦線に出る．まもなく情報部勤務に転じ，ジュネーヴを本拠に諜報活動に従事．長年にわたる秘書兼友人となるジェラルド・ハックストンを知る．

1915年(41歳)　『人間の絆』出版．作者自身の精神形成のあとを克明にたどったもので，20世紀のイギリス小説の傑作の1つに数えられる．発表されたのが大戦さなかのことであまり評判にならなかったが，アメリカでセオドア・ドライサーが激賞した．9月，モームとシリーの間の子どもが誕生．諜報活動を続ける一方，戯曲『手の届かぬもの』(*The Unattainable*)，戯曲

『おえら方』(*Our Betters*)を執筆.

1916年(42歳)　2月,『手の届かぬもの』上演. スイスでの諜報活動で健康を害し, 静養もあってアメリカに赴き, さらに南海の島々まで足を伸ばす. タヒチ島では腹案の長篇『月と六ペンス』(*The Moon and Sixpence*)の材料を集める. 南海の島々は, そのエキゾチックな風物とそこに住む人びとの赤裸々な姿のゆえに, モームの心を魅了する.

1917年(43歳)　3月,『おえら方』, ニューヨークで上演. ロンドンの社交界に入ろうとする富裕なアメリカ人を風刺する内容なので, 観客の怒りを買ったが, 評判となり, 興行的には成功だった. 5月, アメリカでシリーと正式に結婚. 秘密の重大任務を帯びて革命下のロシアに潜入. 使命を遂行できる自信はないが, 一度行きたいと考えていたトルストイ, ドストエフスキー, チェーホフの国に滞在できるという魅力にひかれて, 病軀を押して出かける. しかし肺結核が悪化し, 11月から数カ月, スコットランドのサナトリウムに入院.

1918年(44歳)　サナトリウムにいる間に, 戯曲『家庭と美人』(*Home and Beauty*)を執筆.『月と六ペンス』を執筆. 脱稿は南英サリーの邸で家族と暮らした夏. 11月に再入院し, ここで終戦を知った.

1919年(45歳)　春に退院し, 2回目の東方旅行を行なう. シカゴと中西部を見物してからカリフォルニアに行き, そこからハワイ, サモア, マレー, 中国, ジャヴァなどを旅行. とくにゴーギャンが最後に住んだマルケサス群島中のラ・ドミニク島で取材する. 長篇『月と六ペンス』出版. ゴーギャンを思わせる, デーモンに取りつかれた天才画家の話を一人称で物語ったもので, ベストセラーになり, 各国語に訳される. これが契機となって『人間の絆』も読まれ出す. 3月, 戯曲『シーザーの妻』(*Caesar's Wife*), 8月,『家庭と美人』上演(なお, アメリカでの上演の際のタイトルは『夫が多すぎて』).

1920年(46歳)　8月，戯曲『未知のもの』(*The Unknown*)上演．中国に旅行．

1921年(47歳)　短篇集『木の葉のそよぎ』(*The Trembling of a Leaf*)出版．「雨」(*Rain*)，「赤毛」(*Red*)など6篇を収録．1916年の南洋旅行の産物．3月，『ひとめぐり』(*The Circle*)上演．上演回数180回を越える大成功．1921年から1931年の10年間，極東，アメリカ，近東，ヨーロッパ諸国，北アフリカなどを次々に旅行した．

1922年(48歳)　旅行記『中国の屏風』(*On a Chinese Screen*)出版．戯曲『スエズの東』(*East of Suez*)上演．共に1920年の中国旅行の産物．翌年にかけてボルネオ，マレー旅行．ボルネオの川で高潮に襲われ，九死に一生を得る．

1923年(49歳)　ロンドンで『おえら方』上演．上演回数は548回となり，『ひとめぐり』と共に20世紀における風俗喜劇の代表作．

1925年(51歳)　長篇『五彩のヴェール』(*The Painted Veil*)出版．通俗的な姦通の物語で始まるが，後半では作者の代弁者が出て来て女主人公の人間的成長が見られ，前半の安易さを救っている．

1926年(52歳)　短篇集『キャシュアライナの木』(*The Casuarina Tree*)出版．「奥地駐屯所」(*The Outstation*)，「手紙」(*The Letter*)など6篇を収録．11月，戯曲『貞淑な妻』(*The Constant Wife*)上演．南仏リヴィエラのカープ・フェラに邸宅「ヴィラ・モーレスク」を買い求める．

1927年(53歳)　2月，戯曲『手紙』(*The Letter*)上演．妻と離婚の手続きを開始．正式に認められるのは1929年．この結婚は最初からうまくいかず，モームは『回想』(*Looking Back*)の中で夫人を痛烈に批判している．だが結婚の失敗をモームの同性愛に責任ありとする論者もいる．夫人は，その後，カナダで室内装飾の仕事をしていたが，1955年に亡くなった．

1928年(54歳)　短篇集『アシェンデン』(*Ashenden*)出版．諜報活動の経験をもとにした15篇からなる．戯曲『聖火』(*The Sacred Flame*)，ニューヨークで上演．この作から『シェピー』(*Sheppy*)にいたる4作は演劇界引退を覚悟した上で，観客の好悪を念頭に置くことなく自らのために書いたもので，いずれもイプセン流の問題劇である．

1930年(56歳)　旅行記『一等室の紳士』(*The Gentleman in the Parlour*)出版．ボルネオ，マレー半島旅行記．長篇『お菓子とビール』出版．人間の気取りを風刺した一種の文壇小説．ストーリー・テラーとしてのモームの手腕をもっともよく発揮した作で，現在の話に過去のエピソードがたくみに織り込まれる構成には少しも無理がなく，円熟期の傑作といえる．作中の小説家ドリッフィールドが，そのころ死んだトマス・ハーディをモデルにしているというので非難を受ける．小説家の最初の妻ロウジーの肖像は実に魅力的．モームは自作の中で一番好きだと言っている．9月，戯曲『働き手』(*The Breadwinner*)上演．

1931年(57歳)　短篇集『一人称単数』(*First Person Singular*)出版．「変り種」(*Alien Corn*)，「12人目の妻」(*The Round Dozen*)など6篇を収録．

1932年(58歳)　長篇『片隅の人生』(*The Narrow Corner*)出版．モームには珍しい海を背景にした作．視点が人生の無常さに徹した傍観的な人物にあるので，作者のペシミスティックな人間観が1篇の基調になっている．11月，戯曲『報いられたもの』(*For Services Rendered*)上演．

1933年(59歳)　短篇集『阿慶』(*Ah King*)，出版．「怒りの器」(*The Vessel of Wrath*)，「書物袋」(*The Book-Bag*)など6篇を収録．9月，戯曲『シェピー』上演．この劇を最後に劇壇と訣別する．四半世紀にわたって30篇以上の劇を発表したことになる．スペインに絵画を見に行く．

1934年(60歳)　短篇集『全集』(*Altogether*)出版．これまでの短

篇の大部分を収録.

1935年(61歳)　旅行記『ドン・フェルナンド』(*Don Fernando*)出版. たんなるスペイン紀行ではなく, 主となっているのは, スペイン黄金時代の異色ある聖人, 文人, 画家, 神秘思想家などの生涯と業績を縦横に論じたもので, モームのスペインへの情熱を解く鍵として面白い.

1936年(62歳)　一人娘の結婚式に出席のため, 南仏からロンドンに出る. 娘夫婦に家を贈った. 短篇集『コスモポリタン』(*Cosmopolitans*)出版. 『コスモポリタン』誌に発表した, 非常に短いもの, 「ランチ」(*The Luncheon*), 「物知り博士」(*Mr. Know-All*)など30篇を収録.

1937年(63歳)　長篇『劇場』(*Theatre*)出版. 中年女優の愛欲を心憎いまでの心理描写で描いたもので, 女主人公のジュリアは, 『お菓子とビール』のロウジーと共にモームの創造した娼婦型の女性像のなかでも出色の出来である. 12月, 翌年にかけてインドを旅行.

1938年(64歳)　自伝『サミング・アップ』(*The Summing Up*)出版. 64歳になったモームが自分の生涯を締めくくるような気持で人生や文学について思うままを率直に述べた興味深い随想. モームを知る上で不可欠の書物である.

1939年(65歳)　長篇『クリスマスの休暇』(*Christmas Holiday*)出版. イギリスの良家の青年が休暇をパリで過ごし, そこで今まで知らなかった人生の面に接して驚くという話. 編著『世界文学100選』(*Tellers of Tales*), ニューヨークで出版. 英米独仏露の近代短篇名作100篇の選集. 9月1日, 第2次世界大戦勃発. 英国情報省の依頼で戦時下のフランスを視察に行く.

1940年(66歳)　評論『読書案内』(*Books and You*)出版. 短篇集『処方は前に同じ』(*The Mixture as Before*)出版. 「ジゴロとジゴレット」(*Gigolo and Gigolette*), 「人生の実相」(*The Facts of Life*)など10篇を収録. 1月, 『雨 他2篇』, 8月, 『月と六ペンス』

の日本最初の翻訳が中野好夫氏の訳で刊行され，これを機にモームの本格的な紹介が日本で始まる．6月15日，パリ陥落の報を聞き，付近の避難者と共にカンヌから石炭船に乗船，3週間も費して帰国．英国情報省から宣伝と親善の使命を受けて，10月，飛行機でリスボン経由ニューヨークに向かう．1946年までアメリカに滞在することになる．

1941年(67歳)　中篇『山荘にて』(*Up at the Villa*)出版．自伝『内緒の話』(*Strictly Personal*)，ニューヨークで出版．第2次大戦開始前後のモームの動静を記したもの．

1942年(68歳)　長篇『夜明け前のひととき』(*The Hour before the Dawn*)出版．

1943年(69歳)　編著『現代英米文学選』(*Modern English and American Literature*)，ニューヨークで出版．

1944年(70歳)　長篇『かみそりの刃』(*The Razor's Edge*)出版．ベストセラーとなる．戦争の体験を通じて人生の意義に疑問をいだいたアメリカ青年が，インドの神秘思想に救いを見出す求道の話だが，宗教的テーマはモームの手に余るのか，主人公ラリーの姿は生きていない．むしろ端役の俗物エリオットの性格描写に作者の筆の冴えを感じる．1937年末から1938年にかけてのインド旅行の経験が織り込まれている．飲酒その他で性格の破綻していたジェラルド・ハックストンが死亡．モームは一時途方に暮れる．

1945年(71歳)　アラン・サールが新しい秘書兼友人となる．

1946年(72歳)　長篇『昔も今も』(*Then and Now*)出版．マキアヴェッリをモデルにした歴史小説．アメリカ滞在中，彼および彼の家族に示されたアメリカ人の親切への感謝のしるしとして，『人間の絆』の原稿をアメリカ国会図書館に寄贈．カープ・フェラの「ヴィラ・モーレスク」へ帰る．邸は戦時中にドイツ兵に占拠されたため英軍の攻撃を受け，後には英米軍が駐屯した．大修理が必要であった．

1947年(73歳)　短篇集『環境の動物』(*Creatures of Circumstance*)出版.「大佐の奥方」(*The Colonel's Lady*),「凧」(*The Kite*)など15篇を収録.

1948年(74歳)　長篇『カタリーナ』(*Catalina*)出版. 16世紀のスペインを舞台にした歴史小説で，モームの最後の小説である. 評論『大小説家とその小説』(*Great Novelists and Their Novels*)，ニューヨークで出版. トルストイ，バルザック，フィールディング，オースティン，スタンダール，エミリ・ブロンテ，フローベール，ディケンズ，ドストエフスキー，メルヴィルおよびそれぞれの代表作について論じたもの. シナリオ『四重奏』(*Quartet*)出版.「大佐の奥方」「凧」など4つの短篇のオムニバス映画の台本.

1949年(75歳)　『作家の手帳』出版. 若い頃からのノートを年代順にまとめたもので，人生論や各地の風物，人物についての感想，創作のためのメモなどがあり，興味深い. モームの序文によると，このノートを発表する気になったのは，ルナールの『日記』を読んで，それに刺激された結果だという. 誕生日を祝うためにサン・フランシスコの友人バートラム・アロンソンの家まで出かける.

1950年(76歳)　『人間の絆』のダイジェスト版をポケット・ブックの1冊として出版. ストーリーに重点を置いて編集してあるので，主人公の精神的発展の部分は抜けている.『ドン・フェルナンド』の改稿新版を出版. シナリオ『三重奏』(*Trio*)出版.「サナトリウム」(*Sanatorium*)など3つの短篇のオムニバス映画の台本.

1951年(77歳)　シナリオ『アンコール』(*Encore*)出版.「冬の船旅」(*Winter Cruise*)など3短篇のオムニバス映画の台本.

1952年(78歳)　評論集『人生と文学』(*The Vagrant Mood*)出版.「バーク読後感」(*After Reading Burke*),「探偵小説の衰亡」(*The Decline and Fall of the Detective Story*)など6篇のエッセイを収録.

編著『キプリング散文選集』(*A Choice of Kipling's Prose*)出版．オランダへ旅行．オックスフォード大学より名誉学位を受ける．

1954年(80歳)　B.B.C.で「80年の回顧」と題して思い出を語る．この中で「第1次世界大戦が人びとの生活に大きな変化を与えたとは思えない」と述べた．評論『世界の十大小説』(*Ten Novels and Their Authors*)出版．『大小説家とその小説』の改訂版．誕生祝いとして『お菓子とビール』の1000部限定の豪華版がハイネマン社から出版される．イタリア，スペインを旅行し，ロンドンに飛んでエリザベス女王に謁見，勲章(the Order of the Companion of Honour)を授かる．

1957年(83歳)　楽しい思い出のあるハイデルベルクを再訪．

1958年(84歳)　評論集『視点』(*Points of View*)出版．「ある詩人の三つの小説」(*The Three Novels of a Poet*)，「短篇小説」(*The Short Story*)など5篇のエッセイを収録．本書をもって，60年に及ぶ作家生活に終止符を打つと宣言．

1959年(85歳)　極東方面へ旅行，11月には来日，約1カ月滞在し，中野好夫氏などと対談．内気な気配りの人柄を示したといわれる．1週間に及ぶ京都滞在中に接待役を務めたフランシス・キング氏は，モームの礼節と親切に感銘を受けたことをその自伝で述べている．

1960年(86歳)　1月，日本モーム協会が発足したが，数年後に活動を休止．

1961年(87歳)　文学勲位(the Order of the Companion of Literature)を授けられる．

1962年(88歳)　『回想』と題する回想録をアメリカの『ショー』(*Show*)という雑誌に連載し評判を呼ぶ．解説付き画集『ただ娯しみのために』(*Purely for My Pleasure*)出版．

1964年(90歳)　序文を集めたエッセイ『序文選』(*Selected Prefaces and Introductions*)出版．

1965年(91歳)　年頭に一時危篤を伝えられ，その後いったん回

復したが，12月16日未明，南仏ニースのアングロ・アメリカ病院で死亡.

2006年　5月，日本モーム協会が復活する.

サミング・アップ　モーム著

2007年2月16日　第1刷発行
2024年6月5日　第15刷発行

訳　者　行方《なめかた》昭《あき》夫《お》

発行者　坂本政謙

発行所　株式会社 岩波書店
〒101-8002 東京都千代田区一ツ橋 2-5-5
案内 03-5210-4000　営業部 03-5210-4111
文庫編集部 03-5210-4051
https://www.iwanami.co.jp/

印刷・三陽社　カバー・精興社　製本・中永製本

ISBN 978-4-00-372501-6　　Printed in Japan

読書子に寄す

——岩波文庫発刊に際して——

岩波茂雄

真理は万人によって求められることを自ら欲し、芸術は万人によって愛されることを自ら望む。かつては民を愚昧ならしめるために学芸が最も狭き堂宇に閉鎖されたことがあった。今や知識と美とを特権階級の独占より奪い返すことはつねに進取的なる民衆の切実なる要求である。岩波文庫はこの要求に応じそれに励まされて生まれた。それは生命ある不朽の書を少数者の書斎と研究室とより解放して街頭にくまなく立たしめ民衆に伍せしめるであろう。近時大量生産予約出版の流行を見る。その広告宣伝の狂態はしばらくおくも、後代にのこすと誇称する全集がその編集に万全の用意をなしたるか。千古の典籍の翻訳企図に敬虔の態度を欠かざりしか。さらに分売を許さず読者を繫縛して数十冊を強うるがごとき、はたしてその揚言する学芸解放のゆえんなりや。吾人は天下の名士の声に和してこれを推挙するに躊躇するものである。このときにあたって、岩波書店は自己の責務のいよいよ重大なるを思い、従来の方針の徹底を期するため、すでに十数年以前より志して来た計画を慎重審議この際断然実行することにした。吾人は範をかのレクラム文庫にとり、古今東西にわたって文芸・哲学・社会科学・自然科学等種類のいかんを問わず、いやしくも万人の必読すべき真に古典的価値ある書をきわめて簡易なる形式において逐次刊行し、あらゆる人間に須要なる生活向上の資料、生活批判の原理を提供せんと欲する。この文庫は予約出版の方法を排したるがゆえに、読者は自己の欲する時に自己の欲する書物を各個に自由に選択することができる。携帯に便にして価格の低きを最主とするがゆえに、外観を顧みざるも内容に至っては厳選最も力を尽くし、従来の岩波出版物の特色をますます発揮せしめようとする。この計画たるや世間の一時の投機的なるものと異なり、永遠の事業として吾人は微力を傾倒し、あらゆる犠牲を忍んで今後永久に継続発展せしめ、もって文庫の使命を遺憾なく果たさしめることを期する。芸術を愛し知識を求むる士の自ら進んでこの挙に参加し、希望と忠言とを寄せられることは吾人の熱望するところである。その性質上経済的には最も困難多きこの事業にあえて当たらんとする吾人の志を諒として、その達成のため世の読書子とのうるわしき共同を期待する。

昭和二年七月

《イギリス文学》〔赤〕

- ユートピア　トマス・モア　平井正穂訳
- 完訳カンタベリー物語　全三冊　チョーサー　桝井迪夫訳
- ヴェニスの商人　シェイクスピア　中野好夫訳
- 十二夜　シェイクスピア　小津次郎訳
- ハムレット　シェイクスピア　野島秀勝訳
- オセロウ　シェイクスピア　菅泰男訳
- リア王　シェイクスピア　野島秀勝訳
- マクベス　シェイクスピア　木下順二訳
- ソネット集　シェイクスピア　高松雄一訳
- ロミオとジューリエット　シェイクスピア　平井正穂訳
- リチャード三世　シェイクスピア　木下順二訳
- 対訳シェイクスピア詩集　—イギリス詩人選(1)　柴田稔彦編
- から騒ぎ　シェイクスピア　喜志哲雄訳
- 冬物語　シェイクスピア　桒山智成訳
- 言論・出版の自由　—アレオパジティカ　他一篇　ミルトン　原田純訳
- 失楽園　全二冊　ミルトン　平井正穂訳

- 奴婢訓　他一篇　スウィフト　深町弘三訳
- ガリヴァー旅行記　スウィフト　平井正穂訳
- ジョウゼフ・アンドルーズ　全二冊　フィールディング　朱牟田夏雄訳
- トリストラム・シャンディ　全三冊　ロレンス・スターン　朱牟田夏雄訳
- ウェイクフィールドの牧師　—むだばなし　ゴールドスミス　小野寺健訳
- 幸福の探求　—アビシニアの王子ラセラスの物語　サミュエル・ジョンソン　朱牟田夏雄訳
- 対訳ブレイク詩集　—イギリス詩人選(4)　松島正一編
- 対訳ワーズワス詩集　—イギリス詩人選(3)　山内久明編
- 湖の麗人　スコット　入江直祐訳
- キプリング短篇集　橋本槙矩編
- 高慢と偏見　全二冊　ジェーン・オースティン　富田彬訳
- ジェイン・オースティンの手紙　新井潤美編訳
- マンスフィールド・パーク　全二冊　ジェイン・オースティン　新井潤美・宮丸裕二訳
- エリア随筆抄　チャールズ・ラム　南條竹則編訳
- デイヴィッド・コパフィールド　全五冊　ディケンズ　石塚裕子訳
- 炉辺のこほろぎ　ディケンズ　本多顕彰訳
- ボズのスケッチ　短篇小説篇　全二冊　ディケンズ　藤岡啓介訳

- アメリカ紀行　全二冊　ディケンズ　伊藤弘之・下笠徳次・隈元貞広訳
- イタリアのおもかげ　ディケンズ　伊藤弘之・下笠徳次・隈元貞広訳
- 大いなる遺産　全二冊　ディケンズ　石塚裕子訳
- 荒涼館　全四冊　ディケンズ　佐々木徹訳
- ジェイン・エア　全二冊　シャーロット・ブロンテ　河島弘美訳
- サイラス・マーナー　ジョージ・エリオット　土井治訳
- 嵐が丘　全二冊　エミリー・ブロンテ　河島弘美訳
- アルプス登攀記　全二冊　ウィンパー　浦松佐美太郎訳
- アンデス登攀記　全二冊　ウィンパー　大貫良夫訳
- ジーキル博士とハイド氏　スティーヴンスン　海保眞夫訳
- 南海千一夜物語　スティーヴンスン　中村徳三郎訳
- 若い人々のために　他十一篇　スティーヴンスン　岩田良吉訳
- 怪談　—不思議なことの物語と研究　ラフカディオ・ハーン　平井呈一訳
- ドリアン・グレイの肖像　オスカー・ワイルド　富士川義之訳
- サロメ　ワイルド　福田恆存訳
- 嘘から出た誠　ワイルド　岸本一郎訳
- 童話集 幸福な王子　他八篇　オスカー・ワイルド　富士川義之訳

分らぬもんですよ　バァナード・ショウ　市川又彦訳
ヘンリ・ライクロフトの私記　ギッシング　平井正穂訳
南イタリア周遊記　ギッシング　小池滋訳
闇の奥　コンラッド　中野好夫訳
密偵　コンラッド　土岐恒二訳
対訳イエイツ詩集　高松雄一編
月と六ペンス　モーム　行方昭夫訳
人間の絆　全三冊　モーム　行方昭夫訳
サミング・アップ　モーム　行方昭夫訳
モーム短篇選　全二冊　行方昭夫編訳
アシェンデン　―英国情報部員のファイル　モーム　中島賢二・岡田久雄訳
お菓子とビール　モーム　行方昭夫訳
ダブリンの市民　ジョイス　結城英雄訳
荒地　T.S.エリオット　岩崎宗治訳
悪口学校　シェリダン　菅泰男訳
サキ傑作集　河田智雄訳
オーウェル評論集　小野寺健編訳

パリ・ロンドン放浪記　ジョージ・オーウェル　小野寺健訳
動物農場　―おとぎばなし　ジョージ・オーウェル　川端康雄訳
対訳キーツ詩集　―イギリス詩人選(10)　宮崎雄行編
キーツ詩集　中村健二訳
阿片常用者の告白　ド・クインシー　野島秀勝訳
オルノーコ　美しい浮気女　アフラ・ベイン　土井治訳
解放された世界　H.G.ウェルズ　浜野輝訳
大転落　イヴリン・ウォー　富山太佳夫訳
回想のブライズヘッド　全二冊　イーヴリン・ウォー　小野寺健訳
愛されたもの　イーヴリン・ウォー　中村健二・出淵博訳
対訳ジョン・ダン詩集　―イギリス詩人選(2)　湯浅信之編
フォースター評論集　小野寺健編訳
白衣の女　全三冊　ウィルキー・コリンズ　中島賢二訳
アイルランド短篇選　橋本槙矩編訳
灯台へ　ヴァージニア・ウルフ　御輿哲也訳
狐になった奥様　ガーネット　安藤貞雄訳
フランク・オコナー短篇集　阿部公彦訳

たいした問題じゃないが　―イギリス・コラム傑作選　行方昭夫編訳
英国ルネサンス恋愛ソネット集　岩崎宗治編訳
文学とは何か　―現代批評理論への招待　全二冊　テリー・イーグルトン　大橋洋一訳
D.G.ロセッティ作品集　南條竹則・松村伸一編訳
真夜中の子供たち　全二冊　サルマン・ラシュディ　寺門泰彦訳

《アメリカ文学》〔赤〕

- ギリシア・ローマ神話 付インド・北欧神話　ブルフィンチ　野上弥生子訳
- 中世騎士物語　ブルフィンチ　野上弥生子訳
- フランクリン自伝　松本慎一・西川正身訳
- フランクリンの手紙　蕗沢忠枝編訳
- スケッチ・ブック 全二冊　アーヴィング　齊藤昇訳
- アルハンブラ物語 全二冊　アーヴィング　平沼孝之訳
- ウォルター・スコット邸訪問記　アーヴィング　齊藤昇訳
- 完訳 緋文字　ホーソーン　八木敏雄訳
- 哀詩 エヴァンジェリン　ロングフェロー　斎藤悦子訳
- 黒猫・モルグ街の殺人事件 他五篇　ポオ　中野好夫訳
- 対訳 ポー詩集 —アメリカ詩人選(1)　加島祥造編
- ユリイカ　ポオ　八木敏雄訳
- ポオ評論集　八木敏雄編訳
- 森の生活（ウォールデン） 全二冊　ソロー　飯田実訳
- 白鯨 全三冊　メルヴィル　八木敏雄訳
- ビリー・バッド　メルヴィル　坂下昇訳
- ホイットマン自選日記 全二冊　杉木喬訳
- 対訳 ホイットマン詩集 —アメリカ詩人選(2)　木島始編
- 対訳 ディキンソン詩集 —アメリカ詩人選(3)　亀井俊介編
- 不思議な少年　マーク・トウェイン　中野好夫訳
- 王子と乞食　マーク・トウェーン　村岡花子訳
- 人間とは何か　マーク・トウェイン　中野好夫訳
- ハックルベリー・フィンの冒険 全二冊　マーク・トウェイン　西田実訳
- いのちの半ばに　ビアス　西川正身訳
- 新編 悪魔の辞典　ビアス　西川正身編訳
- ねじの回転 デイジー・ミラー　ヘンリー・ジェイムズ　行方昭夫訳
- 荒野の呼び声　ジャック・ロンドン　海保眞夫訳
- ノリス マクティーグ 死の谷 全二冊　石田英二・井上宗次訳
- シスター・キャリー 全二冊　ドライサー　村山淳彦訳
- 響きと怒り 全二冊　フォークナー　平石貴樹・新納卓也訳
- アブサロム、アブサロム！ 全二冊　フォークナー　藤平育子訳
- 八月の光 全二冊　フォークナー　諏訪部浩一訳
- 武器よさらば 全二冊　ヘミングウェイ　谷口陸男訳
- オー・ヘンリー傑作選　大津栄一郎訳
- 黒人のたましい　W・E・B・デュボイス　木島始・鮫島重俊・黄寅秀訳
- フィッツジェラルド短篇集　佐伯泰樹編訳
- アメリカ名詩選　亀井俊介・川本皓嗣編
- 青白い炎　ナボコフ　富士川義之訳
- 風と共に去りぬ 全六冊　マーガレット・ミッチェル　荒このみ訳
- 対訳 フロスト詩集 —アメリカ詩人選(4)　川本皓嗣編
- とんがりモミの木の郷 他五篇　セアラ・オーン・ジュエット　河島弘美訳

《ドイツ文学》〔赤〕

ニーベルンゲンの歌 全二冊 相良守峯訳
若きウェルテルの悩み ゲーテ 竹山道雄訳
ヴィルヘルム・マイスターの修業時代 全三冊 ゲーテ 山崎章甫訳
イタリア紀行 全三冊 ゲーテ 相良守峯訳
ファウスト 全二冊 ゲーテ 相良守峯訳
ゲーテとの対話 全三冊 エッカーマン 山下肇訳
スペインの太子 ドン・カルロス シルレル 佐藤通次訳
ヒュペーリオン —希臘の世捨人 ヘルダーリーン 渡辺格司訳
青い花 ノヴァーリス 青山隆夫訳
夜の讃歌・サイスの弟子たち 他一篇 ノヴァーリス 今泉文子訳
完訳 グリム童話集 全五冊 金田鬼一訳
黄金の壺 ホフマン 神品芳夫訳
ホフマン短篇集 池内紀編訳
影をなくした男 シャミッソー 池内紀訳
流刑の神々・精霊物語 ハイネ 小沢俊夫訳
ブリギッタ・森の泉 他一篇 シュティフター 宇多五郎・高安国世訳

みずうみ 他四篇 シュトルム 関泰祐訳
村のロメオとユリア ケラー 草間平作訳
沈鐘 ハウプトマン 阿部六郎訳
地霊・パンドラの箱 ルル二部作 F・ヴェデキント 岩淵達治訳
春のめざめ F・ヴェデキント 酒寄進一訳
花・死人に口なし 他七篇 シュニッツラー 番匠谷英一・山本有三訳
ゲオルゲ詩集 手塚富雄訳
リルケ詩集 高安国世訳
ドゥイノの悲歌 リルケ 手塚富雄訳
ブッデンブローク家の人びと 全三冊 トーマス・マン 望月市恵訳
トオマス・マン短篇集 実吉捷郎訳
魔の山 全二冊 トーマス・マン 関泰祐・望月市恵訳
トニオ・クレエゲル トオマス・マン 実吉捷郎訳
ヴェニスに死す トオマス・マン 実吉捷郎訳
講演集 ドイツとドイツ人 他五篇 トーマス・マン 青木順三訳
講演集 リヒァルト・ヴァーグナーの苦悩と偉大 他一篇 トーマス・マン 青木順三訳
車輪の下 ヘルマン・ヘッセ 実吉捷郎訳

デミアン ヘルマン・ヘッセ 実吉捷郎訳
シッダルタ ヘッセ 手塚富雄訳
ルーマニア日記 カロッサ 高橋健二訳
幼年時代 カロッサ 斎藤栄治訳
ジョゼフ・フーシェ —ある政治的人間の肖像 シュテファン・ツワイク 高橋禎二・秋山英夫訳
変身・断食芸人 カフカ 山下肇・山下萬里訳
審判 カフカ 辻瑆訳
カフカ短篇集 池内紀編訳
カフカ寓話集 池内紀編訳
ドイツ炉辺ばなし集 —カレンダーゲシヒテン ヘーベル 木下康光編訳
ウィーン世紀末文学選 池内紀編訳
チャンドス卿の手紙 他十篇 ホフマンスタール 檜山哲彦訳
ホフマンスタール詩集 川村二郎訳
ドイツ名詩選 生野幸吉・檜山哲彦編
聖なる酔っぱらいの伝説 他四篇 ヨーゼフ・ロート 池内紀訳
暴力批判論 他十篇 —ベンヤミンの仕事1 ベンヤミン 野村修編訳
ボードレール 他五篇 —ベンヤミンの仕事2 ベンヤミン 野村修編訳

パサージュ論 全五冊　ヴァルター・ベンヤミン　今村仁司・三島憲一　大貫敦子・高橋順一　塚原史・細見和之　村岡晋一・山本尤　横張誠・與謝野文子　吉村和明 訳
ジャクリーヌと日本人　ヤーコブ　相良守峯訳
ヴォイツェク ダントンの死 レンツ　ビューヒナー　岩淵達治訳
人生処方詩集　エーリヒ・ケストナー　小松太郎訳
終戦日記一九四五　エーリヒ・ケストナー　酒寄進一訳
第七の十字架 全二冊　アンナ・ゼーガース　山下肇　新村浩 訳

《フランス文学》〔赤〕

ラブレー第一之書 ガルガンチュワ物語　渡辺一夫訳
ラブレー第二之書 パンタグリュエル物語　渡辺一夫訳
ラブレー第三之書 パンタグリュエル物語　渡辺一夫訳
ラブレー第四之書 パンタグリュエル物語　渡辺一夫訳
ラブレー第五之書 パンタグリュエル物語　渡辺一夫訳
ピエール・パトラン先生　渡辺一夫訳
エセー 全六冊　モンテーニュ　原二郎訳
ラ・ロシュフコー箴言集　二宮フサ訳
ブリタニキュス ベレニス　ラシーヌ　渡辺守章訳
ドン・ジュアン —石像の宴　モリエール　鈴木力衛訳
いやいやながら医者にされ　モリエール　鈴木力衛訳
守銭奴　モリエール　鈴木力衛訳
完訳ペロー童話集　新倉朗子訳
ラ・フォンテーヌ寓話 全二冊　ラ・フォンテーヌ　今野一雄訳
カンディード 他五篇　ヴォルテール　植田祐次訳
ルイ十四世の世紀 全四冊　ヴォルテール　丸山熊雄訳

美味礼讃 全二冊　ブリア-サヴァラン　関根秀雄　戸部松実 訳
近代人の自由と古代人の自由・征服の精神と簒奪 他一篇　コンスタン　堤林剣　堤林恵 訳
恋愛論 全二冊　スタンダール　杉本圭子訳
赤と黒 全二冊　スタンダール　桑原武夫　生島遼一 訳
ゴプセック・毬打つ猫の店　バルザック　芳川泰久訳
艶笑滑稽譚 全三冊　バルザック　石井晴一訳
レ・ミゼラブル 全四冊　ユーゴー　豊島与志雄訳
ライン河幻想紀行　ユーゴー　榊原晃三編訳
ノートル＝ダム・ド・パリ 全二冊　ユーゴー　辻昶　松下和則 訳
モンテ・クリスト伯 全七冊　アレクサンドル・デュマ　山内義雄訳
三銃士 全二冊　デュマ　生島遼一訳
カルメン　メリメ　杉捷夫訳
愛の妖精（プチット・ファデット）　ジョルジュ・サンド　宮崎嶺雄訳
ボードレール 悪の華　鈴木信太郎訳
感情教育 全二冊　フローベール　生島遼一訳
紋切型辞典　フローベール　小倉孝誠訳
サラムボー 全二冊　フローベール　中條屋進訳

未来のイヴ 全二冊　ヴィリエ・ド・リラダン 渡辺一夫訳
風車小屋だより　ドーデー 桜田佐訳
サフォ パリ風俗　ドーデ 朝倉季雄訳
プチ・ショーズ ―ある少年の物語　ドーデ 原千代海訳
少年少女　アナトール・フランス 三好達治訳
テレーズ・ラカン 全二冊　エミール・ゾラ 小林正訳
ジェルミナール 全三冊　エミール・ゾラ 安士正夫訳
獣人 全二冊　エミール・ゾラ 川口篤訳
氷島の漁夫　ピエール・ロチ 吉氷清訳
マラルメ詩集　渡辺守章訳
脂肪のかたまり　モーパッサン 高山鉄男訳
メゾンテリエ 他三篇　モーパッサン 河盛好蔵訳
モーパッサン短篇選　高山鉄男編訳
わたしたちの心　モーパッサン 笠間直穂子訳
地獄の季節　ランボオ 小林秀雄訳
対訳ランボー詩集 ―フランス詩人選(1)　中地義和編
にんじん　ルナアル 岸田国士訳

ジャン・クリストフ 全四冊　ロマン・ローラン 豊島与志雄訳
ベートーヴェンの生涯　ロマン・ロラン 片山敏彦訳
ミレー　ロマン・ロラン 蛯原徳夫訳
フランシス・ジャム詩集　手塚伸一訳
三人の乙女たち　フランシス・ジャム 手塚伸一訳
狭き門　アンドレ・ジイド 川口篤訳
法王庁の抜け穴　アンドレ・ジイド 石川淳訳
モンテーニュ論　アンドレ・ジイド 渡辺一夫訳
ムッシュー・テスト　ポール・ヴァレリー 清水徹訳
精神の危機 他十五篇　ポール・ヴァレリー 恒川邦夫訳
ドガ ダンス デッサン　ポール・ヴァレリー 塚本昌則訳
シラノ・ド・ベルジュラック　ロスタン 辰野隆・鈴木信太郎訳
地底旅行　ジュール・ヴェルヌ 朝比奈弘治訳
八十日間世界一周　ジュール・ヴェルヌ 鈴木啓二訳
海底二万里 全二冊　ジュール・ヴェルヌ 朝比奈美知子訳
死霊の恋・ポンペイ夜話 他三篇　ゴーチエ 田辺貞之助訳
火の娘たち　ネルヴァル 野崎歓訳

パリの夜 ―革命下の民衆　レチフ・ド・ラ・ブルトンヌ 植田祐次編訳
シェリ　コレット 工藤庸子訳
シェリの最後　コレット 工藤庸子訳
生きている過去　レニエ 窪田般彌訳
ノディエ幻想短篇集　ノディエ 篠田知和基編訳
フランス短篇傑作選　山田稔編訳
シュルレアリスム宣言・溶ける魚　アンドレ・ブルトン 巖谷國士訳
ナジャ　アンドレ・ブルトン 巖谷國士訳
ジュスチーヌまたは美徳の不幸　サド 植田祐次訳
とどめの一撃　ユルスナール 岩崎力訳
フランス名詩選　安藤元雄・入沢康夫・渋沢孝輔編
繻子の靴 全二冊　ポール・クローデル 渡辺守章訳
A・O・バルナブース全集 全二冊　ヴァレリー・ラルボー 岩崎力訳
心変わり　ミシェル・ビュトール 清水徹訳
悪魔祓い　ル・クレジオ 高山鉄男訳
失われた時を求めて 全十四冊　プルースト 吉川一義訳
シルトの岸辺　ジュリアン・グラック 安藤元雄訳

星の王子さま　サン＝テグジュペリ　内藤濯訳
プレヴェール詩集　小笠原豊樹訳
ペスト　カミュ　三野博司訳
サラゴサ手稿 全三冊　ヤン・ポトツキ　畑浩一郎訳

《別冊》

増補 フランス文学案内　渡辺一夫　鈴木力衛
増補 ドイツ文学案内　手塚富雄　神品芳夫
ことばの花束 —岩波文庫の名句365　岩波文庫編集部編
ことばの贈物 —岩波文庫の名句365　岩波文庫編集部編
愛のことば —岩波文庫から—　岩波文庫編集部編
世界文学のすすめ　大岡信　奥本大三郎　川村二郎　小池滋　沼野充義編
近代日本文学のすすめ　大岡信　加賀乙彦　菅野昭正　曾根博義　十川信介編
近代日本思想案内　鹿野政直
近代日本文学案内　十川信介
ポケットアンソロジー この愛のゆくえ　中村邦生編
スペイン文学案内　佐竹謙一

一日一文 英知のことば　木田元編
声でたのしむ 美しい日本の詩　大岡信　谷川俊太郎編

《哲学・教育・宗教》〔青〕

ソクラテスの弁明・クリトン　プラトン　久保勉訳
ゴルギアス　プラトン　加来彰俊訳
饗宴　プラトン　久保勉訳
テアイテトス　プラトン　田中美知太郎訳
パイドロス　プラトン　藤沢令夫訳
メノン　プラトン　藤沢令夫訳
国家　全二冊　プラトン　藤沢令夫訳
プロタゴラス　—ソフィストたち　プラトン　藤沢令夫訳
パイドン　—魂の不死について　プラトン　岩田靖夫訳
アナバシス　—敵中横断六〇〇〇キロ　クセノポン　松平千秋訳
アリストテレス　ニコマコス倫理学　全二冊　高田三郎訳
アリストテレス　形而上学　全二冊　出隆訳
アリストテレス　弁論術　戸塚七郎訳
アリストテレース　ホラーティウス　詩学　詩論　松本仁助　岡道男訳
物の本質について　ルクレーティウス　樋口勝彦訳
エピクロス　—教説と手紙　出隆　岩崎允胤訳
生の短さについて　他二篇　セネカ　大西英文訳
怒りについて　他二篇　セネカ　兼利琢也訳
エピクテトス　人生談義　全二冊　國方栄二訳
人さまざま　テオプラストス　森進一訳
マルクス・アウレーリウス　自省録　神谷美恵子訳
老年について　キケロー　中務哲郎訳
弁論家について　全二冊　キケロー　大西英文訳
キケロー書簡集　高橋宏幸編
平和の訴え　エラスムス　箕輪三郎訳
方法序説　デカルト　谷川多佳子訳
哲学原理　デカルト　桂寿一訳
情念論　デカルト　谷川多佳子訳
パンセ　全三冊　パスカル　塩川徹也訳
スピノザ　神学・政治論　全二冊　畠中尚志訳
知性改善論　畠中尚志訳
スピノザ　エチカ（倫理学）　全二冊　畠中尚志訳
スピノザ　国家論　畠中尚志訳
スピノザ往復書簡集　畠中尚志訳
デカルトの哲学原理　—附　形而上学的思想　スピノザ　畠中尚志訳
スピノザ　神・人間及び人間の幸福に関する短論文　畠中尚志訳
モナドロジー　他二篇　ライプニッツ　谷川多佳子　岡部英男訳
市民の国について　全二冊　ヒューム　小松茂夫訳
自然宗教をめぐる対話　ヒューム　犬塚元訳
エミール　全三冊　ルソー　今野一雄訳
人間不平等起原論　ルソー　本田喜代治　平岡昇訳
ルソー　社会契約論　桑原武夫　前川貞次郎訳
言語起源論　旋律と音楽的模倣について　ルソー　増田真訳
ディドロ　絵画について　佐々木健一訳
道徳形而上学原論　カント　篠田英雄訳
啓蒙とは何か　他四篇　カント　篠田英雄訳
純粋理性批判　全三冊　カント　篠田英雄訳
カント　実践理性批判　波多野精一　宮本和吉　篠田英雄訳
判断力批判　全二冊　カント　篠田英雄訳
永遠平和のために　カント　宇都宮芳明訳

プロレゴメナ　カント　篠田英雄訳
学者の使命・学者の本質　フィヒテ　宮崎洋三訳
独白　シュライエルマッハー　木場深定訳
政治論文集　全二冊　ヘーゲル　金子武蔵訳
哲学史序論　—哲学と哲学史　ヘーゲル　武市健人訳
歴史哲学講義　全二冊　ヘーゲル　長谷川宏訳
法の哲学　—自然法と国家学の要綱　ヘーゲル　上妻精／佐藤康邦／山田忠彰訳
学問論　シェリング　西川富雄／藤田正勝監訳
自殺について　他四篇　ショウペンハウエル　斎藤信治訳
読書について　他二篇　ショウペンハウエル　斎藤忍随訳
知性について　他四篇　ショーペンハウエル　細谷貞雄訳
不安の概念　キェルケゴール　斎藤信治訳
死に至る病　キェルケゴール　斎藤信治訳
体験と創作　全二冊　ディルタイ　柴田治三郎／小牧健夫訳
眠られぬ夜のために　全二冊　ヒルティ　草間平作／大和邦太郎訳
幸福論　全三冊　ヒルティ　草間平作／大和邦太郎訳
悲劇の誕生　ニーチェ　秋山英夫訳

ツァラトゥストラはこう言った　全二冊　ニーチェ　氷上英廣訳
道徳の系譜　ニーチェ　木場深定訳
善悪の彼岸　ニーチェ　木場深定訳
この人を見よ　ニーチェ　手塚富雄訳
プラグマティズム　W・ジェイムズ　桝田啓三郎訳
宗教的経験の諸相　全二冊　W・ジェイムズ　桝田啓三郎訳
日常生活の精神病理　フロイト　高田珠樹訳
純粋現象学及現象学的哲学考案　全二冊　フッセル　池上鎌三訳
デカルト的省察　フッサール　浜渦辰二訳
愛の断想・日々の断想　ジンメル　清水幾太郎訳
ジンメル宗教論集　深澤英隆編訳
笑い　ベルクソン　林達夫訳
道徳と宗教の二源泉　ベルクソン　平山高次訳
時間と自由　ベルクソン　中村文郎訳
ラッセル教育論　安藤貞雄訳
ラッセル幸福論　安藤貞雄訳
存在と時間　全四冊　ハイデガー　熊野純彦訳

学校と社会　デューイ　宮原誠一訳
民主主義と教育　全二冊　デューイ　松野安男訳
我と汝・対話　マルティン・ブーバー　植田重雄訳
幸福論　アラン　神谷幹夫訳
定義集　アラン　神谷幹夫訳
天才の心理学　E・クレッチュマー　内村祐之訳
英語発達小史　H・ブラッドリ　寺澤芳雄訳
日本の弓術　オイゲン・ヘリゲル述　柴田治三郎訳
ことばのロマンス　—英語の語源　ウィークリー　寺澤芳雄／出淵博訳
学問の方法　ヴィーコ　上村忠男／佐々木力訳
国家と神話　全二冊　カッシーラー　熊野純彦訳
天才・悪　ブレンターノ　篠田英雄訳
人間の頭脳活動の本質　他一篇　ディーツゲン　小松摂郎訳
プラトン入門　R・S・ブラック　内山勝利訳
反啓蒙思想　他二篇　バーリン　松本礼二編
マキアヴェッリの独創性　他三篇　バーリン　川出良枝編
ロシア・インテリゲンツィヤの誕生　他五篇　バーリン　桑野隆編

論理哲学論考　ウィトゲンシュタイン　野矢茂樹訳

自由と社会的抑圧　シモーヌ・ヴェイユ　冨原眞弓訳

根をもつこと　全二冊　シモーヌ・ヴェイユ　冨原眞弓訳

重力と恩寵　シモーヌ・ヴェイユ　冨原眞弓訳

全体性と無限　全二冊　レヴィナス　熊野純彦訳

啓蒙の弁証法　—哲学的断想　M・ホルクハイマー　T・W・アドルノ　徳永恂訳

ヘーゲルからニーチェへ　—十九世紀思想における革命的断絶　全二冊　レーヴィット　三島憲一訳

統辞構造論　付『言語理論の論理構造』序論　チョムスキー　福井直樹　辻子美保子訳

統辞理論の諸相　方法論序説　チョムスキー　辻子美保子　福井直樹訳

快楽について　ロレンツォ・ヴァッラ　近藤恒一訳

古代懐疑主義入門　判断保留の十の方式　J・アナス　J・バーンズ　金山弥平訳

ニーチェ　みずからの時代と闘う者　ルドルフ・シュタイナー　高橋巖訳

フランス革命期の公教育論　コンドルセ他　阪上孝編訳

フレーベル自伝　長田新訳

旧約聖書　創世記　関根正雄訳

旧約聖書　出エジプト記　関根正雄訳

旧約聖書　ヨブ記　関根正雄訳

旧約聖書　詩篇　関根正雄訳

新約聖書　福音書　塚本虎二訳

文語訳　新約聖書　詩篇付

文語訳　旧約聖書　全四冊

キリストにならいて　トマス・ア・ケンピス　大沢章　呉茂一訳

聖アウグスティヌス　告白　全二冊　服部英次郎訳

アウグスティヌス　神の国　全五冊　服部英次郎　藤本雄三訳

新訳　キリスト者の自由・聖書への序言　マルティン・ルター　石原謙訳

キリスト教と世界宗教　シュヴァイツェル　鈴木俊郎訳

水と原生林のはざまで　シュヴァイツェル　野村実訳

コーラン　全三冊　井筒俊彦訳

エックハルト説教集　田島照久編訳

ムハンマドのことば　ハディース　小杉泰編訳

新約聖書外典　ナグ・ハマディ文書抄　荒井献　大貫隆　小林稔　筒井賢治　編訳

後期資本主義における正統化の問題　ハーバーマス　山田正行・金慧訳

シンボルの哲学　—理性、祭礼、芸術のシンボル試論　S・K・ランガー　塚本明子訳

ジャック・ラカン　精神分析の四基本概念　全二冊　ジャック＝アラン・ミレール編　小出浩之　新宮一成　鈴木國文　小川豊昭　訳

精神と自然　生きた世界の認識論　グレゴリー・ベイトソン　佐藤良明訳

人間の知的能力に関する試論　全二冊　トマス・リード　戸田剛文訳

開かれた社会とその敵　全四冊　カール・ポパー　小河原誠訳